Hoe weersta ik een prins?

Over Calypso verschenen ook:

Hoe versier ik een prins?
Hoe verover ik een prins?

Tyne O'Connell

Hoe weersta ik een prins?

De kronieken van Calypso

BOEK 3

De Fontein

*Voor mijn dochter en muze, Hare Koninklijke Schoonheid Cordelia
O'Connell, en mijn zoon, de knapste jongen die ooit een sabel
heeft vastgehouden, Zad Santospirito. Ik kus mijn wapen
en breng jullie beiden een groet.*

www.uitgeverijdefontein.nl
www.calypsochronicles.com

Oorspronkelijke titel: *Dueling Princes*
Verschenen bij Bloomsbury Publishing, New York, Londen en Berlijn
© 2005 by Tyne O'Connell
Voor deze uitgave:
© 2007 Uitgeverij De Fontein, Baarn
Vertaling: Karin Breuker
Omslagafbeelding: Getty Images
Omslagontwerp: Miriam van de Ven
Grafische verzorging: Hans Gordijn

ISBN 978 90 261 0126 7
NUR 283, 284

Als ik het enige meisje op de wereld was,
en jij de enige prins... (grapje)!

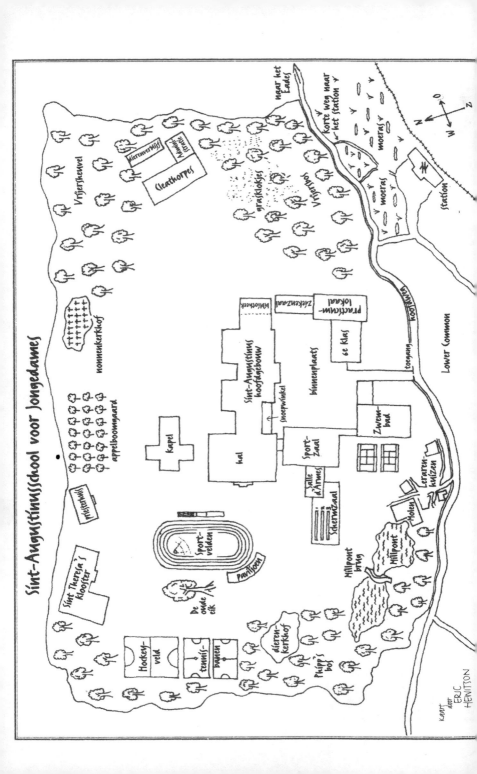

Sint-Augustinusschool voor Jongedames

Vrijersheuvel

nonnenkerkhof

appelboomgaard

Sint Theresia's Klooster

portiershuis

De oude eik

Sportvelden

Paviljoen

Hockey-veld

tennis-banen

dieren-kerkhof

Phipps bos

Millpond brug

Millpond

Molen

Leraren-huizen

Kapel

hal

Sint-Augustinus hoofdgebouw

snoepwinkel

binnenplaats

Salle d'Armes

Sport-zaal

Schermzaal

Zwem-bad

Bibliotheek

Ziekenzaal

Practicum-lokaal

6e klas

hoofdweg

toegang

Lower Common

Nieuwenhijf

Mumly (straat)

Cleethorpes

grafkloofjes

Vrijersbos

moeras

moeras

moeras

naar het Eades

Korte weg naar het station

station

kaart door ERIC HENNISTON

Met mijn vriendinnenclub op King's Road

Ik hing met mijn hoofd uit het raampje en mijn haar waaide om mijn gezicht – nog net niet zo hard dat mijn tiara van mijn hoofd werd geblazen – terwijl onze taxi door King's Road reed. We waren onderweg naar Waterloo Station, waar we de trein terug zouden nemen naar het Sint-Augustinus.

'Dit was echt de allergaafste herfstvakantie in de geschiedenis van de herfstvakanties,' verklaarde Georgina met dat chique Engelse accent van haar, waar ik vroeger altijd zo van onder de indruk was, en ze kneep me even in mijn hand.

De tiara hadden we die ochtend voor twee pond gekocht bij de Ad Hoc. Direct daarna waren we met z'n allen het fotohokje van het Virgin Megastore Centre ingedoken, waar we enorme lol hadden getrapt. In deze stemming hadden we de hele dag de KR op en neer gelopen. Indie en ik waren zelfs benaderd door een paar modellenjagers, die zij door haar bodyguards beleefd liet afwimpelen. Indies bodyguards horen haar eigenlijk op discrete afstand onopvallend te volgen, maar de kunst om op te gaan in hun omgeving schijnt hun volledig te ontgaan. Hun opvattingen en die van Indie over wat een discrete afstand is, liggen mijlenver uit elkaar. Indie is een echte prinses, met haar eigen koninkrijk, haar privédierentuin en noem maar op, maar dat kun je helemaal niet aan haar merken. 'Die mensen benaderen me voortdurend, schat,' steunde ze, terwijl de aardige modellenjager werd weggewerkt. 'Ze kunnen zóóó irritant zijn, vind je ook niet?' Ze greep snel mijn arm, voor ik de kans had om gretig de visitekaartjes aan te pakken die de modellenjager ons voor de neus hield, 'voor het geval dat'.

Ik rolde met mijn ogen, alsof ik precies wist wat ze bedoelde, terwijl ik heimelijk dacht: ik ben net aangesproken door een echte modellenjager, die zei dat ik precies de look had die ze zochten!

Het verbaast me niets dat ze Indie voortdurend benaderen. Zij is echt het allermooiste meisje dat ik ken. Ze ziet eruit als een jonge Naomi Campbell. Maar ik denk wel dat ze gelijk heeft. Het laatste wat ik zou willen is model zijn, want dan draait je hele leven om je lichaam. Plus dat je er voor een camera altijd veel dikker uitziet dan je bent. En als je op een dag 'de look' niet meer hebt, stort je zelfbeeld natuurlijk volledig in.

Indie had de tiara voor me gekocht terwijl ik een paar schattige groene slofjes met lovertjes en oplopende punten stond af te rekenen, die mijn Hello Kitty-sloffen moesten vervangen. Ja, ik had het gedenkwaardige punt bereikt waarop ik afscheid moest nemen van mijn dierbare Hello Kitty-fase en ik die onschuldige, kinderlijke periode van mijn leven voorgoed achter me liet. Ik zou het natuurlijk wel een beetje missen en ik zou altijd een warm plekje in mijn hart hebben voor Hello Kitty. En ik zou thuis in Los Angeles ook nooit mijn Hello Kitty-broodrooster wegdoen, want die roostert kleine Hello Kitty-gezichtjes op je brood. Maar nu ik vijftien was (nou ja, over twee maanden dan) vond ik het tijd om wat feng shui in mijn leven te brengen. Om plaats te maken voor meer... nou ja, voor meer volwassen interesses. Jongens bijvoorbeeld.

'Nu je je prins hebt versierd, moet je een kroon hebben, schat,' had Indie geplaagd met een grappig nep-Amerikaans accent, terwijl ze de afgrijselijke paarse glittertiara op mijn hoofd

8

zette. Vroeger zou ik me hebben doodgeschaamd om met een neptiara op mijn hoofd over straat te lopen. Zelfs toen ik nog klein was, vond ik het supergênant om me te verkleden, vooral omdat mijn ouders een speciaal podiumpje in de huiskamer hadden gemaakt, compleet met gordijnen en alles. Ik moest dan voorstellingen geven voor mijn twee enthousiaste fans, die juichten en joelden alsof ik een superster was.

Ik wil alleen maar zeggen (en ik denk dat heel veel enig kinderen het met me eens zijn) dat het heel, heel erg moeilijk is om zo veel ouderlijke liefde over je uitgestort te krijgen. Bob, zoals mijn vader graag door mij genoemd wil worden, heeft wel eens uitgelegd dat hij me alleen maar wilde steunen in mijn creatief proces. Aangezien dat er op mijn vijfde voornamelijk op neerkwam dat ik mijn zandtaartjes naar chocolade wilde laten smaken en de zwaartekracht wilde overwinnen om te vliegen, konden alle podia en gordijnen op de wereld me niet veel verder helpen. Als ik later kinderen krijg, zal ik veel minder overdreven met ze doen dan Sarah en Bob met mij. Ik zal redelijk en verstandig met ze omgaan en ze mamma of ma laten zeggen, zoals normale kinderen. Ik ben trouwens hartstikke blij dat ik niet volwassen ben, want volgens mij is dat echt afschuwelijk.

Hoe dan ook, hoewel ik er niets over zei tegen mijn vriendinnen, had ik stilletjes het gevoel dat ik eindelijk had bereikt wat ik graag wilde. Goed, ik was dan wel geen echte prinses en de auto vol beveiligingsmensen die ons discreet volgde, reed daar niet om mij te beschermen, maar ik was hier wel. Ik was op King's Road, het middelpunt van het chicste deel van Londen, waar alle kostschooljongens en -meisjes naartoe gaan om pappies creditcard leeg te plunderen, met hun vrienden en vriendinnen over de straat te flaneren en elkaar te ontmoeten.

In Engeland zijn kostscholen trouwens iets heel anders dan in Amerika. Het zijn eeuwenoude, rijke instellingen waar adellijke, vooraanstaande ouders hun kinderen vanaf hun elfde (soms zelfs al vanaf hun zevende) naartoe sturen om te leren hoe het is om adellijk en vooraanstaand te zijn. Mijn ouders zijn prima mensen, maar je kunt ze niet echt vooraanstaand noemen. Ze hebben me op mijn elfde naar de Sint-Augustinusschool voor Jongedames gestuurd, omdat mijn moeder, Sarah, erop had gezeten en het 'super' vond. Mijn vader is een Amerikaan, maar hij is het altijd eens met alles wat Sarah vindt. Volgens mij denken ze met dezelfde hersenen, ze zijn net klonen van elkaar. Mijn eerste drie jaar op kostschool in Engeland waren echt afschuwelijk (behalve dat ik Star als beste vriendin had). Maar sinds ik erachter ben hoe het systeem werkt en hoe je jongens moet versieren (nou ja, één jongen met name, prins Freddie, de Britse troonopvolger), is mijn leven er een stuk beter op geworden.

Als je eens kostschooltje wilt kijken, moet je echt naar King's Road gaan. Ken High (Kensingston High Street) kan ook, maar is het toch niet helemaal. King's Road is een lange, smalle, superdrukke straat, met voornamelijk Georgiaanse gebouwen, die loopt van Sloane Square naar World's End. Er zitten allerlei boetiekjes en winkeltjes waar ze chique merken verkopen en het is de ideale plek om mensen van andere kostscholen te spotten. Zoals Star zegt: 'Je moet toch érgens naartoe om mensen te ontmoeten, als je het grootste deel van het jaar opgesloten zit op school.'

De laatste keer dat ik met Georgina en Star de KR had gedaan, was ik nog erg onzeker en had ik als Amerikaanse buitenstaander steeds het gevoel dat ik stiekem een kijkje nam in een andere wereld. Een wereld van bevoorrechte jongens en meisjes, van wie de familienaam was opgenomen in *Debrett's Peerage and Baronetage* (stamboek van de Engelse adel), of, als ze uit Europa kwamen, in de *Almanach de Gotha*, als bewijs van hun belangrijkheid. Je kunt in de *Debrett* en de *Almanach* zoeken tot je een ons weegt, maar je zult er nooit een Calypso Kelly in vinden. Maar deze jongens en meisjes met hun aristocratische achtergrond regeren dit deel van Londen, in de wetenschap dat ze ooit waarschijnlijk de wereld zullen regeren.

Zoals Star altijd spottend zegt over mensen van haar eigen stand: 'Dat soort figuren klit altijd bij elkaar, schat. Je zult als kakkerige tiener eens alléén gezien worden! *Quelle horreur!* Nee, nee, nee. Je gaat nergens naartoe zonder je vriendinnenclub, schááát!' Star is rockroyalty, wat tegenwoordig bijna hetzelfde is als echte royalty. Maar zelfs als ze dat niet zou zijn, barst ze van de energie en het zelfvertrouwen en laat ze zich door niets en niemand tegenhouden.

Je kunt de kostschoolgroepen altijd herkennen aan hun kleren: pashminasjaals, korte rokjes of spijkerbroeken in combinatie met lang, glanzend, modieus blond haar voor de meisjes. Overhemden van Ralph Lauren, dunne truien en kakikleurige katoenen broeken of Levi's-jeans voor de jongens. Zonnebrillen worden niet voor, maar achter op het hoofd gedragen, schat. De meisjes noemen elkaar allemaal schat, werpen iedereen die ze kennen kushandjes toe en voeren intensieve sms-gesprekken met vriendinnen die pal naast hen lopen. De jongens lachen hard met hun vrienden, luisteren naar hun iPods en tikken nonchalant de as van hun sigaret. Om de een of andere reden roken ze die altijd op tot aan het filter, of nog verder.

Sinds ik in Engeland op school zat, had ik naar deze groepen gekeken – een beetje zoals een antropoloog een andere cultuur bekijkt – en hoewel ik dat tot vorig jaar nooit zou hebben toegegeven, wilde ik niets liever dan net zo zijn als zij. Tot afgelopen zomer leek dat een onmogelijke opgave voor een Amerikaanse trut, zo boordevol onzekerheden en angsten als ik. Maar dat is voorbij. En het lijkt ook al heel lang geleden, want ik bén nu een van hen. Echt. Ik had de kasteelmuren beklommen (niet letterlijk, want ik ben een waardeloze klimmer en ik heb hoogtevrees) en iemand uit hun eigen kringen versierd: prins Freddie, de Britse troonopvolger. Freds voor mij. Míjn Freds. Als ik aan hem dacht, werd ik helemaal warm vanbinnen.

Behalve de kwestie van paps creditcard – mijn vader gelooft niet in creditcards – onderscheidde ik me in niets van de rest van de meute die die dag langs de KR paradeerde. En geloof maar dat we er allemaal waren, want het was de laatste dag van de herfstvakantie. Ik was daar met mijn eigen vriendinnenclub: Georgina (George), Star, Indie en het konijn dat George en ik samen hebben, Dorothy Parker. We hadden veel bekijks met ons konijn, dat echt waanzinnig lief is. Iedereen die we tegenkwamen, stopte om haar te aaien en met ons te kletsen. Behalve die afschuwelijke mensen van de Pizza Express Pheasantry, die ons niet binnenlieten, ook al zat ze in haar dierenmandje! De pukkelige eigenaar mompelde iets zieligs over gezondheid en veiligheidsvoorschriften, maar Star had hem al de volle laag gegeven voor het woord 'veiligheid' goed en wel over zijn zuinige lippen was.

'Hoe dúrft u,' protesteerde ze. 'Dit konijn heeft meer verstand in zijn oren dan jullie met z'n allen in je stomme pastakoppen!'

Indie, George en ik wisten haar te kalmeren en af te voeren vóór ze de eigenaar in de pizzaoven kon gooien. Star kan zich over van alles enorm opwinden, een van de miljoenen redenen waarom ze mijn beste vriendin is. Behalve bij de Pizza Express mocht Dorothy in alle andere zaken waar niets eetbaars werd verkocht over de toonbank lopen en iedereen wilde haar aaien en was verrukt van haar.

'Ze heeft sterkwaliteiten,' zei Indie serieus, terwijl ze verleidelijk haar vlechten in elkaar draaide voor de leuke knul die werkte in het alternatieve winkeltje waar we allemaal onze horoscoop hadden laten trekken. Je zag zo dat hij betoverd was door haar schoonheid; dat was ík zelfs.

Toen hij ons vertelde dat haar Jupiter in driehoekig aspect

stond ten opzichte van haar Mercurius, of zoiets mafs, zei Star op zo'n superverveelde toon: 'Dat heb ik altijd al gedacht, schaaat!', en zelfs de knappe astrologieknul moest lachen.

Het was echt een perfecte dag, net als in dat liedje van... je weet wel, dinges huppeldepup, die dat liedje zong van: *'It's such a perfect day.'* Ik kon niet stoppen met glimlachen terwijl de taxi van het ene naar het andere stoplicht kroop. Ik zette mijn tiara recht en vroeg me af wat Freds aan het doen was. Maar toen zei ik tegen mezelf dat ik daarmee moest ophouden. Ik ben vastbesloten om niet zo'n meisje te worden dat de hele dag zit te sms'en, aan niets anders kan denken dan aan haar vriendje, en intussen haar schoolwerk en haar schermen verwaarloost. Vooral dat schermen was belangrijk, want er kwamen maar liefst víjf toernooien aan, waar juryleden van de FIE, scouts van de BFA en andere belangrijke mensen uit de schermwereld met haviksogen zouden toekijken wat ik deed.

Nee. Hoe lief en prinselijk Freddie ook was, ik zou onze relatie waanzinnig beheerst en verstandig aanpakken. Hoewel dat erg moeilijk zou zijn, want mijn lippen waren nog helemaal zacht en warm van het zoenen van gisteren, en hij is echt de allerleukste jongen op de hele wereld. O, wat was dat lekker. Als we niet met de quads over Stars landgoed scheurden, hadden we nauwelijks tijd om adem te halen. Niet alleen vanwege het zoenen, maar ook omdat we niet konden stoppen met praten. Ik vind alles aan hem interessant en bijzonder, en het gekste van alles is: hij zegt hetzelfde over mij! Dinsdag zei hij dat ik het meest exotische wezen was dat hij ooit had ontmoet. Dat was zóóó cool dat ik letterlijk met mijn mond vol tanden stond en zelfs niets stoms terug ratelde, zoals ik anders altijd doe.

Gisteren ging hij terug naar Balmoral, of een van zijn andere beroemde oude kastelen. Ik luisterde niet eens echt naar wat hij zei, ik was helemaal gefascineerd door het bewegen van zijn lippen terwijl hij tegen me praatte. En ach, hoe belangrijk zijn woorden als je soulmates bent, zoals wij?

Het is echt waar, Freddie is niet alleen de leukste jongen op aarde, hij zoent ook als… nou ja, als iemand die gewoon erg goed kan zoenen. In Amerika noemen we dat *hot*! Goddank geeft hij niet van die kleffe zoenen die je ziet in sommige films, dat het lijkt of ze elkaars gezicht willen opeten en allemaal van die vieze, smakkende geluiden maken. Star had zo'n kleffe zoener op haar houseparty. Ik geloof dat hij uit het dorp kwam. Gelukkig had Star hem in de gaten en voerde ze hem af naar haar vaders *chillroom*, waar een engel des doods Jim Beam spuit in een Japanse rotsvijver.

Stars vader is een waanzinnig beroemde rockster en zijn hele huis is een hulde aan de rock-'n-roll-levensstijl. Het is zelfs een keer op MTV geweest. Ik vind het geweldig om bij Star te logeren en zelfs mijn belachelijk strenge ouders vinden dat prima, omdat Bob een enorme fan is van Dirge, Tigers band. Tiger is de vader van Star en hoewel hij voortdurend stoned is, iedereen 'kerel' noemt en soms zomaar bewusteloos op de grond valt, zodat je over hem heen moet stappen om bij je ontbijt te kunnen, is hij hartstikke cool. Zoals Star zegt: 'Hij is soms ongelofelijk intelligent en wijs, weet je dat, als hij min of meer bij bewustzijn is.'

Maar nog even over Freddie. Freddie, met zijn korte, glanzend zwarte haar, dat altijd recht overeind staat en er ook zonder mousse of gel altijd leuk uitziet. Freddie, met zijn gladde handen, zijn lange vingers en zijn heerlijke, zachte lippen – je snapt het wel, echt een stuk dus. Hoewel hij op een dag koning van Engeland zal worden, doet hij daar helemaal niet arrogant over. Hij stuurt me voortdurend schattige sms'jes, en hoewel hij officieel nog niets heeft gezegd, weet ik gewoon dat hij serieus is door de manier waarop hij mijn nek ondersteunt als hij me zoent, en omdat hij altijd zo lekker fris ruikt.

Na vier jaar in Engeland weet ik dat je nooit hoort te zeggen dat je 'verkering' met iemand hebt, en dat je er onmiddellijk helemaal uit ligt als je dat wel doet. Niemand hier heeft verkering. Ze treffen elkaar ergens, komen bij elkaar, spreken ergens af en versieren elkaar – ze versieren elkaar zoals dat in geen enkel ander land ter wereld gebeurt. Maar het woord 'verkering' komt in hun woordenboek niet voor. Dus hoewel Freds en ik niet echt 'verkering' hebben, spreekt het zo'n beetje voor zich dat we vriend en vriendin zijn. Vooral na de week in de herfstvakantie, waarin we met de quads over Stars enorme landgoed in Derbyshire hebben gecrost, onze lippen stuk hebben gezoend en elkaars leven onder de loep hebben genomen.

En hoewel de vakantie nu jammer genoeg was afgelopen, waren Star, George, Indie en ik helemaal gelukkig. Tenminste, tot Star Ed in het oog kreeg, de jongen die Indie had versierd op haar houseparty. Hij stond te kletsen met een paar meisjes van Cheltenham. We wisten dat ze van Cheltenham waren, omdat… nou ja… omdat je dat kon opmaken uit de subtiele stamkenmerken.

'Hé, schat, kijk hé! Daar staat Eds met een stel meiden,' schreeuwde Star, terwijl we stilstonden voor de stoplichten. 'Wie zíjn die Cheltenham-sletten met wie hij staat te praten?'

Niemand hoefde verder nog iets te zeggen. We staken allemaal ons hoofd uit het raampje en begonnen te fluiten en te joelen. En toen, precies op het moment dat Eds zich omdraaide, lieten we ons op de vloer van de taxi vallen, zodat hij ons niet zou zien. Wij hadden een hekel aan meisjes van Cheltenham, omdat eh… Nou ja, omdat ze… Oké, niet om een bepaalde reden, eigenlijk. Behalve dan dat ze niet van het Sint-Augustinus waren. En hoe durfden ze aan te pappen met Eds, die het mooiste meisje van onze klas had versierd en de hele vakantie met haar had geflirt via de sms!

Indie zat al als een gek te sms'en vóór we onze raampjes omhoog hadden gedraaid. En daar waren we snel mee, want het was herfst en hartstikke koud en we hadden allemaal de dunste kleren aan die je kon dragen zonder te sterven door onderkoeling. 'Hoe dúrft hij,' zei ze met een ontzaglijke hoeveelheid gevoel in haar stem. 'Rotjongens. Ik ga toch zóóó nooit, nooit, nooit meer…' Na deze uitbarsting zakte ze in.

'Wat ga je hem schrijven?' vroeg Star een beetje bezorgd. Indie kan behoorlijk driftig worden. Net als Star zelf, eigenlijk.

'Met wie sta je verdomme te praten en waarom heb je verdomme niet gezegd dat je op de KR was?' antwoordde ze, terwijl ze haar mobiel omhooghield, zodat we het zelf konden lezen. Toen drukte ze op 'verzenden', voor we er iets over konden zeggen.

'Maar misschien kent hij ze wel!' flapte ik eruit. Dat doe ik nou altijd: zulke dingen roepen als de emoties hoog oplopen en mensen helemaal niet willen horen wat ik te zeggen heb, ook al is het misschien best wel redelijk. Ik weet ook niet waarom ik dat doe. Bob, die vreselijk politiek correct is en zo verantwoord leeft dat het een wonder is dat hij nog niet in een schaaltje muesli is veranderd, zegt dat ik beter contact moet maken met de aarde. Zelf is hij daar altijd erg mee bezig, de schat. Nee hoor, serieus, al houden ze er nog zulke maffe, progressieve ideeën op na, ik hou echt van mijn ouders en ik mis ze vreselijk als ik hier op school ben.

Ik had Bob en Sarah in de herfstvakantie een heleboel e-mails gestuurd, maar ik had niet veel van ze teruggehoord. Dat was ongebruikelijk, want meestal mailen ze als gekken. Ondanks al hun zwakheden en vreemde ideeën ben ik best trots op mijn ouders, die zo lief en aardig zijn en altijd zo bezig zijn met mij. We hebben natuurlijk onze ups en downs gehad, maar vergeleken bij de ouders van veel van mijn vriendinnen (zoals de vader van die arme Georgina, die ervandoor is gegaan met iemand die Koo-Koo heet en Georgina bijna nooit meer ziet) zijn Bob en Sarah hartstikke cool. En wat het belangrijkste is: ze zijn er altijd voor me als ik ze nodig heb.

'Nou, dan zorgt hij verdomme maar dat hij ze niet meer kent,' zei Indie als antwoord op mijn redelijke veronderstelling over Eds, maar ze lachte er wel bij. Indie is angstaanjagend als ze kwaad is. Goddank is ze nooit kwaad geweest op mij. Nog niet.

'Nou, ik vond ze er níét uitzien,' viel Star haar bij, terwijl we overeindkrabbelden en weer op de achterbank van de taxi gingen zitten. 'Echte sletten, als je het mij vraagt.'

'Dat zei Dorothy ook al,' voegde Georgina eraan toe. 'Ze vond het hélemaal niets.' Ze hield Dorothy omhoog, zodat we allemaal goed konden zien hoe afkeurend ze keek. Ik vermoed dat Dorothy alleen maar kwaad was omdat ze niet houdt van autorijden, maar Indie was verkocht. Ze wreef met haar neus tegen het neusje van Dorothy. 'Dorothy, je bent zóóó wijs. Als jij zegt dat ik Eds nu onmiddellijk moet dumpen, doe ik dat. Als het nee is, snuffel je met je neusje, en als het ja is, wapper je met je oren, oké?'

Dorothy snuffelde met haar neusje, maar ik geloof niet dat ze ooit van haar leven met haar hangoortjes heeft gewapperd, en dat weet Indie volgens mij donders goed.

Er kwam ergens een sms'je binnen, maar het was niet bij Indie, dus begonnen we allemaal als een gek in onze piepkleine handtasjes naar onze nog veel kleinere mobieltjes te zoeken. Uiteindelijk kwam het erop neer dat we onze tasjes boven de vloer van de taxi omkeerden.

Het was de mijne.

Mis je nu al. Heb een prachtfoto van je op mijn laptop. Je bent ongelofelijk mooi, Kelly. Geen wonder dat modellenjagers achter je aan zitten! Freds xxx

Was dat niet ontzettend lief? Onaards gewoon. Ik wed dat onze planeten in een driehoekig aspect staan. Ik had hem pas nog gezien, gisteren eigenlijk, en hij miste me nu al. Hij moest naar een of ander jachtgebeuren. De meeste van mijn vriendinnen houden van jagen, behalve Star. Zij is ontzettend tegen, maar zij kan dat maken, omdat zij een excentrieke rockroyalty is. Voor mij ligt dat anders. Ik ben een eigenwijze Amerikaanse met verkeerde opvattingen over veldsporten en buitenactiviteiten, zoals de Engelsen het noemen als ze vossen, korhoenders, herten en fazanten van kant maken.

Freddie was erg lief tegen me toen ik hem vertelde wat ik ervan vond om alles wat in het wild leeft en vleugels heeft, zomaar af te schieten. Hij woelde even door mijn haar, gaf me een zoentje op mijn neus en beloofde me dat hij zou proberen slecht te mikken. Ik hoopte dat hij dat net had gedaan, aan me had moeten denken en toen het sms'je had verstuurd. Dat zou toch zo waanzinnig romantisch zijn!

Ik had het liefste vriendje van de wereld. Ik moest mezelf in mijn arm knijpen om het niet van de daken te schreeuwen.

Mis jou ook, xxxx C typte ik in mijn mobiel, maar toen bedacht ik me en veranderde de vier kruisjes in drie.

Mis jou ook, xxx C. Ja, dat was veel beter. Als hij mij drie kusjes stuurde, moest ik dat ook doen. Hij moest niet denken dat ik al aan trouwen zat te denken, of zoiets zieligs.

Toen zette ik er nog een PS bij: hoop dat je ook alles mist wat vleugels heeft!

Zijn antwoord kwam meteen. Zin om zat. naar Windsor te komen?

Ik hoefde niet eens over mijn antwoord na te denken.

Goed! xxx C

Ouderalarm

*T*erug op school klommen we allemaal moeizaam de oude, smalle, slecht verlichte trappen van het hoofdgebouw van het Sint-Augustinus op. Ik had een beetje haast om op mijn kamer te komen, want ik popelde om bij te praten met mijn kamergenote Portia en samen plannen te maken voor de komende schermtoernooien.

Portia en ik hebben onze ups en downs gehad, maar de downs lagen meestal aan mij, bijvoorbeeld toen ik eh… haar er ten onrechte van beschuldigde dat ze Freds van me wilde afpikken. Ik weet nu dat mijn verdenkingen nergens op sloegen, vooral omdat ze eigenlijk een oogje had op Billy. Maar we hadden het goedgemaakt en nu was alles weer helemaal oké. Net als ik, keek Portia ernaar uit om zich te onderscheiden bij de Nationale Kampioenschappen, maar voor het zover was, kregen we eerst de regionale wedstrijden en nog drie andere toernooien, waar we eerste of tweede moesten zien te worden. De komende zes weken zou onze sabel zo ongeveer aan onze hand vastgeplakt moeten zitten.

Ik hoorde stemmen in mijn kamer, wat me nieuwsgierig maakte, want afgezien van Lady Portia Herrington Briggs (die trouwens niet zo triest was om haar titel te gebruiken) was mijn enige andere kamergenote de hooggeboren Honey O'Hare (die haar titel op haar briefpapier liet drukken). Portia en Honey zeggen alleen het hoognodige tegen elkaar. Maar toen ik de kamer binnenkwam, had ik het gevoel dat ik hallucineerde. Van verbazing liet ik me, in plaats van op mijn bed, op de grond vallen.

'Oepsie,' zei mijn moeder Sarah met een babystemmetje en begon te lachen.

Inderdaad, mijn moeder, Sarah Kelly, die veilig bij mijn vader Bob in Hollywood zou moeten zitten om muesli te eten, de *Variety* te lezen en te klagen dat er zo weinig buitenlandse kunstfilms op tv kwamen. Ik had gewild dat het een hallucinatie was, maar nee, het was echt mijn moeder, die daar in haar volle alternatieve glorie op mijn bed zat.

'Kom, geef je mamsie-pamsie eens een dikke zoen, Poekie.' Haar uitspraak hield het midden tussen die van Freddies moeder en Hillary Clinton – een beetje zoals Madonna praatte toen ze in haar anglofiele fase zat.

En wat was dat voor babytaaltje?

Honey, die heel onschuldig deed alsof ze naar haar iPod zat te luisteren, begon het geluid te maken dat ze altijd maakt als ze lacht, een beetje als een varken dat aan een berg afval snuffelt. Ze kan niet echt lachen, omdat ze zo veel botox heeft gespoten dat ze serieus gevaar loopt voor een botulismevergiftiging.

'Wat doe jij hier, Sarah?' vroeg ik, terwijl ik overeindkrabbelde.

'Ik ben weggelopen,' zei ze, als een klein meisje.

'Weggelopen? Hoezo weggelopen?' Ik had bijna gezegd: op jouw leeftijd?, maar ik hield me in.

Ouders zijn toch zo schijnheilig. Als ik weg zou lopen, zouden ze me opsporen, waarschijnlijk met speurhonden en maatschappelijk werkers erbij, en dan zouden ze me een preek geven van hier tot Tokio. Ik had veel zin om Sarah eens flink onder handen te nemen en te zeggen dat ze vreselijk stout was geweest en voorlopig huisarrest had. Maar natuurlijk niet hier, in mijn kamer.

Ouders zijn op het Sint-Augustinus niet toegestaan, behalve op speciale dagen en tijdens de zondagsmis.

Ik keek haar verschrikkelijk streng aan, maar toen bedacht ik opeens dat ik mijn tiara nog op had. Ik gooide hem op mijn nachtkastje. Ik wilde serieus genomen worden, en met een paarse tiara op mijn hoofd kon ik dat wel vergeten.

'Wat bedoel je, "weggelopen"? Jij kunt niet weglopen, Sarah. Wat moet Bob zonder jou beginnen?'

'Pff!' reageerde ze. 'Ik ben juist weggelopen vanwege je vader, Calypso.'

'Wat is er dan met mijn vader?' vroeg ik. Ik besefte dat dit niet best was. Sarah had Bob nog nooit 'je vader' genoemd. Zo praatten gescheiden ouders in films. Maar goed, mijn ouders woonden natuurlijk in Hollywood.

'Ja, je vader. Bob en zijn Grote Klapper. O, Calypso, die Grote Klapper van hem zit me tot híér!' riep ze uit, terwijl ze haar hand een centimeter of wat boven haar hoofd hield.

Nog meer spottend gesnuif van Honey.

'Je weet hoe hij is. De laatste twee jaar heeft hij het over niets anders gehad. Ik heb hem al die tijd gesteund in zijn creatieve proces, maar de afgelopen maand was het niet meer om uit te houden. Hij kwam zijn werkkamer bijna niet meer uit. En toen ik zei dat het me tot hier zat,' – weer hield ze haar hand boven haar hoofd – 'vroeg hij me of hij dan zijn ziel maar moest verkwanselen voor een onbevredigende baan, of voor een godvergeten soap, zoals die van mij! Nou, dat was het! *Finito!* Mijn godvergeten soap heeft ons al die jaren in leven gehouden. Dus toen heb ik gezegd dat hij die Grote Klapper van hem in zijn reet kon steken.'

Ik keek even naar Portia. Haar ondoorgrondelijke ogen met de lange wimpers waren groot van ontzetting, alleen wist ik niet waar ze precies ontzet over was.

'Het gaat over zijn script,' legde ik haastig uit. 'Hij schrijft aan zijn Grote Klapper, het script waarmee hij filmgeschiedenis wil schrijven.'

'En dat momenteel geen stuiver oplevert,' voegde Sarah er vinnig aan toe. 'Ongelofelijk toch, meisjes? Nou, dat was de laatste druppel. Ik heb mijn koffers gepakt en ben vertrokken naar een plek waar ik wél gewaardeerd word. Hier.'

'Maar je kunt hier niet blijven, Sarah!' riep ik geschokt uit.

De meisjes keken elkaar aan, ongetwijfeld omdat ze zich doodschaamden. In Engeland bespreken ouders hun problemen niet met hun kinderen – niet in mijn wereld, in ieder geval. Maar Sarah was kennelijk blind voor het onbehagen van haar publiek en ze veegde een traan uit haar oog.

'Ik bedoel, er mogen geen volwassenen bij ons op de slaapkamers,' zei ik.

'Ik bedoel ook niet híér. Ik bedoel in mijn geboorteland.'

'Maar Sarah, weet je dat wel zeker? Ik bedoel, Bob kan toch niet zomaar stoppen met een script waar hij al zo lang aan heeft gewerkt? Hij zei tegen me dat het bijna klaar was. En trouwens, hij krijgt wel wát geld, van de Schrijversvereniging. En jíj was juist degene die per se wilde dat hij zijn hartstikke goede baan opzegde om zich met hart en ziel te wijden aan zijn creatieve proces,' bracht ik haar in herinnering.

'Ja, nou ja, toen wist ik nog niet dat dat zo lang ging duren. Nee, ik heb het besproken met Bunny. En vorige week heb ik de beslissing genomen die ik jaren geleden al had moeten nemen. Ik heb mijn plan om weg te gaan in daden omgezet. En ben naar huis gegaan, naar Londen. Om bij jou te zijn!'

Oké, dit was dus echt heel ernstig. Ik zag Bob al voor me, wanhopig op zoek naar zijn wederhelft. En wie was Bunny? 'Heb je hem verteld dat je wegging?' vroeg ik, met paniek in mijn stem. 'Hij is waarschijnlijk doodongerust!'

'Huh!' Sarah schoof dit idee met een handgebaar terzijde. Het viel me op dat ze in ieder geval nog wel haar trouwring om had. 'Hij heeft waarschijnlijk nog niet eens gemerkt dat ik weg ben. De laatste keer dat ik hem zag, zat hij over zijn laptop gebogen en wuifde hij het eten weg dat ik voor hem gemaakt had, je weet wel, dat spul dat hij zo lekker vindt, met...' En toen werd het echt eng. Haar onderlip begon te trillen, ze strekte haar armen naar me uit, zodat ik me er zo in kon laten vallen en begon weer babytaal te brabbelen. 'Bunny heeft gelijk. Nu kan ik tenminste meer kostbare tijd doorbrengen met mijn Poekepoekie.'

'Poekepoekie,' bauwde Honey haar na. Nu begon ze wel echt te lachen, en haar dikke collageenlipjes spatten bijna open van pret.

Zie je, dit bewijst hoe absurd ouders in elkaar zitten. Je houdt van ze, ze stellen de gekste eisen aan je, die je je allemaal laat aanleunen, je verdraagt geduldig hun maffe dieetgrillen en rare gewoontes. Jarenlang doe je zelfs slaafs wat ze zeggen en kijk je tegen ze op alsof het ware goden zijn, maar uiteindelijk kijk je door de buitenkant heen en zie je hoe belachelijk en hypocriet ze eigenlijk zijn.

Om te beginnen was het Sarahs idee om me op mijn elfde naar een kostschool te sturen. Ze beloofde me dat het er 'super' zou zijn en dat ik er 'vrienden voor het leven' zou maken, maar drieënhalf jaar lang was het helemaal niet zo 'super'. En nu het dat eindelijk wel was en ik inderdaad 'vrienden voor het leven' had gemaakt, dook plotseling mijn moeder op en noemde me bij een troetelnaampje dat ik sinds mijn vijfde niet meer had gehoord en begon te dazen over de Grote Klapper van mijn vader. Hoe gek kun je zijn! Die flauwekul van Bob zijn Grote Klapper was nota bene ook haar idee! Zij had hem overgehaald om ontslag te nemen bij Warner, waar hij een heel behoorlijke baan had, en zich helemaal te wijden aan zijn script. Oké, hij deed er dan wel veel langer over dan ze had verwacht, maar toch!

Portia keek me vol medeleven aan. Of misschien was het meer hulpeloos medelijden, zoals je kijkt naar een lijpe leraar.

'Maar Bob en jij komen er toch samen wel uit? Jullie houden van elkaar. Wie moet zijn zinnen voor hem afmaken als jij er niet meer bent?' bracht ik naar voren, terwijl ik haar haar streelde, alsof zij het kind was en ik de volwassene. 'En wie is Bunny?'

'O, Poekie...' zei ze met een lichtelijk hysterisch babystemmetje, terwijl ze me in haar armen probeerde te trekken.

Ik worstelde me los. 'Zou je me níét meer zo willen noemen?' viel ik uit.

Sarah keek me aan alsof ik haar geslagen had en ik voelde me onmiddellijk schuldig.

Het werd even stil in de kamer. Ik hoorde het getik van de stok van ons Huisloeder, Miss Bibsmore, die haar ronde deed op de gang, en op dat moment begon Sarah plotseling hartverscheurend te snikken. Portia gaf haar een papieren zakdoekje en ik sloeg dochterlijk mijn armen om haar heen.

'Bob zijn Grote Klapper, wat een giller!' zei mijn moeder sarcastisch.

'Sarah, hou nou eens op over die Grote Klapper,' fluisterde ik in haar oor, terwijl ik haar nog een papieren zakdoekje toestopte.

'Waarom?' vroeg ze onschuldig, terwijl ze haar met mascara besmeurde pandaogen afveegde.

'Nou, zie je... Mensen weten niet waar je het over hebt. Ze kunnen wel van alles denken, als je begrijpt wat ik bedoel.'

'Bedoel je de grote aardbeving? Nou, daar zouden ze dan gelijk in hebben, want voor mij is dit een regelrechte ramp.'

Ik wist even niet waar ze het over had, maar toen herinnerde ik me dat Los Angeles op een breuklijn in de aarde ligt.

'Ik dacht dat je bij hem weg was gegaan omdat zijn penis te klein was, schat,' zei Honey. Ze knipperde met haar wimpers, die zo lang waren dat ze zich er makkelijk mee kon bezeren.

Sarah keek even ontzet, maar toen begon ze weer te huilen, niet met van die hartverscheurende snikken, maar meer zoals een zielig klein meisje huilt, zodat ik me nog hulpelozer voelde. Honey begon een nummer in te toetsen op haar mobiel. 'O, mijn hemel, schat, je moet snel hierheen komen. De moeder van die Amerikaanse trut is hier. Dat mens is nog erger dan zíj. Ze stamt duidelijk af van een lange lijn van krankzinnigen…' Dat was een grappige opmerking als je bedacht dat Honey zelf twee weken geleden nog met een ijzeren snavel op haar neus had rondgelopen.

Ik griste de telefoon uit haar handen en smeet hem door de kamer. 'Weg hier,' zei ik, met een autoriteit waarvan ik niet wist dat ik die ook buiten de schermzaal bezat.

'Zo kun jij niet tegen mij praten!' gilde ze, terwijl ze haar lange, blonde, bij de duurste kapper ontkrulde haar over haar magere, gebruinde schouders gooide.

'Ga nu maar,' zei Portia op haar gebruikelijke onderkoelde toon en Honey, die inzag dat ze in de minderheid was, pakte haar telefoon van de grond en slenterde langzaam de gang in. Onder het weggaan bekeek ze zichzelf nog even in haar poederdoos van Chanel, alsof het haar eigen idee was om zich uit haar slaapkamer te laten zetten. Voor wie Honey nog niet kent: zij is niet het soort meisje dat graag een schandaaltje misloopt. Zij is meer iemand die ze veroorzaakt.

'Ach, het is vast niks,' zei ik troostend tegen Sarah, terwijl ik haar over haar rug wreef. Ik wist ook niet wat ik verder moest zeggen of doen. Ik gaf haar een knuffel, en terwijl ik mijn armen om haar heen sloeg, zag ik opeens een paar grijze strepen tussen haar prachtige, blonde haren.

Ze worstelde zich los. 'Niks? Niks? Denk je dat? Denk je dat ik zo oppervlakkig ben dat ik om niks weg zal gaan bij de man van wie ik houd?'

Stomme, stomme, stomme Calypso! Waarom had ik er weer iets uitgeflapt? Ik sloeg mezelf tegen mijn voorhoofd. 'Sorry, zo bedoelde ik het niet. Maar als je van hem houdt, waarom...'

Maar Sarah ging nu helemaal los. 'Je probeert te leven met een man die helemaal opgaat in een voortdurend groeiende berg script. Ik zie hem nauwelijks. En zoals ik net al aan Portia uitlegde, verdient hij geen stuiver. Ik ben degene die de boel bij elkaar houdt.'

'Nou, dat kun je niet doen als je hier bent, lijkt me,' bracht ik naar voren.

'Ja, dat kan ik wel. Vergeet niet dat ik nog steeds een Brits staatsburger ben,' zei ze, terwijl ze een hooghartige houding aannam. Even was ik bang dat ze het Engelse volkslied zou gaan zingen. 'Ik heb werk gevonden bij *Gladesdale*, als je het weten wilt.'

'*Gladesdale*?' *Gladesdale* was zo ongeveer het ordinairste programma op tv, een soort soap voor tieners.

'En ik heb een huis gehuurd in Clapham.'

'Clapham!' piepte ik. Clapham was een wijk waar meisjes van het Sint-Augustinus niet over spraken. Daar woonden mensen die zich geen groot huis in Chelsea konden veroorloven en zo de schijn nog een beetje probeerden op te houden. En het belangrijkste was dat het ten zuiden van de rivier lag, en alles ten zuiden van de rivier hoorde zóóó niet bij de wereld van mijn vriendinnen! *Gladesdale* en Clapham... dit ging ik niet overleven!

Ik hoorde Honey giechelen op de gang. Ze gilde de woorden 'Clapham' en '*Gladesdale*' als een bloedhond die prooi ruikt. Mijn toekomst was getekend. Vanaf dit moment zou ik bekend staan als het Meisje van Clapham, of kortweg de Clap. En net nu het allemaal zo goed ging.

Sarah klemde me tegen haar smalle borst. 'Lijkt het je niet heerlijk om elkaar vaker te zien, schat? Je kunt samen met je vriendinnen bij me komen logeren. Dan haal ik spekkies en chips voor jullie.'

Ik deed mijn best om terug te lachen. 'Sarah, ik ben geen vijf meer en ik krijg het de komende zes weken verschrikkelijk druk. De Nationale Kampioenschappen komen eraan en daarvoor zijn de regionale wedstrijden en nog drie andere toernooien. En dan moet ik ook nog leren voor mijn GCSE-examens.'

Miss Bibsmores getik kwam geleidelijk dichterbij.

'O, ik hoor het al. Jij hebt liever dat ik terugga naar Bob met zijn Grote Klapper en eeuwig ongelukkig blijf,' zei mijn moeder, terwijl er een eenzame traan over haar met mascara bevlekte wang rolde.

'Ja,' gooide ik eruit, voor ik tijd had om mijn kussen in mijn mond te proppen. 'Nee, natuurlijk niet. Ik bedoel, nee. Nee, dat wil zeggen, ik wil niet dat je eeuwig ongelukkig blijft, maar ik wil toch ook niet dat Bob en jij uit elkaar gaan? Jullie houden van elkaar. Dat heb je zelf gezegd.'

'Ha!' riep mijn moeder spottend. 'Groentje. Wat weet jij nou van de liefde?'

Ik zei nog nét niet: Nou, heel veel, eerlijk gezegd.

Maar ik zei wel: 'Sarah, voor de laatste keer, wil je Bobs script niet meer zijn Grote Klapper noemen? Noem het gewoon eh…zijn meesterwerk of zoiets.'

'O, en wat hebben we hier?' vroeg Miss Bibsmore, die met haar vreemde, gedrongen gestalte tegen de deurpost geleund stond. Zo te zien was ze niet verrukt om mijn moeder languit op het bed te zien liggen.

'Miss Bibsmore, dit is mijn moeder. Ze eh… ze is even over uit Amerika.'

Miss Bibsmore nam het tafereeltje in zich op. De betraande pandaogen van mijn moeder, de bezorgde blikken van Portia en mij en de schim van Honey, die vanuit de gang stond mee te kijken. 'Nou, ik vind het leuk om u te ontmoeten, Mrs. Kelly. Miss Kelly hier is een lief meisje, nooit lastig. Niet zoals sommige anderen,' voegde ze er dreigend aan toe, terwijl ze zich omdraaide om Honey van top tot teen op te nemen. 'Miss Kelly is altijd beleefd.'

'Wat aardig dat u dat zegt,' antwoordde mijn moeder. 'We hebben geprobeerd om haar goede manieren bij te brengen. Zelf ben ik toevallig ook een oudgediende.'

'Een oudgediende?' Miss Bibsmore zette haar handen op haar heupen. 'Ik ben niet oud! Hoe durft u hier zomaar binnen te lopen en te zeggen dat ik oud ben. Ik ben toevallig in de bloei van mijn leven. Oud, hoe verzint u het!'

'Nee, nee, nee, u begrijpt me verkeerd, Miss Bibsmore,' zei Sarah. 'Ik heb jaren geleden zelf op het Sint-Augustinus gezeten.'

Miss Bibsmore bromde nog wat na. 'Maar hoe dan ook, het is nu tijd dat het bezoek opstapt. Ouders of niet. Oudgediende of niet. Regels zijn regels.'

Mijn moeder knikte gehoorzaam en pakte haar grote handtas en een lichtblauwe pashmina, die ik nog nooit eerder had gezien. Terwijl ze me een kus gaf op allebei mijn wangen, zei ze: 'Ik bel je wel op je mobiel, maar als je me nodig hebt, dit is mijn nummer.' Ze gaf me een kaartje met een adres en telefoonnummer erop.

Had ze al een kaartje? Dit was ernstig. Sarah was écht bij Bob weg!

Ze keek me niet aan terwijl ik het kaartje aanpakte en ik had het gevoel dat ik haar op de een of andere manier in de steek had gelaten. Misschien had ik haar moeten bijvallen in haar aanval op Bob en zijn Grote Klapper, maar eigenlijk kon ik gewoon niet geloven dat mijn ouders zoiets als dit zou kunnen overkomen. Ik gaf haar even een echte knuffel en het vertrouwde muskusluchtje van haar Keils-parfum maakte me plotseling bijna aan het huilen. Ze leek zo klein en ik voelde me zo sterk en lang toen ik haar over haar haar streelde, zoals zij mij vroeger over mijn haar streelde.

Hoe kon dit gebeuren? Hoe waren mijn goede, fatsoenlijke, progressieve, liefhebbende ouders zover gekomen? Bob en Sarah? Sarah en Bob? Zelfs hun namen klonken goed samen. Ze dachten hetzelfde, hun hart klopte op hetzelfde politiek-ideologische ritme en ze steunden elkaar in al hun idiote ideeën. Als dat geen liefde was, wist ik het niet meer.

Maar daar zaten we nu. Bob aan de andere kant van de wereld en Sarah in Clapham, nota bene. Wat moest Bob wel niet doormaken? Ik bedoel, hij kon zonder Sarah nauwelijks een schaaltje muesli voor zichzelf klaarmaken. Ik stelde me voor dat hij wanhopig op de grond lag met een berg pizzadozen over zich heen, te zwak om te werken, te vertwijfeld om door te gaan. Nee, hij was ongetwijfeld al op het vliegtuig gestapt om haar om vergiffenis te smeken en zijn script in stukken te scheuren. Goed, hij had vast wel ergens een reservekopie, maar het zou in ieder geval een gebaar zijn.

Sarah was zijn grote liefde. Dat zei hij altijd (echt om je dood te schamen). Hij had het zelfs verteld aan zuster Constance, het hoofd van de school. Hij zou vast met het eerste het beste vliegtuig aankomen. Maar stel dat Sarah gelijk had? Stel dat hij inderdaad nog niet eens had gemerkt dat ze weg was, verdiept als hij was in zijn eh… Meesterwerk?

Voor Sarah vertrok, sprak ik met haar af dat ik zaterdag het huis in Clapham zou komen bekijken. Dat was wel het minste wat ik kon doen. Pas nadat ze in tranen afscheid had genomen, herinnerde ik me dat ik zaterdag al met Freds had afgesproken. En toen zat ik klem. Was het oppervlakkig van me om liever bij mijn vriendje te willen zijn dan om mijn moeder gezelschap te houden in deze voor haar zo moeilijke tijd? Ik wist vrij zeker dat het antwoord ja was.

Ik moest Freds een sms'je sturen, of anders kon ik hem misschien beter bellen. Ik wist zeker dat hij het zou begrijpen. Of was het nog te vroeg in onze relatie om hem te belasten met mijn persoonlijke problemen? O god, het was allemaal zo ingewikkeld.

Portia kwam bij me op mijn bed zitten. 'Ik vind het heel erg van je ouders, Calypso. Maar ik heb Bob en Sarah samen gezien, toen ze naar school kwamen nadat Honey die foto's van Freddie en jou aan de roddelbladen had verkocht en…'

'Ik hád ze niet verkocht,' snauwde Honey verontwaardigd, terwijl ze de kamer weer in liep. 'Ik had ze gewoon weggegeven. Dat maakt verschil, weet je, het is niet zo dat ik het geld nodig had…'

'Ach, hou toch je kop, Honey. Niemand vroeg je iets,' zei Portia kalm. 'Echt, Calypso, ik weet zeker dat ze er samen uit komen…'

Ik knikte, want Portia was er in de zomer bij geweest toen haar moeder op Sloane Street werd doodgereden door een auto, en ik wist dat ze niet zomaar iets zei om me te troosten.

Honey bewonderde haar nagels. 'Ja, arme Poekie. Maar in ieder geval heb je je mammie in de buurt, in dat enige Clapham, dat ze de laatste tijd zo leuk opknappen. Denk je eens in hoeveel logeerpartijtjes je daar kunt houden. Dat wordt súper, schat!' gilde ze met een accent dat griezelig veel leek op dat van mijn moeder. Ze klapte gemaakt vrolijk in haar handen en vervolgde pesterig: 'Ik wou dat ik wat meer op jou leek, Poekie.'

'Nou, begin dan maar met wat minder botox te gebruiken. Dat spul is duidelijk op je hersenen geslagen,' zei Star spottend, terwijl ze samen met Indie de kamer in kwam. 'Het wordt tijd dat je Calypso met wat meer respect behandelt. Zij is waarschijnlijk de meest getalenteerde persoon die je kent. Ze wordt schrijfster, en de pen is machtiger dan de postcode. Ze schrijft niet alleen de songteksten voor ons album,' – ze keek even naar Indie en legde haar vinger tegen haar lippen – 'maar ze doet ook mee aan de Onderlinge Schoolcompetitie Essay Schrijven. Die gaat ze zeker winnen,' verklaarde ze met enorm veel gezag. 'De beste drie worden gepubliceerd in de *Telegraph*, Honey.'

'O, en wat kan mij zo'n stom essay schelen?' vroeg Honey, met iets minder bravoure.

'Dat stomme essay moet gaan over persoonlijk lijden, en ik heb de indruk dat Calypso door jouw toedoen behoorlijk wat te lijden heeft gehad, denk je ook niet, Honey?'

Honey bleef ongewoon stil.

Het was de eerste keer dat ik iets hoorde over songteksten en een essaycompetitie, maar ik vertrouwde Star en was blij dat ze Honey de mond had gesnoerd. Dus knikte ik enthousiast mee.

Later die avond sloop ik Stars kamer binnen om te vragen hoe het zat met die competitie. Ze groef in haar la en haalde een pamflet voor de dag, waarop stond dat voor het beste essay een prijs van duizend pond werd uitgeloofd. Ik las en herlas de regels. Het was de bedoeling dat het essay, dat drieduizend woorden moest bevatten, een autobiografisch verslag gaf van de pijnlijkste ervaring in het leven van een tiener. Als voorbeelden van traumatische ervaringen werden genoemd: opgroeien als slachtoffer van seksueel misbruik, leven als kind uit een gebroken of gewelddadig gezin, pesten en de problemen van een leven als allochtoon.

Ik was dan misschien niet het rijkste meisje in mijn bevoorrechte wereldje, maar het was wél een bevoorrecht wereldje. En hoewel ik een Amerikaanse was, verwachtte ik niet dat de juryleden mij zouden beschouwen als een zielige asielzoeker. Ik had dan wel Honey meegemaakt, wat op zich een traumatische ervaring was, maar zouden Post-it-briefjes die op je rug werden geplakt, gelden als serieuze mishandeling? Was er iets in mijn keurige, saaie leventje dat de juryleden in tranen kon brengen? Het antwoord was nee.

Deze wedstrijd was echt niets voor mij.

Maar Star hield vol. 'Natuurlijk wel. Je schrijft fantastisch, Calypso.'

'Maar ik heb nog nooit geleden, tenminste, niet op die manier,' zei ik, wijzend op het pamflet. Toen dacht ik aan de problemen die me te wachten stonden. Zaterdag, bijvoorbeeld. Ik had tegen Freds gezegd dat ik zou komen, en nu moest ik hem vertellen dat mijn moeder bij mijn vader weg was. Straks werd ik nog een Problematische Vriendin, ook al leefde hij nog zo met me mee. O, god. Misschien moest ik een ingewikkelde smoes verzinnen om niet naar Windsor te komen.

Star onderbrak mijn plannenmakerij. 'Schat, we hebben allemáál geleden. Zelfs ik, zelfs Honey. Trouwens, jij komt nu uit een gebroken gezin, weet je nog wel?'

'Maar ik wíl niet uit een gebroken gezin komen, Star,' huilde ik opeens. En toen gingen de sluisdeuren open en kon ik niet meer ophouden met huilen. 'Ik wil niet dat Bob en Sarah uit elkaar gaan!'

'Het komt wel goed, schat,' zei ze troostend. 'We lossen het wel op, dat beloof ik je. Bob en Sarah zijn voor elkaar gemaakt. Zelfs een idioot als Honey kan dat zien.'

Het fascisme van het creatieve proces

Op Stars advies stuurde ik Bob een woedende e-mail. Zij was van mening dat een korte, harde schok bij mannen altijd het best werkte. 'Geef hem op zijn donder,' zei ze tegen me. 'Hij moet zich maar eens goed schuldig voelen.' Ik was geneigd in dit soort zaken op Star te vertrouwen.

Als haar vader ontspoorde, had haar moeder hem altijd binnen de kortste keren weer in het gareel. 'Mannen zijn onschuldige, herseloze wezens, schat. Sarah is volgens mij alleen hiernaartoe gekomen om Bob de stuipen op het lijf te jagen. Jullie Amerikanen zijn dol op dat soort afschriktactieken. Sarah zit waarschijnlijk de minuten af te tellen tot Bob haar op zijn witte paard uit Engeland komt ophalen en mee terugneemt naar Hollywood. Maar in werkelijkheid zijn mannen net quads: iemand moet ze besturen.'

Ik besloot een formele toon aan te slaan, zodat het hem meteen duidelijk zou zijn wat hij moest doen.

Beste Bob,

Ik ben genoodzaakt je deze onplezierige e-mail te sturen, omdat je niet in slakkenpost 'gelooft' (en ook omdat die er langer over zou doen, en dit is een noodsituatie). Het feit dat je niet in slakkenpost gelooft, wijst volgens mij op een rare kronkel in je hoofd, want het bestaat wel degelijk (net als creditcards). Al zolang ik hier op school zit, zie ik hoe andere meisjes van hun ouders post krijgen, die ze liefdevol op de prikborden boven hun bed hangen, als bewijs voor de buitenwereld dat hun *madres* en *padres* van hen houden.

Maar ik dwaal af. De echte reden waarom ik je schrijf, is dat ik erop moet aandringen dat je je macho obsessie met die Grote Klapper van je aan de kant zet en gewoon een leuke, geestdodende baan neemt, waar Sarah en de rest van de wereld ook genoegen mee moeten nemen.

Een creatief proces is leuk, maar niet als het ten koste gaat van de mensen van wie je houdt, zoals Sarah en je dochter (ik). Ook weet ik dat je je niet zult willen scheiden wat God bijeen heeft gebracht op de dag dat je op dat strand op Hawaï met Sarah bent getrouwd. Verder wil ik niet egoïstisch zijn, maar dit huwelijks-drama komt voor mij op een erg ongelegen moment (ja, voor mij, je kleine meisje, van wie je zegt meer te houden dan van het leven zelf). Voor het geval je het vergeten bent: ik probeer me te classificeren voor de Nationale Kampioenschappen, iets waarvan je ooit hebt gezegd dat het het enige is waarvoor je leeft!

En die arme Sarah is wanhopig. Zij denkt dat je meer van je script houdt dan van haar! Ik weet dat dat niet waar is. Ik weet dat je van haar houdt en dat dit allemaal een enorm misverstand is. Ik weet hoe je bent als je schrijft. Je gaat op in je eigen wereld, maar intussen heb je Sarah het gevoel gegeven dat je niets om haar geeft. Bovendien heb je voor dit script wel verschrikkelijk veel tijd nodig. Ik ben ervan overtuigd dat het erg goed en waardevol wordt, en dat je het misschien ooit voor een heleboel geld kunt verkopen, maar misschien moet je er in het belang van je huwelijk toch even mee stoppen en naar Engeland komen om Sarah te laten zien hoeveel je van haar houdt. Iedereen ziet van een kilometer afstand dat jullie voor elkaar zijn geschapen. Het punt is: je moet dit in de kiem smoren, voor het erger wordt. Sarah heeft al een baan en ze heeft een huis gehuurd in Clapham. Ik weet niet of je het weet, maar daar komt 'the clap' vandaan, een nogal akelige geslachtsziekte. Er woonden vroeger namelijk aardig veel hoertjes in die buurt. Dat vertelde Honey me tenminste, en hoewel ze een pathologische leugenaarster is, heb jij me verteld dat zelfs leugenaars soms de waarheid spreken.

Is dit wat je werkelijk wilt voor de moeder van je kind? Is dit wat je wilt voor je vrouw: werken in een of ander ordi programma dat ze haat? Haar creatieve dromen levend verbranden? [Dat gedeelte had ik verzonnen. We hadden het helemaal niet gehad over haar nieuwe baantje bij Gladesdale of haar creatieve dromen, maar ik vond het toch goed om het ter sprake te brengen.] Als je wilt bewijzen dat je van haar houdt, moet je misschien je oude werk weer oppakken. Die serie die je toen hebt geschreven, *Ik hoor gelach*, vond ik erg goed, ook al heeft hij drie jaar achter elkaar de prijs voor Slechtste Komische Dramaserie gekregen. Dus neem een baan en maak het weer goed met Sarah, zodat ze weer naar huis kan. Je zult je trouwens onderhand wel afvragen waar de muesli staat.

Je liefhebbende dochter,

Calypso

Ik was erg tevreden over mijn e-mail. Ik was ervan overtuigd dat ik medeleven had getoond, maar tegelijkertijd mijn standpunt duidelijk had gemaakt. Star was het daarmee eens. We twijfelden er geen moment aan dat Bob onmiddellijk met zijn agenten zou bespreken wanneer hij weer als vaste tekstschrijver voor een nieuw programma aan de slag kon.

Maar nee. Ik had nog maar nauwelijks op 'verzenden' gedrukt, of ik kreeg al een e-mail van hem terug.

Allerliefste Calypso,

Ik ben geschokt door de bekrompen vastberadenheid waarmee je mij neerzet als de kwade genius achter dit alles. Sarah weet

dat ze terug kan komen wanneer ze maar wil. Als je moeder echt van me zou houden, zou ze me respecteren in mijn behoefte me creatief te uiten, zoals ze heeft beloofd toen we op dat strand op Hawaï onze huwelijksgeloften aflegden. Ik hoop dat je goed eet en hard werkt. Misschien wil ze gewoon een poosje bij jou in de buurt zijn, heb je daar al aan gedacht?
Liefs, Bob

Ik was er kapot van. Hoe kon hij zo bot zijn? Hoewel ik mijn ouders nooit had beschouwd als het liefdeskoppel aller tijden, had ik me altijd voorgesteld dat ik later net zo'n huwelijk zou willen als Sarah en Bob. En ik wilde echt geen kind zijn uit een gebroken gezin!

Mijn vriendinnen waren allemaal hartstikke lief. De volgende ochtend, toen we bij het ontbijt onze croissants en cornflakes naar binnen werkten, probeerde Star me opnieuw over te halen om aan de essaycompetitie mee te doen. Maar ik vertelde haar dat ik mijn handen al meer dan vol had aan mijn schermwedstrijden en mijn GCSE-examens. Bovendien was ik van plan om Sarah en Bob weer bij elkaar te krijgen, en als dat lukte, zou ik geen diep verdriet en lijden meer hebben om over te schrijven.

'Wat voor essay?' vroeg Indie.

'Calypso doet mee aan een essaycompetitie. Ze gaat schrijven over haar ondraaglijke pijn als kind uit een gebroken gezin,' deelde Star iedereen aan onze tafel mee.

Ik probeerde haar onder de tafel een schop te geven, maar ik miste en knalde met mijn scheen tegen de tafelpoot.

'Wauw, dat is cooool,' zei Indie.

Ik keek dreigend naar Star terwijl ik over mijn scheen wreef, maar ze glimlachte vriendelijk terug en zei: 'Maak je niet zo druk, schat. Je zei net dat je e-mail niet had gewerkt, dus misschien zorgt die essaycompetitie er wel voor dat ze weer bij elkaar komen. Stel je eens voor hoe Bob zich zal voelen als hij leest hoeveel leed hij zijn dochter met zijn creatieve proces heeft bezorgd. Hij laat zijn Grote Klapper vast onmiddellijk uit zijn handen vallen en vraagt Sarah opnieuw ten huwelijk.'

'Ga je echt aan die competitie meedoen, Calypso?' vroeg Portia, terwijl ze bij ons aan tafel kwam zitten. 'We krijgen het straks zó druk met de Nationale Kampioenschappen.'

Soms kan ik Star wel wurgen. Maar op de een of andere manier maakt ze het altijd weer goed. Ze gooide me een croissant toe. 'Maak je geen zorgen, Calypso. Ze komen vast wel weer bij elkaar. Echt, volwassenen maken overal een drama van, en ik kan het weten. Mijn ouders doen niet anders dan uit elkaar gaan. Mammie heeft zelfs een eigen suite in het Claridges Hotel, waar ze om de twee weken naartoe vlucht. Ze loopt om de haverklap weg, in de hoop dat pappie dan een keer zal stoppen met zijn drugs.' Ze haalde haar schouders op, als iemand die berust in de eigenaardigheden van haar ouders. 'Maar ze komt altijd terug, of hij gaat haar halen, want ze weten allebei dat niemand anders het met hen kan uithouden. Bob en Sarah zijn net zo.'

'Dat is waar. Bob en Sarah hebben nog nooit een eigen gedachte gehad. Ze zijn net één persoon. Bob zonder Sarah is gewoon niet mogelijk, dat zou hetzelfde zijn als... nou ja, als Ernie zonder Bert.'

'Of als brood zonder marmelade?' stelde Arabella voor, terwijl ze een dikke laag marmelade op haar croissant smeerde.

'Precies,' beaamde Georgina. 'En als Tobias zonder mijn wodkavoorraad.'

We moesten allemaal lachen bij de herinnering aan het debacle van een paar weken geleden, toen Stars slang Brian had geprobeerd om Georgina's teddybeer Tobias op te eten. Tobias is trouwens een betalende leerling van de kostschool en heeft dezelfde rechten en verantwoordelijkheden als wij. Hoe dan ook,

Brian had Tobias opengescheurd en daarbij was de wodkavoorraad voor de dag gekomen die Georgina in zijn binnenwerk had verstopt. Tobias was een week geschorst wegens drankmisbruik. Sindsdien werd hij zowel door de leraren als de leerlingen een beetje als een zuiplap beschouwd. Georgina had zuster Constance moeten beloven dat ze hem streng zou toespreken.

'Arme Sarah. Volgens mij is je vader belachelijk bezig met die Grote Klapper van hem,' zei Indie, terwijl ze de halve suikerpot boven haar thee omkeerde. 'Hoelang werkt hij er nu al aan?'

'Een jaar of twee,' antwoordde ik, huiverend bij het idee dat ik de term 'Grote Klapper' bij mijn vriendinnen had geïntroduceerd. Het was nog erger dan 'verkering'. 'Maar Sarah is wel degene die erop heeft aangedrongen dat hij zijn eh… Meesterwerk zou gaan schrijven,' bracht ik naar voren. Plotseling had ik behoefte om voor Bob op te komen. Hij was zo enthousiast over zijn script, ook al deed hij er eindeloos over om het te schrijven. Ik bewonderde hem echt om zijn doorzettingsvermogen.

'Nou, persoonlijk vind ik dat hij moet kappen met die flauwekul. Ik vind dat we allemaal Sarah moeten steunen. Het moet vreselijk voor haar zijn om helemaal in haar eentje hier te zitten, met een nieuwe baan en een huis in Clapham.' Indies prachtige modellengezichtje vertrok bij de gedachte alleen al.

'Ja, maar Bob wil haar terug. Hij vindt dat ze hem onredelijk behandelt, nu hij bijna klaar is,' legde ik uit, in een vrije weergave van Bobs e-mail.

'Onzin!' smaalde Indie.

'Sarah heeft wél gezegd dat ze het leuk zou vinden als je een keer een logeerpartijtje bij haar komt houden,' bracht Portia me in herinnering. 'Een huis vol gillende tieners. Daar zal ze van opvrolijken.'

Ik nam van schrik een veel te grote slok van mijn warme chocolademelk en kreeg een hoestbui. Ik wist gewoon dat Sarah zich bij een logeerpartijtje iets heel anders voorstelde dan mijn vriendinnen. Zij zou waarschijnlijk chocoladekoekjes bakken en willen dat we allemaal in een grote kring gingen zitten om over onze intiemste gevoelens te praten. Met haar. In tegenstelling tot de ouders van de andere meisjes, die allemaal in een aparte vleugel van hun huis woonden, zou Sarah de hele avond en nacht samen met ons willen doorbrengen.

'Nou, zullen we dat dan maar doen?' stelde Clemmie voor, die bijna net zo dol is op feestjes als Tobias.

'Ik doe mee,' stemde Arabella in. 'Waar woont ze, zei je?'

'In Clapham,' verkondigde Honey luidkeels, terwijl ze met een klap haar dienblad op onze tafel zette. Zoals zij het zei, klonk Clapham als iets wat een hond heeft uitgekotst.

'Goed, op naar Clapham dan,' verklaarde Georgina. 'Arabella? Clems? Indie? Star? Portia?'

'Op naar Clapham,' zeiden ze eensgezind.

'Nou ja, vooruit dan maar. Op naar Clapham,' zei Honey met een zucht, alsof iemand haar had uitgenodigd.

'Ik zie jullie in de klas,' zei Portia, terwijl ze haar onmogelijk lange benen strekte en naast me kwam staan. 'En jou zie ik in de pauze in de schermzaal, hè, Calypso?'

'Ja,' stemde ik in. 'Ik hoop dat Lullo ons een beetje in vorm kan krijgen.'

Portia boog zich voorover en gaf me een kusje op mijn wang. 'Maak je geen zorgen, schat. Lullo's eer en reputatie staan net zo goed op het spel als de onze. En zit maar niet in over je ouders. Het komt allemaal goed, dat weet ik zeker. Ze passen zo fantastisch goed bij elkaar, dat ziet iedereen.'

Ik glimlachte en zei: 'natuurlijk', want dat hoort zo als mensen je geruststellen. Je moet ze het gevoel geven dat ze je echt hebben geholpen. Vooral na alles wat Portia had meegemaakt. Toch vond ik Bobs e-mail niet erg bemoedigend. Stel je voor dat Sarah niet overdreef? Dat Bob zich echt niets van haar aantrok? Dat doen kunstenaars soms. Nog maar een paar weken geleden had ik het gevoel dat Star haar muziek belangrijker vond dan mij, maar ja, ik ben soms ook wel erg onzeker. Feit was dat ik er bitter weinig vertrouwen in had, maar ik hoopte tegen beter weten in dat Portia gelijk had.

Ik stond net op het punt om op te stappen toen ik een sms'je kreeg: Was het maar vast zaterdag! Freds xxx

O, wat was het toch heerlijk om een vriendje te hebben! Eindelijk iets anders aan mijn hoofd dan de narigheid van scheidende ouders! Plotseling waren alle gedachten aan Bob met zijn Grote Klapper en Sarah met haar vlucht naar Clapham uit mijn hoofd verdwenen. Ze moesten maar eens volwassen worden en voor zichzelf zorgen. Ik kon niet mijn héle leven voor hen verantwoordelijk zijn. Bovendien had ik veel dringender zaken aan mijn hoofd, zoals me aanwezig melden, mijn kamer opruimen, kerkdienst bijwonen, lessen volgen, schermen en het belangrijkste van alles: mijn lieve, lieve Freds.

Na zijn sms'je kon ik me onmogelijk inschrijven voor een essaycompetitie met als onderwerp mijn persoonlijk lijden. Ik was in de zevende hemel. En toen herinnerde ik me opeens dat ik op zaterdag met Sarah én Freds had afgesproken. Star, die over de tafel geleund had zitten meelezen, keek me vol medeleven aan, omdat ze wist dat ik tegen Sarah had gezegd dat ik zaterdag naar het huis zou komen kijken.

'Wat ga je doen?' vroeg ze.

'Op twee plekken tegelijk zijn,' zei ik lachend, maar eigenlijk was er niets grappigs aan. Wat ik ook deed, er zouden twee mensen gekwetst worden, onder wie ikzelf. Dat essay leek me opeens helemaal niet meer zo'n gek idee.

Lullo draait door

*L*ullo had de schermles overgenomen van professor Sullivan, die er een jaartje tussenuit was. In het begin hadden we onze twijfels over hem, omdat... nou ja, omdat hij zo heel anders was dan onze beminnelijke, wellevende professor Sullivan. Hij heette eigenlijk Mr. Mullow, maar omdat hij een beetje een halvegare was, hadden Portia en ik hem Lullo genoemd. Hij was luidruchtig, brutaal, grof in de mond en Zuid-Afrikaans, maar er was geen twijfel over mogelijk: hij zou ons in vorm brengen, desnoods met geweld. Omdat Portia en ik de enige twee serieuze sabreurs waren, had hij al zijn hoop op ons gevestigd. Zo zag Portia dat tenminste.

Maar toen we tijdens de lunchpauze de schermzaal binnenkwamen, was daar niemand.

'Hij zal ons toch niet vergeten zijn?' vroeg ik aan Portia, terwijl ik me op een bank liet vallen. Als hij niet kwam opdagen, konden we volgens de regels van de Britse Schermbond niet oefenen en zou de school duizenden ponden boete krijgen.

'Ik heb hem daarstraks nog gesproken en hij was helemaal opgewonden. We hebben aanstaande zaterdag al een toernooi in Sheffield en hij zei dat hij ons daarheen zou brengen.'

'O, dat is fantastisch!' gilde ik en ik sprong op en neer van blijdschap. Sarah zou beslist niet willen dat ik een toernooi misliep, en Freds zou daar ook zijn! Al mijn problemen waren opgelost.

'Jeetje, ben je daar dan helemaal niet zenuwachtig over?' vroeg Portia, verbaasd over mijn enthousiaste reactie.

'O god, ja, natuurlijk wel. Het is alleen... nou ja, dan zien we Freds en Billy weer.'

'Billy zeker,' zei Portia. Ze grijnsde van oor tot oor bij het vooruitzicht. 'Ik heb hem net nog gesproken. Maar ik begreep van hem dat Freds niet zou gaan. Je weet dat hij als het even kan altijd graag naar zijn oma gaat. En Billy denkt dat Freds het misschien niet de moeite waard vindt, vanwege het gedoe met de beveiliging. Ik bedoel, deze toernooien zijn nog niet zo belangrijk. Bovendien is het vier uur rijden naar Sheffield. Voor de meisjes zijn de wedstrijden al om een uur of halfvier afgelopen, maar de jongens moeten soms doorgaan tot zeven uur, of nog later.'

Mijn gezicht betrok.

'Maar schat, zit er niet over in. Het wordt evengoed een fantastisch dagje uit voor Sarah.'

'Wat?'

'Sarah. Je was van plan om haar nieuwe huis in Clapham te gaan bekijken,' bracht Portia me in herinnering. 'Maar ze zal vast naar het toernooi willen komen, denk je ook niet?'

Ik knikte zo neutraal mogelijk, om me niet te laten kennen. We konden er trouwens niet verder op doorgaan, want op dat moment hoorden we Lullo de schermzaal binnenkomen. Hij liep te lachen als een... nou ja, als een halvegare, eigenlijk.

'Kom op, stelletje slappe vaatdoeken (zijn favoriete uitdrukking voor ons), laat maar eens zien wat je waard bent,' schreeuwde hij.

We trokken snel onze schermkleding aan en haastten ons naar de zaal, waar we zonder een woord te zeggen met onze strekoefeningen begonnen.

Terwijl wij strekten en stootten tot we een ons wogen, liep Lullo (in volledige schermuitrusting) door de zaal en maaide af en toe met zijn sabel door de lucht. Zijn kleine, gespierde lichaam was zo gespannen als een veer terwijl hij iets mompelde over een nieuwe wereldorde en maatstaven waaraan voldaan moest worden. Portia en ik deden ons best om niet te giechelen, maar dat lukte niet helemaal.

Toen, na tien minuten, brulde hij opeens: 'Jerzy Pawlowski!' Zijn stem weerkaatste tegen de muren.

Portia en ik stopten met onze oefeningen en keken de zaal rond, met het idee dat er een of andere vriend van Lullo was binnengekomen. Maar nee, we zagen alleen Lullo, die als een krankzinnige tekeerging.

We gingen verder met onze oefeningen.

'Jerzy Pawlowski!' brulde hij weer, maar nu nog harder, zodat zijn stem nog een poosje tussen de muren weergalmde. 'De grootste sabreur die ooit heeft geleefd!' bulderde hij zo hard dat de woorden echoden.

Als leraren doordraaien, kun je ze maar beter negeren, anders loop je de kans dat je bedolven wordt onder de blauwtjes, vragen moet beantwoorden van therapeuten, of moet meewerken aan onderzoeken, nadat ze zijn afgevoerd naar een krankzinnigengesticht. Portia en ik begonnen onverstoorbaar aan een volgende serie strekoefeningen.

'Heeft drie jaar achter elkaar de wereldtitel gewonnen! In 1957, 1958 en 1959. Won goud op de Olympische Spelen van 1968 en veroverde met het Poolse team in 1961, 1962 en 1963 het goud op de Hongaren.'

Portia en ik keken elkaar aan. We waren klaar met onze warming-up en wachtten op instructies, maar Lullo bleef maar steeds die naam herhalen: Jerzy Pawlowski.

Het was knap vervelend als onze schermmeester uitgerekend dit moment uitkoos om door te draaien. Dan zouden we ons nooit kwalificeren voor de Nationale Kampioenschappen. Zonder te reageren bleven Portia en ik rustig afwachten tot Lullo was uitgeraasd.

'Hongarije is dat nog steeds niet te boven.'

'Tjonge,' zei Portia, alleen maar om te laten merken dat we luisterden.

Lullo kuchte even. 'Hoeveel manieren denken jullie dat Jerzy had om vooruit te bewegen? Nou?'

'Eh… één, meneer,' gokte ik. Ik bedoel, als sabreur doe je niet anders. Het is een oefening die je voortdurend herhaalt. Vooruit bewegen en nog eens vooruit bewegen, steeds opnieuw. Je hoeft geen genie te zijn om te weten dat er maar één manier is om vooruit te bewegen… en dat is… nou ja… gewoon vooruit bewegen dus.

Portia keek me aan en trok op die superaristocratische manier van haar haar ene wenkbrauw op.

'Acht!' schreeuwde Lullo, terwijl hij met zijn sabel door de lucht maaide. Weer echode zijn stem door de zaal. Zijn gezicht begon paars aan te lopen, alsof hij op het punt stond een beroerte te krijgen. Ik wist niet hoe het met Portia zat, maar mijn EHBO stelde niet veel voor.

'Acht verschillende manieren om vooruit te bewegen,' verklaarde Lullo met zijn bulderende stem. 'Hij had het voetenwerk van een danser en gebruikte heel berekenend steeds andere manieren om zich vooruit te bewegen, om daarmee bij zijn tegenstander verschillende reacties uit te lokken. Nou? Nou?'

Er werd blijkbaar een antwoord verwacht. 'Acht, zei u?' vroeg ik op een enthousiaste, geïnteresseerde toon. Mafkezen als Lullo zien altijd graag dat je belangstelling toont voor hun idiote verhalen. 'Jeetje, dat is wel veel, meneer.'

'Ja, verdomme!' schreeuwde hij, terwijl hij verbeten met zijn sabel door de lucht zwaaide. 'Het is indrukwekkend. Meer dan dat. Die man was een genie! Een genie! Acht. Denk je eens in, eh? Eén, twee, drie, vier, vijf, zes, zeven, ACHT!' Hij illustreerde zijn woorden met acht voorwaartse uitvallen, die in mijn ogen allemaal sprekend op elkaar leken.

'O,' zei ik rustig. 'Dus hij was nogal, eh... productief.' Om vooral maar te laten merken dat ik een en al oor was en alles wilde weten over die Jerzy.

Lullo keek me dreigend aan en drukte de punt van zijn sabel zo hard in de vloer dat de kling doorboog. Ik begon bang te worden.

'Schermen op sabel is net als pokeren...' begon hij, maar stom als ik ben, viel ik hem in de rede. 'Professor Sullivan zei altijd dat het een fysieke vorm van schaken is.'

'Ik heb het over blúffen, meisje. Bluffen, bluffen, verdomme! Vooruit, zeg me na!'

Portia en ik keken elkaar aan en we wisten allebei wat ons te doen stond. 'Eh... bluffen, meneer,' mompelden we.

Dit scheen hem te kalmeren. Hij sloeg nu een vriendelijker toon aan. 'Jullie zijn allebei verdomd goede schermers. Dat wil zeggen, in wedstrijden met andere scholen. Maar nu gaan jullie een toernooi spelen.' En toen begon hij weer te schreeuwen. 'Een toernooi! Weten jullie écht wat dat betekent? Het is geen vriendschappelijk wedstrijdje waarin iedereen elkaar vrolijk begroet, de etiquette keurig in acht neemt en na afloop een lekker kopje thee met een gevulde koek krijgt.'

Ik viel hem niet in de rede, maar in al de jaren dat ik heb geschermd met andere scholen, is mij nog nooit één keer een gevulde koek aangeboden. Een glas sap en een paar chipjes, meer niet.

Maar Lullo was helemaal op dreef. 'Nee, nu krijg je te maken met driftaanvallen, bedreigingen, pesterijen, en wat belangrijker is, met bloedfanatieke meiden die er hun hele leven naar hebben uitgekeken om je in stukken te hakken en te dansen op je ingewanden. En dan heb je ook nog de scouts en de spionnen van de FIE, die overal op de loer liggen. En dan zijn er natuurlijk nog de fanclubs.'

'Fanclubs?' Even zag ik een stel cheerleaders voor me, zoals wij die in de States hebben, met pompons, die je toejuichen en aanmoedigen en schreeuwen:

'We hebben de C!' 'C!'

'We hebben de A!' 'A!'

'We hebben de L!' 'L!'

'We hebben de Y!' 'Y!'

'We hebben de P!' 'P!'

'We hebben de S!' 'S!'

'We hebben de O!' 'O!'

'We hebben *CALYPSO*! Jaaaaa!'

Dat leek me in Engeland erg onwaarschijnlijk.

'Bedoelt u fans voor de schermers, Mr. Mullow?' Want al was het nóg zo onwaarschijnlijk dat er cheerleaders zouden zijn, het idee van een fanclub leek me wel wat. Ik had nooit gedacht dat schermers fanclubs hadden. Ik wist dat er fanclubs waren voor polospelers en voetballers, maar ik had schermen altijd beschouwd als een tweede schaaksport onder de sporten. Ik vroeg me af of ik fanmail zou krijgen.

Maar Lullo zette me snel weer met beide benen op de grond. 'Ja, fanclubs. Ik heb het niet over meisjes zoals jullie, maar over zwakke, laffe schermers, die hun familie en vrienden laten opdraven om hen toe te juichen, in de hoop daarmee hun tegenstanders te intimideren.'

'O, mijn god!' riep ik uit. Plotseling stelde ik me Sarah voor, die naast de loper heen en weer rende en schreeuwde: 'Zet 'm op, Poekie!'

'Ik neem aan dat jullie aan de Nationale Kampioenschappen willen meedoen, en daarvoor moet je op zijn minst derde worden. Op zijn minst. En ik zal nog een andere kleinemeisjes-droom om zeep helpen: degenen tegen wie jullie het moeten op-nemen, zijn stuk voor stuk even goed als jullie. Zo niet béter.'

Ik voelde me een beetje beledigd door die opmerking over die kleinemeisjesdroom en wilde al bijna protesteren toen Portia me een por gaf.

'En vergis je niet, het is net zo goed in míjn als in jullie belang dat jullie je doel bereiken en je plaatsen voor de Nationale Kam-pioenschappen. Als ik zaterdag met jullie naar Sheffield ga, zul-len alle andere schermmeesters naar míj kijken. Ja, naar míj. Ze zullen kijken wat ik met jullie heb gedaan. Hoe ik jullie in vorm heb gekregen en hoe ik jullie heb getraind. En ik wil niet voor schut staan. En daarom zal ik jullie vanaf nu iedere dag op een een-op-een basis lesgeven. Naast jullie gewone lesuren.'

'Dankjewel, Lullo, ik bedoel Mr. Mullow,' zei ik snel.

'En ik heb nóg een verrassing voor jullie, meisjes.'

Een fonkeling in zijn ogen gaf me het vermoeden dat het geen leuke verrassing zou zijn.

'Ik zal schermen met twee sabels!'

'Pardon?' vroeg Portia.

'In iedere hand één. Verdubbel de uitdaging, dan leer je twee keer zoveel. We hebben geen tijd te verliezen, Briggs. Vooruit, pak je wapen, jij bent het eerst aan de beurt. Kelly, sluit bij haar aan.'

Ik deed wat me gezegd werd, terwijl Lullo een tweede sabel van de muur greep en zichzelf aansloot op de aanwijsapparatuur. Daarna ging ik op de bank zitten, waar ik getuige was van de on-gelofelijkste les in schermtactiek die ik ooit had meegemaakt.

Lullo was kleiner dan Portia, maar met de twee sabels in zijn hand maakte hij een ontzagwekkende, om niet te zeggen beang-stigende indruk. Een soort elegante Hulk. Zijn lompe gedrag buiten de schermpiste viel op geen enkele manier te rijmen met de gratie en snelheid waarmee hij zich over de loper bewoog. Hij was vliegensvlug en had het perfecte voetenwerk van een danser. Hoe leuk ik het ook vind om die arme ouwe Lullo in de maling te nemen, nu was ik volkomen door hem gefascineerd.

Ik keek ook naar Portia, die gedwongen werd op een heel ander niveau te schermen dan ik haar ooit had zien doen. Ze schoof zo volkomen beheerst naar voren en naar achteren dat haar bovenlichaam nauwelijks leek te bewegen, en haar zwaard en de beide wapens van Lullo bewogen zo razendsnel dat ik niet wist wat er gebeurde. De aanwijsapparatuur flitste en zoemde aan één stuk door.

Na afloop van de partij zette Portia haar masker af en schudde haar haar uit. In plaats van haar gebruikelijke perfecte coupe uit de shampooreclame, waar ik altijd zo jaloers op was, zag ik de zweetdruppels meer dan een meter in het rond vliegen.

'Zie je wat ik bedoel, Briggs? Je werd gedwongen tot het uiterste te gaan. Goed gedaan. Zo, Kelly, nu jij. Briggs, sluit haar aan.'

Ik had het voordeel dat ik eerst naar Portia had kunnen kijken, dus ik wist wat me te wachten stond. Nu er twee klingen tegelijk op me af kwamen, begreep ik hoe dodelijk de combinatie van polsbeweging, snelheid en verrassing kon zijn. Maar wat me vooral opviel, was de eenvoud van Lullo's acties. Voor het eerst in mijn leven als schermer zag ik hoe belangrijk het was mijn tegenstander met bluf te overtroeven. Natuurlijk had ik al eerder gebluft – dat ligt in de aard van het spel – maar met twee sabels tegenover me moest ik al mijn vooraf bedachte strategieën loslaten en vertrouwen op mijn intuïtie.

Ik kreeg veel treffers tegen, maar ik wist er zelf ook een paar te plaatsen, en toen we onze maskers afzetten, deed Lullo iets heel bijzonders. Hij boog. Ja, echt, hij boog voor míj, Calypso Kelly, en het was nog een lage, sierlijke, prinselijke buiging ook.

Portia applaudisseerde.

'Miss Kelly, mijn complimenten. Je bent een verdomd goede

schermster en als het aan mij ligt ga je naar de Olympische Spelen, pas maar op. En wij mannen uit Kaapstad doen geen loze beloftes.'

Ik was nat van het zweet en een beetje duizelig van vermoeidheid en van wat Lullo net tegen me had gezegd. Het volgende ogenblik pakte Portia me vast en draaide me in het rond. 'Weet je wel hoe geweldig jij bent?' vroeg ze lachend.

'Ik weet alleen dat er net iets geweldigs is gebeurd,' zei ik, terwijl ik half verdwaasd naar haar lachte.

Portia en ik hadden na dit alles een gevoel alsof we droomden. De rest van de lessen ging in een waas aan ons voorbij. Ik zou waarschijnlijk zakken voor al mijn GCSE-examens, maar ik had het gevoel dat ik een sprong had gemaakt naar een ander deel van mijn lichaam en mijn leven. Ik had het gevoel dat er nieuwe vergezichten op me wachtten, dat nieuwe, opwindende mogelijkheden me toewenkten.

> Krankzinnige, fantastische schermles vandaag. Je hoort het nog wel. Kom je zaterdag naar Sheffield? Zeg alsjeblieft ja xxxxxx C.

(Voor deze ene keer was ik te opgewonden om me in te houden met het aantal zoenen en drukte ik gewoon op 'verzenden'.)

> NEE! Veel te druk. Ben met jou in Windsor, WEET JE NOG WEL! Freds xx

Oeps!

> Nou, eigenlijk ga ik naar het schermtoernooi in Sheffield, ik dacht dat jij daar ook zou zijn? x Calypso

(Ik beperkte me tot één zoen, als tegenwicht voor mijn eerdere overdadigheid.)

Nee, ik doe alleen de regionale en nationale kampioenschappen. Maar succes. Laten we er zondag van maken, oké? Freds xxx

Afgesproken! xxx Calypso

Heb ik al gezegd dat ik het begripvolste en wijste vriendje heb van de hele westerse wereld en ver daarbuiten? Nou, dat is zo. Ik was in de zevende hemel. Zelfs toen Honey hatelijke opmerkingen begon te maken over mijn vulgaire moeder in Clapham, wist ik haar meteen de mond te snoeren: 'Ach, donder toch op, Honey.'

Jammer genoeg was Sarah niet zo wijs en begripvol als mijn vriendje. Ze belde me even later op en ratelde er eindeloos over door dat ze me zaterdag na de les zou komen ophalen om het huis in Clapham te komen bekijken. 'O, mamsie kan niet wachten tot haar Poekepoek het huis heeft gezien.'

'Maar mamsie, Sarah bedoel ik, er is zaterdag een heel belangrijk schermtoernooi in Sheffield. We gaan al om zes uur 's morgens weg en komen pas tegen de avond terug. Dus je begrijpt wel…'

'O, geweldig. Dan kom ik kijken.'

Ik vond het verschrikkelijk om tegen haar te liegen, maar ik deed het toch. 'Dat zou fantastisch zijn, maar het punt is dat er geen publiek bij mag. Het is echt heel jammer. Ik had me er echt op verheugd om het huis te zien.'

'Nee, nee, nee, het is natuurlijk veel belangrijker dat je aan dat toernooi meedoet. Je weet hoe ik over schermen denk. Geeft niks. Dan haal ik je zondag op, schat en dan…'

Ik luisterde niet verder naar haar babypraat. Dit was zó deprimerend. Ik bedoel, ik hield van Sarah en ik wilde haar graag steunen in haar midlifecrisis met Bob, maar… nou ja, ik verheugde me er zóóó op om Freds die zondag te zien dat… ach, ik weet het niet, het was gewoon een puinhoop!

Toen we die avond bruine prut zaten te eten in de eetzaal en ik mijn vriendinnen over mijn dilemma vertelde, zei Star: 'Leg Sarah gewoon uit dat je zondag met Freddie hebt afgesproken. Ouders vinden het vreselijk om je sociale leven in de weg te staan.'

'Precies, schat,' zei Indie. 'Alle ouders zijn als de dood om je sociale contacten te verstoren. Dan denken ze dat je een zielenpoot wordt zonder vrienden.'

Iedereen knikte vol overtuiging.

'Leg gewoon uit dat je bekaf zult zijn van het toernooi en stel voor om samen te gaan lunchen in Windsor. En dan zeg je na de lunch gewoon dat je naar je vriendje moet. Dat begrijpt ze wel,' redeneerde Indie naïef.

Als ik Sarah zo goed kende als ik dacht – hoewel ze de laatste tijd wel erg raar deed – zou ik op zijn minst een dwangbuis, een gewapend politiekorps en een meute bloedhonden nodig hebben om haar bij Freddie vandaan te houden. Zie je, in de bevoorrechte wereld van mijn vriendinnen (je weet wel, die van pappies creditcard en mammies contacten) was vrijheid, net als status, iets heel vanzelfsprekends. En het had geen zin mijn vriendinnen uit te leggen dat Sarah het als haar moederlijke plicht zou beschouwen om kennis te maken met het eerste vriendje van haar dochter. Nog afgezien van het feit dat hij de Britse troonopvolger was. Nee, Sarah zou hem willen interviewen, foto's van hem willen maken, enzovoort, enzovoort.

Toen ik om me heen keek naar de bemoedigende gezichten van mijn vriendinnen, wist ik dat ze nooit zouden kunnen begrijpen dat Sarah me niet zomaar naar een afspraakje met mijn eerste officiële vriendje zou laten gaan. Hún ouders zouden doodsbenauwd zijn om opdringerig of overdreven beschermend over te komen. Natuurlijk wilden ze graag dat hun kinderen veilig waren, maar zij gingen ervan uit dat intelligente kinderen (en hún kinderen met hún genen waren natuurlijk allemaal verschrikkelijk intelligent, maar niet heus) vanaf een jaar of vier in staat waren om zelf hun sociale contacten te regelen. Zij gaven hun kinderen, zodra ze de kinderstoel ontgroeid waren, alcohol bij het eten en vonden het de gewoonste zaak van de wereld dat ze een cocktail voor zichzelf inschonken als ze thuis waren. Hun filosofie luidde zo'n beetje: als je je kinderen als beschaafde volwassenen behandelt, gedragen ze zich ook zo. Ik bevond me aan de verkeerde kant van een culturele barrière en ik zou de rest van mijn leven nodig hebben om dat aan hen uit te leggen. Dat probeerde ik dus maar niet eens.

Indie riep een van haar bodyguards bij zich en terwijl ik toekeek hoe hij zijn plicht vervulde door de rest van Indies bruine prut in zijn jaszak te schuiven, bedacht ik opeens: stel dat Sarah me met Freds erbij Poekie gaat noemen? Quelle horreur!

Iedereen wist dat prinsen bekendstonden om hun begrip en wijsheid, maar zelfs zij zouden toch wel hun grenzen hebben.

Hoezo, maak je niet druk?

*L*ater in de middag ontving ik een e-mail van Sarah, die mijn stemming als een dode vogel naar de grond liet storten.

Mijn lieve Poekie [waarom noemde ze me toch steeds bij mijn oude babynaampje, dat ik vanaf mijn vijfde tot mijn grote vreugde nooit meer had gehoord?], ik heb met zuster Constance afgesproken dat ik je zondag na de mis mee uit neem, zoals we hadden afgesproken. Lekker met z'n tweetjes, super, hè?
Liefs,
Mamsie xxxxxx

Nu maakte ik me dus echt wél druk! De situatie was veel en veel ernstiger dan ik eerst had gedacht, met andere woorden héél ernstig. Mijn moeder had last van repressie, of regressie, of hoe heet dat precies? Ik had daar pas nog iets over gelezen in *Psychoblabla voor dummies*. Volgens dat boek is babypraat bij volwassenen het laatste stadium voor ze gaan kwijlen, incontinent worden en dwangmatig gaan duimzuigen. Als ik al van plan was geweest om Freds uit te leggen dat mijn ouders uit elkaar waren, was dat idee nu als overstekend wild verongelukt.

En toen bedacht ik opeens dat *Gladesdale* waarschijnlijk niet blij zou zijn met een kwijlende, bedplassende brabbelaar in hun schrijversteam, ook al had dat programma het niveau van een kleuterklas.

De kans bestond dus dat de wijze mannen en vrouwen van *Gladesdale* Sarah op straat zouden zetten – of in ieder geval een kinderwagen zouden laten komen om haar af te voeren. En aangezien Bob een inkomen had van eh... nou ja, van niks, nada, betekende dat dat Sarah mijn schoolgeld niet meer kon betalen. Als dit nog maar een jaar geleden het geval was geweest, had ik belletjes om mijn enkels gebonden en had ik rondgesprongen als een volksdanser op een dorpskermis. Maar nu lag het anders. Ik was dol op het Sint-Augustinus, mijn vriendinnen en mijn leven – ook al was mijn aartsvijandin Honey daar niet uit weg te denken.

Ik moest actie ondernemen, en wel meteen. Geen flauwekul. Geen geleuter meer over 'creatieve processen'. Bob moest gewoon die Grote Klapper uit zijn hoofd zetten en Sarah terughalen naar Los Angeles, zodat ze daar behandeld kon worden. Liefst vóór zondag.

Lieve pappa [Dat ge-Bob was afgelopen. Hij moest maar eens goed doordrongen zijn van zijn plichten als vader en echtgenoot],
De situatie is veel ernstiger dan ik je in eerste instantie heb doen geloven. Kom ONMIDDELLIJK, voor *Gladesdale* een kinderwagen laat komen om mamma in een gekkenhuis verder te laten dementeren. Ze zit nog niet in de luiers, maar dat is een kwestie van tijd, en wie moet er dan mijn schoolgeld betalen? Dan moet ik naar een van die scholen in Hollywood, waar je zo'n hekel aan hebt. Nee, liefste *padre*, dit is niet het juiste moment voor creatieve processen. Je vrouw moet binnenkort aan de zindelijkheidstraining en je dochter raakt haar school kwijt! Geef even door wanneer je vliegtuig aankomt.

Je liefhebbende dochter,
Calypso
PS: Kom alsjeblieft VÓÓR ZONDAG! DRINGEND! VÓÓR ZONDAG!

Ik durf erop te zweren dat hij aan zijn laptop zat, want zijn antwoord kwam met de snelheid van het licht.

Liefste dochter [Dochter, wat grappig! Nou, als hij dacht dat hij zich er met een grapje af kon maken, had hij het goed mis],
Je hebt me jarenlang gesmeekt om je naar een 'normale school' te sturen. Beschouw dit als je Grote Kans. Overigens hou ik genoeg van Sarah en heb ik genoeg vertrouwen in haar om te weten dat je haar geestestoestand overdrijft. Je staat niet voor niets bekend als de Koningin van de Noodlotsvoorspellingen. Ik werk dag en nacht om mijn script af te krijgen, om Sarah (en jou) het leven te kunnen geven dat jullie verdienen. Ik heb sinds Sarah weg is geen oog dichtgedaan, en ik zou het erg op prijs stellen als mijn eigen dochter me een beetje zou steunen. Geniet intussen van je moeders gezelschap en hou op met zaniken.
Je liefhebbende vader,
Bob xxx
PS: Het is ALTIJD het juiste moment voor creatieve processen. Dat zou jij toch moeten weten.

Het is dat je volgens de tien geboden je vader en je moeder hoort te eren, anders had ik hem geschreven dat hij kon opdonderen, met zijn Grote Klapper erbij. In plaats daarvan deelde ik mijn wanhoop met Portia, Georgina, Indie, Clemmie, Arabella en Star, terwijl we ons door een berg snoep heen aten en af en toe een paar slokken namen van onze Body Shop Specials. Honey was er ook bij en lag als een leeuwin languit op haar bed. Ik had met Honey zo langzamerhand het stadium bereikt dat ik min of meer kon doen alsof ze niet bestond.

'Ik heb het gevoel dat ik Sarah zóóó in de steek laat. Ik bedoel, ik weet dat ze van streek is en ik wil haar zondag heus zien, echt waar! Maar ik wil Freddie ook zien, en geloof me, ik weet dat mijn maffe *madre* me niet zomaar zal laten gaan. Dat doen Amerikanen gewoon niet,' legde ik uit, terwijl ik een slok nam van de wodka die Star me doorgaf.

'Schat, je kunt het altijd combineren,' stelde Star voor. 'Ik weet zeker dat Freddie het énig vindt om Sarah te ontmoeten. Ik vind haar hartstikke cool. Volkomen geschift natuurlijk, maar wél cool.'

'Nou ja, maar…'

'Maar Calypso en Freds kunnen toch moeilijk zoenen waar Sarah bij is,' voerde Georgina aan. Hè hè, eindelijk iemand die nadacht!

Ik zei niets, maar het laatste wat ik wilde, was dat mijn dementerende, babytaal brabbelende moeder Freds zou afschrikken. Is dat slecht? Ik denk het wel eigenlijk.

'Kun je niet voorstellen om met z'n tweetjes iets te gaan doen? Moeder en dochter samen? Laat haar naar de kapel komen, dan gaan jullie daarna lekker lunchen in Windsor, en na afloop smeer jij 'm naar Freds.'

'Ja, maar zie je, dan wil Sarah mee,' hield ik vol.

'Misschien niet als je haar voorstelt om Freds een keer bij een wat formelere gelegenheid te ontmoeten, bijvoorbeeld tijdens een lunch, een weekend later. Misschien voelt ze zich tegen die tijd ook wat sterker,' stelde Portia voor, terwijl ze de handdoek van haar hoofd wikkelde, waarin ze haar haar had laten drogen. Dit was een fantastisch idee. Ik wilde haar omhelzen, maar gaf haar in plaats daarvan de wodka door.

'Heel slim,' zei George instemmend. 'Ouders vinden het geweldig als je zelf dingen voorstelt waarvan ze denken dat ze je ertoe moeten dwingen.'

'Schaamt Poekepoekie zich dan een beetje voor haar mamsie?' vroeg Honey met een babystemmetje.

Ik smeet een Jelly Baby naar haar toe, maar jammer genoeg ving ze die met haar slangentong handig uit de lucht. 'Ik dacht nog wel dat jullie Amerikanen zo hechtten aan de christelijke waarden. Eert uw vader en uw moeder en zo,' zei ze, met een slecht geïmiteerd zuidelijk accent. Volgens mij is dat het enige Amerikaanse accent dat ze kent.

'Hé, wat is dat hier?' klonk plotseling de stem van Miss Bibsmore, die in onze deuropening bleek te staan.

We zaten allemaal als aan de grond genageld. We hadden geen van allen haar stok in de gang gehoord, en toen ik naar beneden keek, zag ik hoe dat kwam. Ze had de onderkant met plakband omwikkeld.

'We zitten gewoon een beetje te kletsen, Miss Bibsmore. Wilt u een snoepje?' vroeg Portia luchtig, terwijl ze haar een zakje spekkies voorhield.

'Nee, ik wil geen snoepje, Briggsie, dankjewel. Maar ik wil wel even ruiken wat jullie daar in die shampoofles hebben.'

Iedereen hield hoorbaar zijn adem in terwijl Star de Body Shop-fles aan Miss Bibsmore doorgaf.

Miss Bibsmore rook eraan, trok haar neus op en stak toen een van haar dikke, rimpelige vingers in de fles. Ze likte hem af en zei langzaam: 'Wodka.'

'Ja, het is een seizoensaanbieding, Miss Bibsmore, van de shampoo,' begon ik. 'Je haar gaat er heel mooi van glanzen en het wordt er ook helemaal eh… zacht van. Portia heeft het net gebruikt voor haar haar…' Ik wees naar Portia's prachtige, pas gewassen, glanzende haar.

Miss Bibsmore negeerde mijn belachelijke kletsverhaal. 'Ik

neem aan dat dit van jou is, Miss O'Hare,' zei ze, terwijl ze haar aandacht op Honey richtte.

'Jij neemt helemaal niets aan, valse ouwe heks. Waarom zou dat van mij zijn?'

'O, ik heb jou allang in de gaten, juffie.'

'Hoezo? Waar slaat dit op?' vroeg Honey laatdunkend, terwijl ze haar collageenlipjes in een honende grijns trok.

'Nou, aangezien jongeheer Tobias nergens in de kamer te bekennen is, wijst alles erop dat jij de schuldige bent.'

'Wat heeft Tobias ermee te maken? Dat is een speelgoedbeer!' riep Honey met grote ogen van verontwaardiging. Honey zag zichzelf altijd als het slachtoffer van valse beschuldigingen. Ik kreeg bijna een beetje medelijden met haar, hoewel ze het er voor zichzelf alleen maar erger op maakte door Tobias 'een speelgoedbeer' te noemen. Ik bedoel, we hebben het hier wel over een beer met een eigen, op bestelling gemaakte LVT-koffer en een designoutfit.

'Hoe durf je!' barstte Georgina uit, terwijl ze overeind vloog en met vuurspuwende ogen dreigend voor Honeys bed kwam staan.

Miss Bibsmore kwam tussenbeide door haar stok tussen Georgina en Honey in te steken. 'Speelgoedbeer of niet, hij is een betalende leerling van deze school en naast jou, Miss O'Hare, de enige met een drankprobleem.'

'Tobias drinkt niet meer,' verzekerde Georgina haar ernstig. 'Hij is in de vakantie naar een ontwenningskliniek geweest.'

Miss Bibsmore dacht hier even over na en knikte. 'Nou, ik hoop van harte dat de behandeling heeft geholpen, Miss Castle Orpington. Maar op dit moment is Mr. Tobias niet mijn grootste zorg. Miss O'Hare, jij gaat met mij mee naar zuster Constance.'

'Dit is belachelijk. U valt me al lastig vanaf het moment dat u me voor het eerst hebt gezien.'

Daar kon ik me iets bij voorstellen, want dat was precies wat Honey bij mij had gedaan.

Miss Bibsmore lachte kakelend. 'Nou, je zei zelf dat je de laatste persoon die je net zo had behandeld als ieder ander, voor de rechter had gesleept.'

'Ugh!' gromde Honey en begon woest een nummer in te toetsen op haar mobiele telefoon. 'Nou, ik bel mijn advocaten! Er zijn hier getuigen die u net hebben horen toegeven dat u de pik op mij hebt...'

Miss Bibsmore stortte zich op het schitterende, piepkleine mobieltje en stak het in haar zak. 'Je kunt je advocaten bellen nadat je met de zuster hebt gesproken. Overeind jij, hup, twee, drie.'

Wij keken verbijsterd toe terwijl Miss Bibsmore de luid protesterende Honey de kamer uit joeg. We wachtten een volle minuut, voor we in rauw gelach uitbarstten.

Het allergekste was dat de rest van de Body Shop Specials nog gewoon tussen onze snoepvoorraad stond.

Wees gewaarschuwd! Het leven is geen lolletje

*N*atuurlijk kon ik het advies van mijn vriendinnen niet opvolgen om mijn ontmoeting met Sarah en mijn afspraakje met Freddie met elkaar te combineren. Nadat ik er goed over had nagedacht, kwam ik tot de conclusie dat zelfs het perfecte plan van Portia ruimte liet voor onvoorspelbaar ouderlijk wangedrag. Ik wist hoe Sarah ernaar uitkeek om Freds te ontmoeten. Een officiële lunchafspraak klonk heel leuk, maar officiële afspraken en Sarah gingen niet goed samen. Ik had geen keus. Stel je eens voor: Freds, de Britse troonopvolger, oog in oog met mijn dementerende, babytaal brabbelende moeder! Hij zou er als een speer vandoor gaan, met Sarah hijgend achter zich aan.

Nee, hoe vervelend ook, ik moest Sarah voor laten gaan en mijn afspraakje met Freds afzeggen. Ik probeerde uit alle macht een andere oplossing te bedenken, maar ik was het aan Sarah verplicht om haar in haar uur van nood bij te staan. Er was geen andere uitweg. Terwijl ik het sms'je intoetste, brandden de tranen in mijn ogen. Ik zou Freds zondag niet zien, ik zou niet zijn heerlijke lippen op de mijne voelen, niet het verrukkelijke, frisse geurtje in zijn nek ruiken.

Soz, maar zondag kan niet. De madre is in de stad en eist me voor zich op. Volgende week zaterdag, beloofd. Xxxx Calypso

Ik bleef voor mijn gevoel een eeuwigheid naar het scherm van mijn mobiel staren, maar er kwam geen antwoord en uiteindelijk moest ik weg, naar studieles. Ik zei tegen mezelf dat hij het waarschijnlijk waanzinnig druk had... óf dat hij woedend was en plannen maakte om me te dumpen.

Toen zaterdagmorgen om vijf uur mijn wekker afging om naar het schermtoernooi in Sheffield te gaan, had Freds nog steeds niet op mijn sms'jes gereageerd. Ja, ik weet het, het klinkt triest, maar ik had hem meerdere sms'jes gestuurd, omdat ik steeds dacht dat hij waarschijnlijk in de les zat, of naar de mis was, of eh... het gewoon waanzinnig druk had met het opladen van zijn iPod. Na mijn sms-confrontatie met Freddie vlak voor de vakantie – waar uiteindelijk Honey achter bleek te zitten – was ik niet van plan nieuwe misverstanden tussen ons te laten ontstaan.

Na Freds reactie op de foto die Honey aan de roddelbladen had verkocht, had Star hem altijd een zelfingenomen kwal gevonden. Volgens haar ben ik te goed voor hem, maar ja, zij is zo verschrikkelijk loyaal dat ze geen enkele jongen goed genoeg voor me vindt. Ik had Star niet verteld dat ik mijn afspraakje met Freds op zondag had afgezegd omdat ik niet wilde dat hij mijn dementerende *madre* zou ontmoeten. Dat zou ze maar niks hebben gevonden. Ik in mijn hart eigenlijk ook, maar ja, ik kon Sarah moeilijk haar babypraatjes laten afsteken tegen de Britse troonopvolger, toch? De afgelopen drie dagen had ze me Miepsie genoemd, wel negen keer! Miepsie! Ik was toch geen kat!

Zaterdagmorgen trokken Portia en ik in de badkamer onze spijkerbroeken en truien aan, om Honey niet wakker te maken. Die lag zo hard te snurken dat het een wonder was dat ze er zelf niet wakker van werd. Daarna renden we met onze zaklampen de trappen af en het vochtige grasveld over, naar het nonnenverblijf. Daar stond de kleine zuster Regina ons al bij de deur op te wachten. Ze sprong op en neer van opwinding.

Zuster Constance had besloten dat een van de nonnen ons naar het toernooi moest begeleiden. Ze hadden erom geloot en zuster Regina was als gelukkige winnaar uit de bus gekomen. Nadat ze ons op haar typische nonnenmanier met veel lieve woordjes en knuffels had verwelkomd en had verteld dat de andere nonnen stikjaloers waren, bracht ze ons naar de keuken van het klooster, waar sinds de jaren vijftig niets meer aan is gemoderniseerd.

Ze had een uitgebreid Engels ontbijt voor ons klaargemaakt, de schat. 'Nou, jullie zullen de voedingsstoffen hard nodig hebben, met al die zwaardgevechten die jullie gaan houden. En ik heb tonijnsandwiches gemaakt voor onderweg!'

'O, dat is heel erg lief, zuster,' zeiden Portia en ik.

'Maar niets tegen zuster Michaëla zeggen, hoor, want ik heb haar blikje tonijn gestolen.'

'Zuster toch!' zeiden we bestraffend.

'Och, hou op. We krijgen allemaal iedere week een kleine traktatie uit de winkel, maar ik kies altijd sigaretten,' legde ze fluisterend uit.

'Zuster, dat is ontzettend stout. Nu voelen we ons schuldig,' plaagde Portia. 'Die arme zuster Michaëla.'

'Ach, sssst,' zei ze met een ondeugend kakellachje, terwijl ze bedrijvig door de keuken heen en weer liep en eieren, spek, worstjes, toast en gebakken bonen op de oude, geschilferde, groene borden legde. 'Zuster Michaëla herinnert zich waarschijnlijk niet eens meer dat ze het heeft besteld. Ze wordt volgende maand honderd.'

'Wauw!' riep ik uit. 'Dat is… dat is cool.'

'Ja, en dan wordt er uitgebreid theegedronken, met scones en slagroom en komkommer- én tonijnsandwiches. We verheugen ons er allemaal erg op, maar hoewel het lichaam sterk is, is de geest in het geval van zuster Michaëla niet meer helemaal je dát.

Toen we gisteravond dierenmemory deden, wist ze er geen één. Zelfs de kippen had ze niet, en die lagen toch pal naast elkaar. Maar hoe dan ook, ze zou het niet erg vinden. Alle nonnen zijn erg trots op jullie en ik weet zeker dat niemand twee van die lieve meisjes een beetje tonijn misgunt. Kom, eet op en zeur niet.'

We zaten net ons bord schoon te schrapen toen we Lullo op de deur hoorden kloppen. Het was pas zes uur en nog steeds donker, dus we moesten onze zaklampen gebruiken om bij de minibus te komen. Lullo begeleidde zuster Regina galant door het natte gras. 'Is dit niet opwindend, meisjes?' riep ze steeds. 'O, Mr. Mullow, ik hoop toch zo dat ze het goed doen.'

Lullo had onze schermspullen al meegebracht. 'Jullie zouden je eigen hoofd nog vergeten mee te nemen,' had hij de vorige dag gezegd, toen we hem aanboden te helpen. 'Nee, laat dat maar aan mij over, dan weet ik tenminste zeker dat alles in orde is.'

Zuster Regina ging voorin zitten, bij Lullo, en begon meteen aan de radio te draaien. Ze zette hem op een popzender en begon mee te zingen met een oud liedje van Britney Spears. Als ik zeg 'meezingen', bedoel ik 'nonnetjes-zingen', want in het klooster krijgt ze natuurlijk niet zoveel popliedjes te horen en ze lalde maar wat mee op de wijs.

Lullo had wat extra kussens meegenomen voor op haar stoel, zodat ze over het dashboard heen kon kijken. Portia stootte me aan. 'Volgens mij is hij in zijn hart echt een watje, denk je ook niet?' fluisterde ze.

'Nee!' fluisterde ik terug en wreef over mijn arm, die nog steeds pijnlijk was van de training van gisteren, met onze maniakale schermmeester-met-twee-zwaarden.

Lullo gebruikte het grootste deel van de reis om ons voor te bereiden op wat ons te wachten stond. 'Het is niet zo'n lolletje als op de schooltoernooien. Je kunt van alles verwachten. Je hebt erbij die smerig spelen en je hebt er die netjes spelen, maar op een smerige manier. Het is net als met poker: ze doen alles om je af te bluffen en te intimideren. En nóg iets: jullie moeten je niks aantrekken van de Grote Brutale Ratten.'

'Pardon?' vroeg ik.

'Die idioten met GBR op hun rug.'

'Maar waarom dan?' vroeg ik, want dat was nou precies waar ik altijd van had gedroomd: dat er ooit met grote letters KELLY GBR (Groot-Brittannië) op mijn rug zou staan.

'Omdat je die eer alleen krijgt als je bij het nationale team zit en internationale wedstrijden schermt,' legde Lullo uit. 'Maar er zijn er die zich die eer gewoon toe-eigenen. Zoals ik al zei: het gaat er in het schermen niet altijd even netjes aan toe.'

'Maar dat is niet eerlijk!' schreeuwde ik verontwaardigd boven zuster Regina's ge-lalala uit.

'Het is zielig, dát is het. Die idioten doen alles om je te intimideren. In de hoop dat je het voor ze in je broek zult doen.'

'Listig,' merkte Portia op. Dat was voor haar de ultieme manier om haar afkeuring te laten blijken. 'Listig' was haar woord voor achterbaks, minderwaardig en laag-bij-de-gronds.

'Zo kun je het ook zeggen, Briggs,' grinnikte Lullo. Ik had de indruk dat hij Portia's aristocratische omgangscodes en onderkoelde reacties een beetje begon te begrijpen.

'En dan hebben ze natuurlijk ook nog hun fanclubs, je weet wel, familie en vrienden en zo. Mensen van school, wie ze ook maar weten op te trommelen. Sommigen schuiven zelfs groupies geld toe om hen te komen toejuichen. Zelfs de moedigste schermer kan verslagen worden als zijn tegenstander een horde juichende fans achter zich heeft staan die om zijn bloed schreeuwen, terwijl het aan zijn kant van de loper helemaal leeg is,' zei hij, alsof hij uit eigen ervaring sprak. 'Jullie kan vandaag niks gebeuren, met de zuster en mij erbij, maar er zullen momenten zijn dat je er helemaal alleen voor staat. Dat jij niet eens iemand bij je hebt om je op de aanwijsapparatuur aan te sluiten, terwijl zij mensen achter zich hebben staan die schreeuwen: 'Hak die Zuid-Afrikaanse eikel in moten!'

Gelukkig zat de zuster luidkeels met een liedje mee te lallen en hoorde ze niets. Portia en ik keken elkaar aan. Lullo had blijkbaar nogal wat pijnlijke persoonlijke ervaringen op dit gebied.

Hij weidde nog wat uit over de scheldkanonnades die we konden verwachten, maar Portia en ik lachten alleen maar om deze kinderlijke intimidatietactieken. Star en de anderen hadden nota bene gesmeekt om mee te mogen, maar wij waren het erover eens dat we waarschijnlijk veel te gespannen zouden zijn en er misschien alleen maar door afgeleid zouden worden.

Ik had uit voorzorg tegen Sarah gezegd dat er niemand mocht komen kijken. Stel je voor dat ze om de loper heen ging rennen en 'Zet 'm op, Poekie!' ging roepen. Dat was zelfs voor de meest plichtsgetrouwe dochter te veel van het goede.

'Dus jullie moeten je emotioneel afsluiten. Begrepen? Denk met je hersenen, beweeg met je lichaam, maak ze in met je wapen,' benadrukte Lullo. 'Daar gaat het om. Daar gaat het alléén maar om. Die andere flauwekul, de schimpscheuten van de fans van je tegenstanders, de scheldwoorden die ze je naar het hoofd slingeren, dat doet allemaal niet ter zake. GVDB, begrepen? Ga voor de ballen! Dat is je strijdkreet.'

Sinds Lullo's komst op het Sint-Augustinus was de term GVDB langzaam ingeburgerd geraakt. Portia en ik moesten vaak grinniken als Lullo het naar ons schreeuwde als we met z'n tweetjes aan het schermen waren. Om te beginnen hadden wij als meisjes natuurlijk geen ballen. En ik denk ook niet dat zuster Constance of onze ouders het op prijs zouden stellen dat onze jonge geesten aan dit soort obsceniteiten werden blootgesteld. Wij waren tenslotte keurige, welopgevoede tienermeisjes.

Zuster Regina, die vrolijk had zitten meelallen met een heftige rapsong, was ontzet. 'Oooo, Mr. Mullow, wat een taal.'

'Sorry, zuster,' verontschuldigde hij zich, rood van schaamte. Het liedje waarmee de zuster op haar nonnenmanier had meegezongen, stond trouwens bol van de schunnigheden en was één grote lofzang op een zondig leven.

'En vergeet niet, meisjes,' schreeuwde zuster Regina, die haar best moest doen om boven een volgende rapsong vol moord en doodslag uit te komen, 'ik ben erbij om voor jullie te bidden. Een tientje van de rozenkrans is meer waard dan duizend fanclubs bij elkaar. Alle trucjes waar Mr. Mullow jullie voor heeft gewaarschuwd, smelten weg onder de goddelijke tussenkomst van Onze Lieve Vrouwe, meisjes. Vergeet dat nooit.'

We knikten braaf. 'Ja, zuster.'

'En als ze erg grof worden, zal ik wel naar ze zwaaien met mijn rozenkrans.'

'Daar zullen ze vast van staan te beven in hun schoenen,' mompelde Lullo.

'Maar Mr. Mullow, u vindt het toch hopelijk niet erg als ik af en toe een klein hoeraatje laat horen als de meisjes een punt scoren, of hoe dat ook maar heet?'

Och jeetje. Ik had haar kunnen knuffelen. Nonnen zijn toch zó heerlijk wereldvreemd.

'Nee, daar is beslist niets op tegen, zuster...' Volgens mij was zelfs Lullo even van zijn stuk gebracht door haar onschuld.

'Fijn, want ik hou wel van een beetje juichen, Mr. Mullow. Dat houdt de motor draaiende.'

We schoten lekker op en arriveerden wat vroeger dan gepland op de parkeerplaats van de BFA Sheffield Open. Daar stonden al tientallen andere voertuigen, sommige net als die van ons met schoolemblemen erop, maar ook gewone auto's en minibusjes, waarin waarschijnlijk de gevreesde fanclubs waren vervoerd.

Lullo wees erop dat de meeste mensen waarschijnlijk met de trein waren gekomen. Dat betekende dat er héél veel mensen op het toernooi zouden zijn. Volgens mij drong het toen pas tot me door hoe bepalend dit evenement zou zijn voor mijn schermcarrière.

Portia en ik haalden onze zware schermuitrusting uit de minibus, terwijl Lullo onze kleine non uit de auto tilde. Ze was met haar een meter twintig net een pop. Een pop die steeds meer opgewonden raakte!

En toen werd het effect van Lullo's peptalk in één klap tenietgedaan.

Want precies op het moment dat wij het gebouw binnenliepen, hoorde ik plotseling 'Poekie!' roepen en kwam mijn moeder vanuit het niets tevoorschijn. 'Is het niet spannend? O, laat me je eens goed bekijken,' riep ze, terwijl ze mijn hoofd vastpakte en me in mijn wangen kneep. 'Je gaat ze allemaal inmaken!' Ze gloeide van trots.

Ik gloeide ook, maar van een heel andere emotie.

Mijn trieste fanclub

Met veel moeite lukte het ons om de tafel bij de ingang te bereiken, waar onze namen werden afgestreept voor de poules. Het was niet alleen verschrikkelijk druk, maar Sarah hing als een klit aan me en zuster Regina had zich aan mijn schermuitrusting vastgeklampt en tsjirpte: 'Wacht maar tot ik de andere nonnen hierover vertel. Ik weet dat het zondig is, maar ik zal genieten van hun jaloezie, echt waar.'

Portia had intussen haar naam laten afstrepen en baande zich zelfverzekerd een weg door de menigte, waaronder zich heel wat mensen bevonden die we binnenkort met onze wapens in de pan zouden hakken. Iedereen liep door elkaar en overal stonden mensen vriendelijk met elkaar te kletsen. Ik begon al te twijfelen aan Lullo's angstaanjagende verhalen over wat ons te wachten stond, hoewel ik inderdaad wel wat schermers met GBR op hun rug door de hal zag lopen. Lullo stootte me aan. 'Zie je wat ik bedoel? GBR, me reet. Grote Brutale Ratten, dat zijn het. Maar ze denken dat jij je erdoor zult laten intimideren.'

'Zielig,' beaamde ik. Eindelijk had ik de tafel bereikt, dubbel belast door het gewicht van mijn moeder en mijn angst voor wat ze zou kunnen doen om mij in verlegenheid te brengen. Lullo gaf me een klap op mijn rug. Ik denk dat hij het deed om me aan te moedigen, maar omdat ik er niet op bedacht was, verloor ik mijn evenwicht en klapte ik voorover op het boek met namen.

'Godallemachtig, moet je dat zien,' zei een of andere lolbroek tegen zijn vriendjes en ze begonnen allemaal hard te lachen.

'Niet zo brutaal, heren, anders stuur ik jullie schermmeester op je af,' dreigde zuster Regina, terwijl ze zich in haar volle een meter twintig oprichtte. Nonnen kunnen erg streng en gebiedend overkomen, vooral als het jongens betreft. Ze werden helemaal rood en mompelden: 'Sorry, zuster.'

Maar toen werd het hele effect van zuster Regina's dreigende woorden onmiddellijk tenietgedaan door Sarah, die haar armen om me heen sloeg en de jongens gebood me met rust te laten. 'Vervelende pestkoppen!'

Ik haalde haar armen van mijn nek en keek haar strak aan. 'Hoor eens, Sarah, dit kun je hier echt niet doen. Ik ben geen vijf meer.'

'Je blijft altijd mijn kleine schattebout, Calypso,' antwoordde ze, terwijl ze me nog eens in mijn wang kneep – alsof ik daar vrolijk van werd.

Nadat ik eindelijk mijn naam had laten afstrepen, rende ik achter Portia aan, die al bijna bij de kleedkamers was.

'Tot straks, kleine schattebout,' riepen de lolbroeken me na. Sarah, die ongevraagd achter me aan kwam lopen, zei niets, maar ik denk dat ze wel begreep dat ik dit aan haar te danken had.

Bij de kleedkamers kwam ik eindelijk van haar af. Zuster Regina waren we gelukkig al kwijtgeraakt bij de theetafel. Als je ooit een non wilt ontvoeren, hoef je haar alleen maar een lekker kopje thee aan te bieden, dan krijg je haar overal mee naartoe.

'Weet je zeker dat ik je niet hoef te helpen met omkleden, schat?' vroeg Sarah bij de kleedkamers.

Met een vastberaden 'Nee, dankjewel,' deed ik de deur voor haar neus dicht.

'Ik begrijp dat je Sarah hier niet had verwacht?' vroeg Portia. Zij was er zo te zien ook niet blij mee.

'Natuurlijk niet. Ik had haar verteld dat er alleen maar schermers werden toegelaten, maar goed, ze heeft lang in Amerika gewoond. Daar leren moeders erg goed voor zichzelf op te komen, zie je wel.'

'Ik weet dat het afschuwelijk klinkt, maar ik ben zóóó blij dat we geen fanclub hebben meegenomen. Ik zou tien keer zo zenuwachtig zijn als Star en de anderen stonden te kijken.'

Ik was het met haar eens.

Er stonden nog een heleboel andere meisjes hun schermuitrusting aan te trekken, dus gingen we er niet verder op door. Niemand sprak tegen ons en wij deden geen moeite om met de anderen aan de praat te raken. Portia en ik hoefden ook niets tegen elkaar te zeggen. Het was overduidelijk dat we allebei op waren van de zenuwen.

Zodra we ons hadden omgekleed, gingen we de hal weer in, waar het nu nog twee keer zo druk was als toen we aankwamen.

Lullo was nergens te bekennen, maar ik zag wel Sarah en zuster Regina bij de theetafel staan. Portia en ik keken om ons heen om te zien wat we moesten doen, maar overal heerste chaos. En om de verwarring compleet te maken, klonken er voortdurend allerlei mededelingen uit de luidsprekers.

'Vanwege een tekort aan scheidsrechters verzoeken we alle gediplomeerde scheidsrechters die zich nog niet hebben opgegeven, zich alsnog te melden.'

Plotseling kwam Lullo uit het niets tevoorschijn. Hij sprintte naar de andere kant van de hal, alsof hij op het punt stond een tweede olympische medaille in ontvangst te nemen. Zuster Regina begon voor hem te klappen en te juichen. Sarah sloot zich met een enigszins verward gezicht bij haar aan.

'Laten we een paar rekoefeningen doen,' stelde ik Portia voor, in de hoop dat als we maar diep genoeg door onze knieën zouden gaan, Sarah ons niet in de gaten zou krijgen.

'Wil Simon Tyler zich melden? Hij staat nog niet geregistreerd!' bulderde een stem door de luidspreker.

'Het komt allemaal zo chaotisch over,' merkte Portia op, terwijl een paar mensen over ons heen stapten. 'Ik heb geen idee wat er van ons verwacht wordt. En er staan ook nergens borden waar je op kunt zien in welke poule je bent ingedeeld en waar je moet schermen.'

'Attentie!' riep de omroeper door de luidspreker. 'Over enkele minuten beginnen de poulewedstrijden voor de meisjes. En ik herhaal: Simon Tyler moet zich NU melden voor registratie!' Daarna werden de namen voor de meisjespoules opgerateld.

'Nu begint het,' zei ik tegen Portia, terwijl er een aantal mensen werd omgeroepen, met het verzoek zich te verzamelen bij loper 5. Portia's naam werd omgeroepen bij de poules voor loper 6. Ik moest me melden bij loper 7.

'Zullen we elkaar dan maar een hand geven?' stelde ik voor. Ik kan soms toch zulke idiote ideeën hebben.

Ik voelde de adrenaline door mijn aderen stromen, terwijl de oproepen aan Simon Tyler om zich te melden steeds dreigender werden.

'Nee, ik vind dat we elkaar een knuffel moeten geven,' zei Portia. En dat deden we.

Natuurlijk hadden mijn moeder en zuster Regina onze namen ook gehoord. Ze stonden bij loper 7 op me te wachten met een spandoek dat ze van een gestolen tafellaken in elkaar hadden geflanst. Ze hielden het omhoog met de trots van een paar vrouwen die net een beddensprei hebben gehaakt.

Er stond op (en ik vind het pijnlijk dit te moeten herhalen): HUP POEKIE! HUP! De woorden waren er in jam op geschreven.

En toen opeens wilde ik dat Bob er was. Hij zou precies weten wat hij moest zeggen – al was het maar een of andere stomme voetbalwijsheid uit zijn studentenjaren. Bovendien had Bob aardig wat verstand van schermen, terwijl Sarahs steun alleen emotioneel van aard was.

De andere meisjes bij de loper begonnen te giechelen toen ik eraan kwam en Sarah en zuster Regina begonnen te roepen: 'Hup, Poekie! Hup!' Helaas wist volgens mij iedereen meteen wie Poekie was.

Op dat moment kwam Lullo op een bijzonder gezaghebbende manier met een scheidsrechtersklembord onder zijn arm naar onze loper gestapt. Omdat hij ons ging scheidsrechteren, maakte hij geen oogcontact met mij.

Op redelijk informele toon kondigde hij aan: 'Goed, als eerste zijn aan de beurt Kelly en Rogers-Staughten-Bowhip.' Toen voegde hij er met een strenge blik naar zuster Regina en Sarah aan toe: 'Ik denk dat we dat spandoek hier niet nodig hebben.'

'Boeeeeh!' riepen Sarah en de zuster. 'Spelbreker!'

Ik had allerlei tegenstrijdige gevoelens. Aan de ene kant was ik opgelucht, maar aan de andere kant had ik medelijden met zuster Regina en Sarah, die dit spandoek met zo veel liefde hadden gemaakt. Al was het nog zo'n sneu geval. Als Bob erbij was geweest, was hij vast opgekomen voor hun recht van meningsuiting.

Die stomme Rogers-Staughten-Bowhip had geen last van tegenstrijdige gevoelens. Ze stond te stikken van de lach terwijl ze me een hand gaf. Maar toen sloot een ander meisje dat ik niet kende me aan op de aanwijsapparatuur, en dat gaf me het idee dat ik misschien toch niet door iedereen werd uitgelachen.

Rogers-Staughten-Bowhip verslikte zich bijna van pret tijdens het brengen van de schermgroet en ik ving even Lullo's blik op. Het was maar heel even, maar het was net of hij me wilde herinneren aan de reden waarom ik hier stond. Als Rogers-Staughten-Bowhip dacht dat ik me van de wijs liet brengen door een spandoek met jam, in elkaar geflanst door een non van een meter twintig en een dementerende, weggelopen moeder, had ze het goed mis.

Vanaf het moment dat de partij begon, proefde ik de overwinning. 'Je bent Jerzy Pawlowski,' zei ik tegen mezelf. Rogers-Staughten-Bowhips spot zou haar duur komen te staan, want al mijn emoties vielen weg. Terwijl ik over de loper naar voren schoof, dacht ik met mijn hersenen, bewoog ik met mijn lichaam en maakte ik haar in met mijn wapen. Ik haalde alle vijf de punten binnen en won de partij.

Het was een belachelijk gemakkelijke overwinning, maar ik maakte mezelf niet wijs dat ik er al was. De rechtstreekse eliminatie was nog niet eens begonnen, en die beloofde echt zwaar te worden.

Maar Sarah en zuster Regina waren opgetogen. Ze probeerden me op hun schouders te tillen, een manoeuvre die verschrikkelijk misliep toen ik verstrikt raakte in het elektriciteitsdraadje waarmee ik aan de aanwijsapparatuur vastzat.

'Verdwijn van de loper, stelletje idioten!' brulde Lullo, waarop ze me op hun spandoek lieten vallen en onder de jam achterlieten.

Bij de theetafel liep ik Billy tegen het lijf.

'Een bloedige partij zeker?' zei hij plagend, terwijl hij wees naar de jam op mijn lamé.

'O, jaaa, een strijd op leven en dood,' antwoordde ik met gemaakte trots.

'Maar heb je gewonnen?'

'Je zou mijn tegenstandster eens moeten zien.'

'Heb je haar verpletterd?'

'Meer dan dat.'

Billy schoot in de lach, maar ons vrolijke onderonsje werd verstoord door Rogers-Staughten-Bowhip, die op de loper blijkbaar nog niet genoeg was vernederd. Ze kwam tenminste bij ons staan en zei: 'Goede partij, Póékie.' Ze benadrukte het woord 'Poekie' met zoveel minachting, dat ik haar graag had willen schoppen.

'Poekie?' herhaalde Billy, die er natuurlijk niets van begreep.

'Je wilt het niet weten,' antwoordde ik. 'Het heeft iets te maken met een non, een dementerende moeder, en mijn tegenstandster hier, die heel graag goed wil schermen, maar er niks van terechtbrengt.' Toen ging ik er als een speer vandoor, want ik zag Sarah en zuster Regina aankomen.

In de kleedkamer controleerde ik mijn mobiel. Ik hoopte nog steeds dat Freddie me uiteindelijk zou vergeven voor de twee afspraakjes die ik had afgezegd. Ik verwachtte het niet echt, maar ik had behoefte aan een teken van God dat niet alles verloren was. En daar was het.

Soz voor mijn lullige reactie. Denk aan je, mis je. Bel me als je ze in de pan hebt gehakt. Freds xxx

Voorwaarts christenstrijders

Het bleek dat Lullo niet had overdreven toen hij ons waarschuwde voor de intimidaties en de goedkope trucs die je op toernooien kunt verwachten. Ik had vier gruwelijke eliminatierondes overleefd en stond nu in de finale.

Ja, de finale. Nu was het aan mij en Jenny Frogmorten. Freddies sms'je had me al het zelfvertrouwen gegeven dat ik nodig had om het onderste uit de kan te halen. Bovendien had Lullo's peptalk me geholpen geconcentreerd te blijven, ook al deed de fanclub van mijn tegenstandster er alles aan om me te vernederen en onderuit te halen. Terwijl ik op de aanwijsapparatuur werd aangesloten, stonden ze al te schreeuwen dat ik een 'stom k...wijf' was. Het was maar goed dat Bob er niet bij was. Die zou door het lint gaan als hij zulke taal tegen zijn dochter hoorde gebruiken.

'Jenny maakt je af, Kelly!' brulde het vriendje van mijn tegenstandster, terwijl de rest van de fanclub vijandig siste.

'Goed hoor!' riep ik terug, op een toon alsof ze me eerder verveelden dan bang maakten.

Ik liet me niet van de wijs brengen. Hun schimpscheuten deden me niets, niet alleen omdat ik aan het gescheld begon te wennen, maar ook omdat ik wist dat Freds van me hield. Nou ja, hij had me in ieder geval een liefdevol sms'je gestuurd. En na vier jaar het mikpunt te zijn geweest van Honeys pesterijen, was ik immuun geworden voor gemene opmerkingen en hatelijke scheldwoorden.

Voor het begin van iedere partij stond ik aan mijn kant van de loper bij Sarah en zuster Regina. En hoewel ik me tijdens de poulewedstrijden dood had geschaamd voor hun spandoek met jam, zag ik nu geen verschil meer tussen hun krankzinnige gedrag en dat van de brullende barbaren aan de andere kant van de loper, die mijn tegenstandster aanmoedigden en mij uitscholden.

Ik was zelfs nogal trots geworden op mijn aanhang. Portia was in de halve finale uitgeschakeld, maar ze was daarmee toch op een hoge plek geëindigd. Toen zij nog in de wedstrijd zat, waren zuster Regina en Sarah steeds dapper van de ene loper naar de andere gerend om ons allebei aan te moedigen. Maar nu was al hun aandacht gericht op mij. Dat gold ook voor Lullo, wiens scheidsrechterstaken er voor vandaag op zaten. Portia stond aan de andere kant van de hal Billy aan te moedigen, wat logisch was, want ze was tenslotte zijn vriendin. Maar ik miste haar toch, want voor de meisjes was het de laatste partij van de dag en mijn tegenstandster had bijna de halve zaal achter zich verzameld. Mijn aanhang was maar klein, maar ja, het gaat om de kwaliteit, niet om de kwantiteit, zullen we maar zeggen.

'GVDB, Kelly,' fluisterde Lullo in mijn oor, terwijl hij me op de aanwijsapparatuur aansloot. 'Ik sta vlak achter je, en ik waarschuw je: ik ben van plan een heleboel herrie te maken.'

'Oké,' antwoordde ik. Ik dacht dat hij bedoelde dat hij flink hard ging juichen.

'Sommige dingen die ik ga schreeuwen, zijn misschien niet geschikt voor de oren van die arme zuster Regina, maar dit is oorlog. Ik ben van plan om die schoften daar eens flink aan te pakken. Ze krijgen dezelfde vuiligheid terug die ze naar jou schreeuwen, maar dan tien keer zo erg. Gesnopen?'

Oké, nu werd ik zenuwachtig. 'Ik begrijp het geloof ik niet helemaal, Mr. Mullow.'

'Je hoeft het ook niet te begrijpen, meisje. Sluit je oren maar voor wat ik naar ze roep. Jouw taak is om dat stukje vlees aan de andere kant van de loper in kleine mootjes te hakken. Dus luister maar niet naar mij. Het is niet voor jou bedoeld, maar voor dat tuig daar.' Hij wees naar de fanclub aan de overkant, van wie sommigen hun middelvinger naar me opstaken en anderen Jenny moed inspraken.

'Oké,' antwoordde ik. 'Dus u gaat net zo hard schelden als zij?'

'Nog veel erger. Ze schreeuwen om je bloed, Kelly, en ze zijn met z'n honderden. Ik ga om Jenny's bloed schreeuwen.' Toen duwde hij me de loper op.

Toen ik mijn tegenstandster een hand gaf, leunde ze een beetje naar voren en zei: 'Leuk spandoek, Kelly.' Het klonk niet eens zo erg onvriendelijk.

Ik moet misschien even uitleggen dat het genoemde spandoek in de loop van de dag nogal te lijden had gehad. Er stond nu: HU KIE HU. Maar Sarah en zuster Regina hadden het nog niet afgedankt. Ze hielden het ieder aan een kant stevig vast en sprongen er met onuitputtelijke energie mee op en neer.

'Bedankt,' zei ik tegen mijn tegenstandster. 'Ik vind het ook leuk. Ze hebben het met jam gemaakt.'

'Met jam?' vroeg ze, met een gezicht alsof ik niet goed bij mijn hoofd was.

'In het begin zag het er beter uit,' zei ik tegen haar. Ik vond het prima als ze me onderschatte.

Maar toen was het afgelopen met de subtiliteiten. Zodra de partij van start ging, begon Lullo de grofheden te brullen die hij had aangekondigd. Geen waarschuwing ter wereld had me kunnen voorbereiden op wat hij nu schreeuwde: 'Snij d'r open, die slet! Snij d'r open als een vis!'

77

Het was moeilijk te negeren, vooral omdat Sarah en zuster Regina Lullo's teksten begonnen mee te zingen op de wijs van 'Voorwaarts christenstrijders', een van mijn favoriete psalmen. Tot op dat moment tenminste.

Maar ik kon geen aandacht besteden aan Lullo, of aan zuster Regina en Sarah met hun 'psalm'. Jenny was mijn doelwit. Ik had haar een van haar eerdere partijen zien winnen en wist dat ze bij voorkeur treffers maakte op de pols en minder sterk was in het verdedigen van haar masker. Die combinatie is niet ongebruikelijk, omdat iemand met een voorkeur voor lage treffers zijn zwaard meestal wat meer naar beneden gericht houdt en daardoor zijn masker minder goed kan afdekken.

Ik besloot dan ook mijn aanval vanuit wering vijf in te zetten. Dat was een succesvolle manoeuvre – ik haalde het punt binnen – maar ik wist dat ik dit niet te vaak kon doen, omdat ze me dan in de gaten zou krijgen.

Intussen stond Lullo achter me te brullen: 'Sla d'r lelijke kop eraf, Kelly, en voer d'r op aan die honden achter haar!'

Zelfs de idioten achter mijn tegenstandster leken geschokt door het venijn van Lullo's verbale geweld. Of misschien waren ze ontzet omdat een non en een dementerende moeder een christelijke tekst ontheiligden.

De kreten van de fanclub van mijn tegenstandster ('Pak d'r, Jenny!' en 'Maak d'r in!') vielen op de een of andere manier in het niet bij de aanmoedigingen van Lullo, die brulde: 'Scheur de strot van die rat open, Kelly, en spuug d'r in d'r vuile bek.'

Na mijn tweede punt lieten Jenny's fans weer wat meer van zich horen en brulden nog wat schunnigheden terug, maar die misten overduidelijk de originaliteit en beeldende kracht van Lullo's teksten.

De eerste drie punten waren voor mij, maar Jenny wist nu wat ik wist, en om mijn voorsprong te behouden, wist ik dat ik mijn benadering moest variëren. En inderdaad, het volgende punt was voor haar: ze trof me op mijn masker, nadat ze eerst mijn aanval vanuit wering vijf perfect had geriposteerd.

Ze was snel en slim. Daarom had ze de finale bereikt.

Ergens op de achtergrond hoorde ik Lullo met hernieuwd venijn een persoonlijke aanval openen op wat er nog over was van Jenny's fanclub. Hij liet ze tot in het kleinste detail weten wat hij met ze ging doen als de wedstrijd was afgelopen en maakte duidelijk dat hij manieren had om erachter te komen waar ze woonden, zodat hij zich op bloedige wijze kon wreken op hen en hun geliefden.

'Op bloedige wijze wreken,' zongen zuster Regina en Sarah lieflijk op de wijs van een psalm, die ik later nooit meer met dezelfde vroomheid kon meezingen.

Op een stroom van beledigingen bereikten we ten slotte matchpoint veertien. Alles hing af van het laatste punt. Lullo werd nu stil, maar zuster Regina en Sarah gingen nog even moedig door met het zingen van schunnige teksten, ook al had de scheidsrechter hen al eerder gedreigd met een gele kaart.

En toen, net op een moment dat iedereen even stil was (Jenny's fanclub zat grotendeels naar de grond te staren) begon Lullo te schreeuwen: 'Jerzy Pawlowski! Acht manieren om vooruit te bewegen! Hoeveel heb jij er, Kelly? Slappe vaatdoek! Suikerpoppetje! Doetje!'

Het was alsof de tijd tijdens zijn scheldtirade een miljoenste van een seconde bleef stilstaan, lang genoeg om het talent van Jerzy Pawlowski in me te laten opwellen en een feilloze voorwaartse beweging in te zetten, die bijna te laat kwam om Jenny's tegenaanval te ontwijken. Maar precies in dat 'bijna' gebeurde alles.

Mijn hoofd stond even helemaal stil. De wereld buiten de loper bestond niet meer. Met de elegantie van een danseres wist ik mijn lichaam en mijn kling een fractie van een centimeter voor Jenny's wapen langs weg te draaien. Haar kling scheerde zo rakelings langs me heen, dat ik de lucht langs mijn oor hoorde suizen.

In de seconde die ze nodig had om tot zich te laten doordringen dat haar feilloze tegenaanval was mislukt, had ik bliksemsnel geriposteerd. En op het moment dat ik met een soepele beweging haar lamé raakte, hoorde ik het geluid van de zoemer, die mijn overwinning aankondigde.

Zelfs valse krengen
zeggen wel eens iets zinnigs

Het eerste wat ik wilde doen toen de overwinningslampen boven mijn hoofd aanflitsten, was mijn masker afgooien en Freds sms'en. Zuster Regina, Sarah en Lullo hadden me fantastisch aangemoedigd, maar Freds moest me in zijn armen nemen. Na het douchen tenminste.

Terwijl er om me heen een oorverdovend kabaal losbarstte (want inmiddels juichte iedereen voor míj!) keek ik om me heen en zag ik dat het wel even kon duren voor ik lang genoeg alleen kon zijn met mijn mobiel om Freds te sms'en. Volgens mij was Lullo nog enthousiaster over mijn overwinning dan ikzelf. Ook Jenny was erg aardig, zelfs toen Lullo haar als een schurftige hond opzij duwde en me op een niet-seksuele, mannelijke manier probeerde te omhelzen. Omdat zuster Regina en Sarah zich aan hem hadden vastgeklampt, ging dat niet helemaal zoals gepland en belandden we met z'n allen in een spartelende berg op de grond.

'Zal ik even helpen, schat?' vroeg Portia met lichtelijk verbijsterd gezicht.

'Mijn reddende engel,' zei ik, terwijl ik haar mijn hand toestak.

'Ik? Ik heb het laatste stukje gezien, schat, en geloof me: jij hebt echt geen engel nodig om je te redden.' Ze hees me lachend overeind uit de wirwar van lichamen, nonnenhabijten en spandoeken en trok mijn bezwete hoofd tegen zich aan. 'En wat stond Lullo nou te schreeuwen?' vroeg ze. 'We konden hem bij de jongens helemaal horen. Ongelofelijk. Ik weet zeker dat die arme zuster Regina er geen idee van had wat ze stond te zingen. Dat hoop ik tenminste.'

Ik zag Billy achter haar staan, met een opgetogen grijns op zijn gezicht. 'Je was geweldig, Kelly. Waar heb je dat geleerd?'

'Jerzy Pawlowski,' legde ik uit met een Zuid-Afrikaans accent, maar alleen Portia begreep het grapje.

'De beste sabreur die ooit heeft geleefd!' verkondigde Lullo met een trilling in zijn stem. Ik zag vertederd hoe hij ruw een traan wegveegde die langs zijn wang naar beneden rolde. 'Goed gedaan, meid!' zei hij op barse toon, terwijl hij overeind kwam en me even in mijn schouder kneep. 'Hartstikke goed gedaan! Ik zorg dat jij op de Olympische Spelen komt. Jij gaat goud winnen.'

Zuster Regina en Sarah hadden elkaar overeind geholpen en zuster Regina jubelde opgetogen dat je met bidden zoveel kunt bereiken. 'Niet dat je niet geweldig hebt gevochten, Calypso, maar hemeltje, het was werkelijk heel bijzonder! De andere nonnen zullen hun habijten opeten van jaloezie als ze horen wat wij vandaag allemaal hebben meegemaakt.'

Ook Sarah omhelsde me en vertelde me hoe trots ze was – zonder in babytaal te vervallen – en toen kneep ze me ontzettend hard in mijn wangen. Het was verschrikkelijk gênant om door mijn maffe *madre* in mijn wangen te worden geknepen, terwijl er overal om ons heen mensen stonden te gniffelen. Het ene moment nog de kampioen, het volgende moment het mikpunt van spot.

Ik werd gered door Lullo, die me even apart nam. 'En denk maar niet dat ik de enige ben die je talent vandaag heeft opgemerkt, meisje,' fluisterde hij geheimzinnig. Hij wees om zich heen. 'Overal zitten spionnen en scouts.'

Ik keek om me heen in de hal, waar de meisjes en hun fans hun schermspullen bij elkaar raapten en zich klaar maakten om te vertrekken. De jongens waren nog steeds aan het schermen.

'Daarom wil ik er nu snel vandoor, voor ze je te pakken krijgen,' zei hij, terwijl hij met zijn vinger tegen zijn neus tikte.

'Maar waarom zouden ze me te pakken willen krijgen? Wat willen ze?'

'Jou, Kelly. Ze willen jou, verdomme. Je bent een opmerkelijke sabreur, maar het buskruit heb je geloof ik niet uitgevonden, hè?'

'Maar wat willen ze dan van me?' vroeg ik, helemaal in de war.

'Sponsoringcontracten, reclame. Maar maak je geen zorgen, ze krijgen je niet. Vandaag niet, tenminste,' zei hij geheimzinnig, terwijl hij weer tegen de zijkant van zijn neus tikte. 'Maar we hebben ze hongerig gemaakt, of niet soms, Kelly?'

'Ja, meneer,' beaamde ik. Ik veronderstelde dat zijn scheldpartij tegen de arme Jenny en haar fans hem zo had uitgeput, dat hij begon te malen.

'We hebben ze goed hongerig gemaakt.' Toen gooide hij zijn hoofd achterover en begon als een krankzinnige te lachen. Hij draaide echt door, de ziel.

Op de terugweg zat iedereen opgewonden te kletsen over het toernooi. Lullo was vooral trots op zijn bloedstollende aanval op Jenny en haar fans en bleef maar vragen stellen zoals: 'Zag je hun gezichten toen ik schreeuwde: "Spuug die rat in haar vuile bek!"'

'O, ja, Mr. Mullow, uw originele opmerkingen hadden duidelijk een ontmoedigende uitwerking op de tegenpartij,' zei zuster Regina instemmend.

'Nou ja, ik had ook een fantastisch achtergrondkoor,' zei hij, om Sarah en zuster Regina de eer te geven die hen toekwam. Zelfs Portia was ongewoon spraakzaam en vertelde ons alle details van haar eigen overwinningen en nederlagen. Hoewel ik het toernooi had gewonnen, was zij zo hoog geëindigd dat Lullo er goede hoop op had dat ook zij aan de Nationale Kampioenschappen zou kunnen meedoen.

We waren nog steeds even opgewonden toen we eindelijk verslag konden uitbrengen aan onze vriendinnen. Nadat we de avondprut naar binnen hadden gewerkt, stond Star erop dat we een snoepfeest zouden houden om het te vieren, en Portia en ik waren maar al te graag bereid om het verhaal van onze overwinning nog eens te vertellen. Zelfs Portia liet haar gebruikelijke vorstelijke houding varen en deed levendig verslag van de gekste fratsen die zuster Regina en mijn moeder hadden uitgehaald. We waren helemaal high van het avontuur en met een grote berg snoep op de grond zag het er niet naar uit dat daar snel iets aan zou veranderen. Zelfs Honey, die bij het raam de ene sigaret na de andere opstak, kon mijn uitgelaten stemming niet drukken.

'Bij het volgende toernooi komen we kijken,' zei Star vastberaden.

'Zeker weten,' beaamden de anderen – zelfs Honey.

Indie lachte. 'Sorry hoor, maar ik moet steeds denken aan je moeder en zuster Regina met dat spandoek. Wij moeten ook een spandoek maken!'

Portia en ik keken elkaar aan. Zonder iets te zeggen, wisten we dat we het met elkaar eens waren. We waren vereerd met wat Lullo, Sarah en zuster Regina voor ons hadden gedaan.

'Ja, laten we allemáál gaan,' zei Honey met een honingzoet stemmetje, terwijl ze haar sigaret op de vensterbank uitdrukte en Fébrèze door de kamer spoot. 'Klinkt geweldig. Ik wil er wel bij zijn als jullie de volgende keer de concurrentie in de pan hakken. En Lullo lijkt me een giller. We kunnen hem mooi helpen jullie tegenstanders stijf te schelden.'

'Volgens mij heeft hij daar geen hulp bij nodig,' zei Portia, terwijl ze een glimlach onderdrukte.

Honey ging verder. 'Het zal wel een fantastisch gevoel zijn geweest, Calypso, om dat toernooi te winnen. Ik ben diep onder de indruk. Portia en jij hebben het echt verdiend.'

'Dank je, Honey,' zei ik, verbaasd door de oprechte hartelijkheid van haar felicitaties.

'Hoewel je andere vakken er natuurlijk wel onder zullen lijden dat je zoveel tijd in je sabel steekt.' Ze liet zich op haar bed vallen, greep haar *Tatler* en deed alsof ze meteen verdiept was in een artikel.

Ik was dus blijkbaar toch te snel geweest met haar te bedanken voor haar hartelijke woorden.

'Niet dat het erg is om voor de GCSE-examens te zakken, schat,' voegde ze er geruststellend aan toe, zonder van haar tijdschrift op te kijken. 'Tenminste, voor óns geeft dat niks. Met pappies creditcard en mammies contacten achter de hand, redden we het toch wel.' Toen keek ze door haar onwaarschijnlijk lange wimpers naar me op en voegde eraan toe: 'Maar jij hebt geen eigen trustfonds, hè, Calypso?' Haar dikke collageenlipje trilde, alsof ze zich mijn trieste lot echt aantrok. Alsof ze werkelijk op het punt stond in huilen uit te barsten vanwege mijn gebrek aan creditcards en contacten.

Weer kwam Star me te hulp. Dit keer met een zakje zoete amandelen. 'Amandeltje?' bood ze Honey poeslief aan, terwijl ze heel goed weet dat zij allergisch is voor noten. Eén keer hadden 'die idioten in de keuken' nootjes in de pudding gedaan, waarna Honey met spoed naar het ziekenhuis was gebracht en een week aan het infuus had gelegen. Uit angst voor rechtsvervolging had de school alle 'idioten in de keuken' moeten ontslaan. Dat was nog in de tijd dat Honey Post-it-briefjes op mijn rug plakte en me een Amerikaanse trut noemde.

Honey duwde de aangeboden amandel weg. 'Maar misschien is geld wel niet belangrijk voor zo'n wilde, Amerikaanse meid als jij, Calypso,' ging ze verder, terwijl ze me onschuldig aankeek. 'Je kunt altijd Freddie vragen om bij te springen, nietwaar?'

'Ophouden, Honey,' waarschuwde Portia.

'Ja, als Calypso de essaycompetitie heeft gewonnen, krijgt ze een boekencontract. In tegenstelling tot jou heeft zij pappies creditcard en mammies contacten helemaal niet nodig. Zij heeft iets wat jij niet eens begrijpt. Talent,' zei Star.

Alsof de duivel ermee speelde, kreeg ik precies op dat moment een sms'je binnen.

Gefeliciteerd met je overwinning. F.

Merde! Ik had Freddie nog niet gebeld! Billy had hem zeker over mijn overwinning verteld. Het enige waar ik aan kon denken terwijl ik het berichtje keer op keer las, was wat een verschrikkelijke vriendin ik was, maar vooral viel me op dat er helemaal geen zoenen bij stonden. Ik had het hem zelf moeten vertellen. Billy had hem vast ook verteld over Sarah en over het krankzinnige 'Hup, Poekie! Hup!'-spandoek. Fijn. Heel fijn.

Star en Indie, die ieder aan een kant naast me zaten, lazen wat ik had ontvangen. Arabella en Clemmie kropen over de grond naar me toe om mee te kijken.

'Geen zoenen,' merkte Arabella op.

Ik liet het aan Portia lezen, die een gezicht trok. 'Je had hem direct moeten sms'en. Billy heeft het hem vast meteen verteld toen hij terugkwam.'

Ik zat al een antwoord in te toetsen.

Hoera! We zijn net terug. Ik probeerde je al te sms'en, maar geen ontvangst, soz. xxx C

Voor ik op 'verzenden' drukte, hield ik het bericht omhoog, zodat de groep er zijn mening over kon geven.

Star schudde haar hoofd. 'Veel te slap,' oordeelde ze, waarna ze mijn mobiel uit mijn hand griste en het bericht veranderde.

Maar een halve overwinning zonder jou erbij. Zie ik je morgen in W? xxxxxx C

'Beter,' vond Indie, terwijl ze het bericht voor de anderen omhooghield.

'Je zou toch met Sarah naar Windsor gaan?' vroeg Portia, maar ze was helaas net te laat. Star had, voortvarend als altijd, al op 'verzenden' gedrukt.

Freddies antwoord kwam meteen.

Zie je morgen. F xxx

'Zie je wel!' zong Star. 'Je moet assertiever zijn met jongens, schat. Kijk maar naar Kevin, dat is de perfecte vriend. Nou ja, bijna perfect dan. In muzikaal opzicht moet ik hem nog een beetje bijschaven.'

Kevin was Billy's jongere broer en waarschijnlijk de liefste jongen die we kenden. Hij was als was in Stars handen en aanbad openlijk de grond waarop ze liep. Zelfs met Stars eigenzinnige charme zou ik nóóit zo'n relatie kunnen hebben met Freddie. Jongens van het type troonopvolger vinden het prettig om in hun relatie een beetje de macht in handen te hebben. Kevin genoot van Stars driftaanvallen (wij allemaal trouwens: het was om je dood te lachen hoe ze met jongens omging), maar Freds zou nooit zo kunnen en willen zijn als Kev. Hij was de Britse troonopvolger en zou in een relatie nooit genoegen nemen met een tweede plaats.

Ik pakte mijn mobiel en staarde naar Freds berichtje. Zelfs met drie zoenen was mijn lot bezegeld – maar niet in positieve zin. Er dreigde een confrontatie tussen Sarah en mijn grote liefde. Ik zag al voor me hoe ze hem met een vragenformulier en een camera in de aanslag zou achtervolgen door de straten van Windsor.

Hoe moe ik ook was, ik wist dat ik die nacht niet goed zou slapen. Afgezien van het dreigende rampenscenario bleven ook Honeys woorden me achtervolgen. In al de jaren dat ik ervan had gedroomd om aan de Nationale Kampioenschappen te mogen meedoen, had ik er nooit aan gedacht wat dat voor gevolgen zou hebben voor mijn cijfers. Voor meisjes zoals Honey en… nou ja, alle andere meisjes die ik kende, waren cijfers niet belangrijk. Zij konden hun dromen verwezenlijken met het geld van hun trustfondsen.

Honey was een vals kreng, maar ze had wel een punt. Als ik al mijn energie in het schermen stak, zouden mijn cijfers daar onvermijdelijk onder lijden. De GCSE-examens begonnen over zes maanden en ik kon er maar bitter weinig aandacht aan besteden. Ik had zoveel aan mijn hoofd: de huwelijksproblemen van Sarah en Bob, mijn droom om een sabreur par excellence te worden, en de vraag hoe ik me in Freds gunst terug kon knuffelen. En dan had ik het nog niet eens over mijn examens.

Maar Honey wel. Bob had gelijk toen hij zei dat zelfs idioten wel eens iets zinnigs zeggen. De essaycompetitie en het prijzengeld lokten me steeds meer aan. Ik had tenslotte altijd al schrijfster willen worden. Misschien was die essaycompetitie helemaal niet zo'n slecht idee. Misschien was het zelfs mijn grote kans om ooit een fatsoenlijke carrière op te bouwen.

Koninklijke confrontatie in Windsor

Sarah had de volgende ochtend een Chanel-pakje aan naar de mis. Niet dat er geen andere moeders in Chanel-pakjes rondliepen. Op de Sint-Augustinusschool voor Jongedames is dat zo'n beetje het uniform voor moeders. Wat ik eng vond, was dat Sarah anders nóóit zulke kleren draagt. Ik wist niet eens dat ze zoiets hád. De enige pakken die Sarah droeg, waren trainingspakken. Ik weet niet hoe ze zich kleedde toen ze in Engeland opgroeide, maar sinds ze in Los Angeles woonde, droeg ze alleen vrijetijdskleding. Die hoorde zo'n beetje bij haar als een korte broek bij een atleet.

Haar haar, dat net zo blond was als dat van mij, droeg ze normaal gesproken in een paardenstaart, voor het geval ze plotseling zin kreeg om ergens te gaan joggen. Maar toen wij achter elkaar de kapel in kwamen, zat ze daar in een roze Chanel-pakje, met bijpassende roze Chanel-schoenen en -tas en met haar haar in een ingewikkelde knot op haar hoofd. Ze leek met haar een meter tachtig net een grote, roze ooievaar.

Zodra mijn groep binnenkwam, begon ze als een gek te springen en te zwaaien. Kennelijk was ze bang dat ik haar niet zou horen roepen: 'Calypso! Calypso! Schat! Poekie! Hier!' Heel hard.

Tijdens de mis legde ze iedere keer haar arm om me heen, alsof ze bang was dat ik zou ontsnappen (de gedachte kwam wel even in me op). Ze zong harder mee dan wie dan ook, knuffelde me alsof ik twee was en riep tot twee keer toe hardop: 'Amen!' tijdens de preek. Honey, die in de rij voor me zat, draaide zich steeds om, om haar bemoedigend toe te knikken en te lachen.

Ik kneep Sarah wel een keer of tien in haar arm om haar duidelijk te maken dat ze zich moest gedragen. Het leek of ze helemaal was vergeten wat een vals kreng Honey was. Nog maar een halfjaar geleden waren Bob en zij helemaal uit Los Angeles overgekomen om me te redden, toen Honey weer eens een van haar giftige trucs met me had uitgehaald.

Alsof ze mijn gedachten kon lezen, wierp Honey me een zelfvoldane, valse blik toe, die Sarah totaal ontging, omdat ze eerbiedig zat te zingen, met haar ogen stijf dicht.

Na de mis stortte Sarah zich op zuster Constance. 'O, zuster!' riep ze overdreven enthousiast, terwijl ze haar handen vastpakte en tegen haar borst klemde. 'Ik wil u alleen maar even zeggen hoe súper het is om hier weer terug te zijn. Het is alsof de tijd heeft stilgestaan. Het is hier nog net zo heerlijk als toen ik zelf nog op het Sint-Augustinus zat. In die goede oude tijd.'

Ze praatte zo hard dat zuster Constance haar van een kilometer afstand had kunnen horen. Iedereen staarde naar ons. Zelfs de meisjes van het zevende jaar. Ik kon wel door de grond zakken van schaamte.

'Gebruikt je moeder medicijnen, schat?' vroeg Honey gemaakt bezorgd.

'Moet jij er niet snel vandoor, Honey?' vroeg Star, terwijl ze haar in haar arm kneep en een zet gaf. 'Straks kom je te laat voor de zwarte mis!'

'O, Star,' antwoordde Honey met een stem die droop van sarcasme, terwijl ze over haar pijnlijke arm wreef. 'Wat ben je toch altijd grappig.'

Star deed prikkeldraad met haar pols, en iedereen weet hoe

goed Star dat kan. 'Daar heb je helemaal gelijk in, schát,' antwoordde ze vriendelijk, terwijl Honey worstelde om haar pols los te krijgen.

'Au! Zuster! Star heeft prikkeldraad gedaan...' jammerde Honey, maar zuster Constance hoorde haar niet, omdat Sarah nog steeds op haar inpraatte. Ze was inmiddels naar de derde versnelling overgeschakeld.

'Sarah is enorm opgewekt voor een vrouw met een gebroken hart die net bij haar man weg is,' fluisterde Star in mijn oor. 'Zou het kúnnen dat ze aan de medicijnen is, schat? Mijn moeder heeft dat ook, dus ik heb er hélemaal geen oordeel over of zo, maar...'

'Ik weet het eerlijk gezegd niet,' fluisterde ik terug. 'Maar ze is al aan het dementeren sinds ze hier is. Daarom wil ik ook niet dat ze Freddie tegenkomt als ik bij haar ben. Als je Kevin ziet, wil je dan een leugentje voor me verzinnen? Dat ik niet naar Windsor kon komen omdat ik eh...'

'Schat, wat zeg je nou! Natuurlijk kun je met Freddie afspreken, en trouwens, je kunt in het huis Gods niet iemand vragen om voor je te liegen!' zei Star plagerig, terwijl ze hartelijk haar arm om me heen sloeg. 'Trouwens, Freddie is een grote jongen, hij wordt later koning, dus ik weet zeker dat hij Sarah aankan, zelfs als ze nog lijper is dan normaal.'

Zo kijkt Star tegen jongens aan. Ze beschouwt ze als charmante idioten, als circusacrobaten die op de wereld zijn gezet om meisjes te vermaken. Ik wilde dat ik meer was zoals Star: sterk en totaal niet onder de indruk van de andere sekse. Maar zo was ik niet. Als ik aan Freds dacht, knikten mijn knieën, werd ik rood en begonnen mijn handen te trillen. Ik wilde zijn gevoelens voor mij niet op het spel zetten door hem bloot te stellen aan Sarah. Niet zoals ze nu was.

'Bovendien, Sarah is hartstikke grappig,' verzekerde Star me, terwijl ze me nog eens hartelijk tegen zich aan drukte. 'Ik wed dat hij het enig vindt om haar te ontmoeten.'

Sarah had een auto gehuurd, een afschuwelijke, ordinaire roestbak, iets om je dood voor te schamen. Niet alleen omdat het ding er niet uitzag, maar vooral omdat Sarah na al die jaren in Los Angeles niet meer wist hoe ze moest schakelen. Terwijl we met krakende versnelling Windsor in hobbelden, schold zij op de auto's achter ons, die aan één stuk door naar ons toeterden. Ze was net een echte Amerikaanse.

'Ach, schei toch uit, stelletje achterlijke hufters!' schreeuwde ze uit het raampje.

Het was de eerste keer sinds haar aankomst dat ik haar kritiek hoorde spuien op de Engelsen. Plotseling was alles niet meer zo 'super'. Ik putte hier op een vreemde manier troost uit en leunde ontspannen achterover in mijn stoel. Misschien zat ze toch niet onder de medicijnen.

We besloten een pizza te gaan eten in het pizzatentje waar ik de eerste keer met Freddie was geweest. Ik wist dat het voor Freddie nog te vroeg was om te eten. Waarschijnlijk was het zelfs de veiligste plek in Windsor om me voor hem te verstoppen. Mijn gedachten flitsten terug naar de keer dat ik daar met hem was geweest en ik herinnerde me hoe hij me had gekust onder een luifel, terwijl we stonden te schuilen voor de regen. Vandaag was het een frisse, droge dag.

'Wat een heerlijke dag, super. Ik vind het zonlicht in Engeland zo fantastisch, jij ook niet?' vroeg Sarah dolenthousiast, terwijl ze omhoogkeek naar een zwak zonnetje, dat door de sombere, grijze wolken brak.

'Eh... tja, de zon schijnt hier bijna nooit, maar ja, het zal wel mooi zijn.'

Ze pakte me bij mijn hand en keek me aan als een kind dat te veel kleurstoffen heeft binnengekregen. 'Laten we allebei een lekker grote pizza met kaas en peperoni nemen.'

'En de koolhydraten dan!' riep ik geschokt. Voor mijn ouders zijn koolhydraten ongeveer even erg als drugs.

'O, geniet toch eens een beetje, Poekie. Zó vaak heb ik mijn kindje niet helemaal voor mezelf alleen, toch?' zei ze, terwijl ze me in mijn wang kneep.

'Au!' Ik wreef over de pijnlijke plek. 'Luister, Sarah, zou je me alsjeblieft géén Poekie meer willen noemen?' Het kwam er iets bitser uit dan eigenlijk de bedoeling was.

Sarah keek alsof ze ieder moment in huilen kon uitbarsten.

Ik verzachtte mijn toon. 'In ieder geval niet als er mensen bij zijn. Het is een beetje kinderachtig en... nou ja, sinds ik klein was, heb je me nooit meer Poekie genoemd.' Ik had me nog nooit zo rot gevoeld. Ik zag dat ze op het punt stond te gaan huilen en het wás tenslotte ook een moeilijke tijd voor haar.

'Ik heb een heleboel dingen niet meer gedaan sinds je klein was, Calypso,' zei ze, bijna snikkend. 'Daarom ben ik hier juist. Je vader heeft me zó lang onderdrukt, en nu heb ik het gevoel dat ik een tweede kans heb. Bunny denkt dat dit voor mij een kans kan zijn om mijn échte ik te ontdekken.'

'Je échte ik?'

'Ja, de échte Sarah!'

'Ik begrijp het niet. Als jíj de echte Sarah niet bent...' Ik zei nog net niet: dan ben je nog gekker dan ik dacht. 'En wie is Bunny in godsnaam, en waarom zou je luisteren naar iemand met zo'n achterlijke naam?' vroeg ik nijdig.

Sarah keek me aan alsof ík gek was. 'O, schat, probeer het alsjeblieft te begrijpen. Ik weet dat het moeilijk voor je is om je vader kwijt te raken, maar voor mij is het ook niet makkelijk.'

'Wacht eens even, we zíjn Bob niet kwijt. Jij bent bij hem weggelopen! Vanwege zijn Grote Klapper.' (Ik dempte mijn stem.)

'En hoezo heeft hij je onderdrukt? De enige in ons gezin die is onderdrukt, ben ik, en jij bent zelf net zo'n onderdrukker als Bob. Weet je nog van die navelpiercing?'

'Ik stond er helemaal achter dat je een navelpiercing nam. Bob was degene die er een probleem van maakte.'

Ik deed mijn mond open en meteen weer dicht van verontwaardiging. Ouders zijn zulke leugenaars. En het mooiste was dat Sarah volgens mij werkelijk geloofde dat zij niets op navelpiercings tegen had gehad. Maar ik was erbij toen ze de ongelukkige navelpiercer als een rottweiler aanviel. Ik herinnerde me maar al te goed hoe ze dreigde hem te laten arresteren. Natuurlijk, Bob was erbij om haar zinnen voor haar af te maken, maar zij speelde zelf net zo'n belangrijke rol als hij.

'Heb je Bob al eens gebeld om hem te zeggen waar je bent en hoe je je voelt?' vroeg ik. 'Hij zei tegen mij dat hij bijna klaar was met het script. Misschien als je met hem gaat praten…'

'Ik heb geen zin om over die man te praten. Laten we gewoon lekker van elkaar genieten, schat. Laten we eens echt als moeder en dochter bij elkaar zijn.'

Ze gebruikte zo vaak het woordje echt, dat ik me er bijna net zo veel zorgen over begon te maken als over het gebruik van mijn babynaampje.

'Nou, hij is toch mijn vader, ook al schrijft hij langzaam,' zei ik mokkend. 'En wat bedoel je met écht, Sarah? Op wat voor andere manier zouden we bij elkaar kunnen zijn?' Terwijl ik dit vroeg, had ik het gevoel alsof dit allemaal niet echt gebeurde.

'Nou ja, met echt bedoel ik gewoon eh… echt!' Ze probeerde nog uit te leggen wat dat 'echt' dan betekende, maar toen werd ze stil. Ze zag er verdwaasd en een beetje wezenloos uit, net als een vrouw die aan de medicijnen is.

Ik móést het vragen. 'Luister, Sarah, mam, mag ik je iets vragen? Iets eh… persoonlijks?'

Sarah keek kinderlijk blij bij dit vooruitzicht. 'O, Calypso, vraag maar wat je wilt!' Ze gebaarde wild met haar handen en maaide daarbij bijna een passerende ober onderuit. 'Ik wil niet dat er geheimen tussen ons bestaan. Ik wil een echte, hechte moeder-dochterband. Je mag nooit denken dat je met een therapeut moet gaan praten, terwijl ik er voor je ben. Mamma is er nu voor je!' Ze spreidde haar armen. 'Vraag maar wat je wilt.'

Het hele restaurant was stil geworden en zat te wachten tot ik iets zou zeggen. Ik durfde niet meer en begon aan mijn servet te frunniken. 'Laat maar zitten.'

'Ben je soms ongesteld, schat?' schreeuwde ze – nou ja, het leek of ze schreeuwde, en er werd inderdaad naar ons gekeken.

'Nee!' antwoordde ik ontzet.

Ze klopte me op mijn hand. 'Nou, we zullen het er wel eens samen over hebben. Als je eenmaal ongesteld wordt, verandert je leven voorgoed. Dan word je een echte vrouw!'

'Nee, daar gaan we het niet over hebben. Trouwens, ik ben al een jaar ongesteld!'

Sarah greep mijn handen. 'O, Calypso, wat fantastisch. Dus je bent nu een echte vróúw!' Ze gaf me een kneepje en ik was al bang dat ze zou gaan zingen, maar in plaats daarvan trok ze een grimas als een verbitterde tiener. Honey zou er trots op zijn geweest.

'Zie je nou wat Bob met ons heeft gedaan?'

Ik schudde mijn hoofd en vroeg me even af of het wel zin had ertegenin te gaan. Oké, Bob ging misschien een beetje te veel op in zijn script, maar dat maakte hem nog niet de wortel van al het kwaad. Hoewel een verstandig stemmetje in mijn hoofd fluisterde dat ik het beter zo kon laten, flapte ik eruit: 'Ik denk niet dat je Bob dáár de schuld van kunt geven, Sarah. Ik ben trouwens voor het eerst ongesteld geworden terwijl ik hier op school was, dus wat had ik moeten doen? Een e-mail sturen? "Lieve Sarah en Bob, ik ben vandaag ongesteld geworden"?'

'Snap je het dan niet? Zoiets belangrijks had je met je eigen moeder moeten kunnen delen. Maar nee, Bob móést altijd in het middelpunt van de belangstelling staan. Bob en zijn Grote...' Ze stond op het punt om 'Klapper' te zeggen, maar na een korte aarzeling bedacht ze zich en zei: 'Meesterwerk. Je vader had altijd aandacht nodig, en ik was veel te veel op hem gericht, terwijl ik me meer met jou had moeten bezighouden, Calypso. Dat heb ik van mijn therapeute geleerd.'

'Je therapeute? Ben je dan in therapie?' Ik weet ook niet waarom ik dat vroeg, want alles wees erop dat Sarah stapelgek aan het worden was en dringend professionele hulp nodig had. Ik vermoed dat het de schok was: Sarah, die altijd zo saai was, zo volwassen en zo helemaal gelukkig met Bob. Bovendien is het nooit makkelijk om erachter te komen dat je eigen moeder in therapie is. Je ouders horen een rotsvast baken te zijn in een woelige zee.

'Natuurlijk ben ik in therapie. In Los Angeles is iedereen in therapie,' verklaarde ze.

'Maar je bent toch niet gek!' loog ik.

'O, doe niet zo Engels, schat. Bunny heeft me juist voorgesteld om bij Bob weg te gaan en hiernaartoe te komen, om meer tijd met jou door te brengen. Ik spreek haar nog steeds iedere dag door de telefoon. Ze is verschrikkelijk goed, Calypso. Zij heeft me laten inzien dat ik Bob altijd op de eerste plaats heb gesteld en dat ik me al die jaren door zijn behoeften heb laten onderdrukken.'

'Wie is dat mens, die Bunny? En hoe weet zij nou of Bob jou heeft onderdrukt, Sarah? Dit is krankzinnig. Bob kan nog geen vlieg onderdrukken. Hij heeft natuurlijk zijn fouten. Hij trekt de vreselijkste kleren aan en hij maakt afschuwelijke geluiden als hij eet, maar dat is geen onderdrukking. Zelfs niet volgens Hollywood-maatstaven.'

'Bunny is mijn therapeute. Ze heeft me al gewaarschuwd dat je vijandig zou kunnen reageren als je zo plotseling zou horen dat je je vader kwijt bent.'

'Ik bén hem niet kwijt. Ik heb hem gisteren nog gemaild. En hij heeft me meteen teruggemaild. Hij is misschien weleens vervelend, maar hij is nog steeds mijn vader.'

Ze keek me nijdig aan en ik keek nijdig terug, maar toen drong het opeens tot me door dat de ober bij ons tafeltje stond en ik werd knalrood.

Sarah nam meteen de leiding en sloeg opeens een extreem bazige toon aan, alsof ze niet net nog de grootste onzin had zitten uitkramen. 'Wij willen graag twee grote, extra dikke pizza's met veel kaas, veel peperoni –'

'Ik wil geen peperoni,' onderbrak ik haar.

Sarah negeerde me en wuifde mijn woorden weg alsof ík degene was die gek was. 'Doe eigenlijk van alles maar extra veel, vooral van de koolhydraten!' zei ze nadrukkelijk, terwijl ze me op een bijzonder onderdrukkende manier aanstaarde.

De ober wist duidelijk niet wat hij ermee aan moest en keek naar steun zoekend mijn kant op. Ik glimlachte de arme ziel geruststellend toe. Hij was pas een jaar of negentien en zag er best leuk uit, viel me op. 'Twee grote pizza's, één Hawaï en één peperoni. En twee cola-light,' zei ik vriendelijk. 'En maak er dúnne pizza's van,' voegde ik er vastberaden aan toe, terwijl ik Sarah een waarschuwende blik toewierp.

Ze sprak geen woord meer, tot de pizza's kwamen. Ze bedankte de ober uitbundig, waarna we in kil stilzwijgen onze pizza's opaten. Ik vermoed dat deze moeder-dochterbijeenkomst voor haar een beetje op een teleurstelling was uitgelopen. Ik vroeg me af hoe ze hem zou beschrijven aan haar therapeute, Bunny. Maar na een poosje begon ik me toch schuldig te voelen. Wat er ook tussen Bob en haar aan de hand was, ze maakte een

moeilijke tijd door (hoewel ik zo langzamerhand begon te vermoeden dat die Bunny meer voor dit drama verantwoordelijk
was dan Bob). Terwijl we het restaurant uit liepen, nam ik dus de
hand van mijn maffe *madre* in de mijne en bedankte ik haar voor
de lunch. 'Heb je zin om even in de winkels te kijken, Sarah?'
stelde ik opgewekt voor, in de hoop haar sombere stemming te
verdrijven.

Ze had weinig aanmoediging nodig. Ze sloeg haar arm om
mijn middel en gaf me een kneepje. 'Sorry als ik soms wat overdrijf,' legde ze uit. 'Ik moet nog een beetje wennen aan mijn
leven als alleenstaande moeder.'

Ik sprak haar vriendelijk toe. 'Maar Sarah, je bent toch niet
echt een alleenstaande moeder?' zei ik. Of was ze dat wel? vroeg
ik me even af, terwijl ik dacht aan de essaycompetitie. 'Bob houdt
van je. Ik weet dat hij irritant kan zijn, vooral als hij slurpt bij het
ontbijt en harmonica speelt, maar hij houdt echt van ons allebei
en hij wil graag dat je weer naar huis komt. Jullie horen bij elkaar.
Wie moet er anders zijn zinnen voor hem afmaken?' Zo, nu had
ik het gezegd. Bunny kon opdonderen met haar stomme therapie.

Maar Sarah was niet zo makkelijk te overtuigen. 'Ik hoor hier,'
zei ze. 'Bij jou. En je zult het huis in Clapham fantastisch vinden,
Poekie. Ik zie er zó naar uit dat jij en je vriendinnen in een vrij
weekend bij me komen logeren. Dan kom ik jullie halen en gaan
we met z'n allen met de trein terug. Lijkt je dat niet super?'

Super. Openbaar vervoer was niet iets waar meisjes van het
Sint-Augustinus doorgaans gebruik van maakten, maar ik wist
zeker dat mijn vriendinnen dat avontuur wel eens wilden mee-
maken. Behalve Honey, natuurlijk. 'Jaaa, dat klinkt geweldig,'
antwoordde ik opgewekt.

'Super. Dan houden we een echte meidenavond!'

'In plaats van een onechte meidenavond, zeker?' plaagde ik,
maar mijn arme *madre* keek me aan alsof ik wartaal sprak en

staarde toen opeens met een wezenloze blik voor zich uit, zoals krankzinnigen dat soms doen.

'Sarah, dat meende je toch niet, hè, dat Bob geen deel meer uitmaakt van je emotionele dinges?' vroeg ik zachtjes, terwijl de zon langzaam achter een wolk verdween, waar hij volgens mij voorlopig niet meer achter vandaan zou komen.

'Ik wil niet over ernstige dingen praten,' zei ze opgewekt. 'Ik wil alleen maar plezier hebben met mijn Poekie.'

'Poekie?' hoorde ik achter me. Het was Kevin, Stars vriendje en Freddies beste vriend.

'Hal-ló!' zong mijn moeder. Ja, echt, ze zóng.

'Eh... hallo. Kevin Pyke, ik ben een vriend van Calypso.' Hij stak zijn hand uit en keek me aan met een blik van: 'Ik ben bang. Ik wil hier weg.'

'Ik ben Sarah, Kevin. Ik ben Calypso's mammie.' Met die woorden greep ze Kevins hand, maar niet om hem te schudden. Nee, ze trok Kevin gewoon met ons mee door het hobbelige steegje, terwijl ze onze armen heen en weer slingerde.

'Zo, Kevin, ik wil álles van je weten. Wij kunnen het vast supergoed met elkaar vinden, dat voel ik gewoon.'

'Ja, Mrs. Kelly,' zei Kevin, maar ik wist dat hij bang was. Er kwamen een paar regendruppels naar beneden en ik zag dat Kevin mijn blik probeerde te vangen, maar ik durfde hem niet aan te kijken.

'Is dit niet super, kinderen? Heerlijk, zo'n Engels regentje!'

Kevin lachte. 'Als u het mij vraagt, gaat het zo plenzen, Mrs. Kelly!'

'Sarah. Zeg maar Sarah. Je moet niet denken dat ik een oude vrouw ben die geen idee heeft wat er tegenwoordig leeft, Kevin. Ik schrijf mee aan een van jullie tienerprogramma's, *Gladesdale*. Dus jongen, vertel me álles over jezelf. Ik wil alles weten. Ik wil weten wat je drijft. Ik wil de échte Kevin leren kennen.'

'Juist ja. Tja, er is niet veel te vertellen,' zei hij tegen mijn maffe *madre*. 'Maar ziet u, ik vind het leuk om met u te kletsen, maar ik moet ervandoor. Mijn vriendin wacht op me, ziet u.'

Echt iets voor Star om aangeduid te worden met 'míjn vriendin'. Zou Freds mij 'zijn vriendin' noemen? Ik betwijfelde het.

'Oooo, wie is de gelukkige, Kevin?' informeerde Sarah, alsof dat haar iets aanging. Zó gênant.

'Sarah!' viel ik uit. 'Doe niet zo nieuwsgierig.'

'Star. Een eh… een vriendin van Calypso. Calypso vertelt het verder wel. Ik moet nu echt snel gaan, anders…'

'O, wat enig. Ik ken Star heel goed. Ze heeft bij ons in Los Angeles gelogeerd, toen we nog bij elkaar waren…' Ze liet haar stem langzaam wegsterven, alsof ze niet verder kon praten. Zóóó nep. Ze hoopte alleen maar dat Kevin iets meelevends zou zeggen, zodat ze haar hart kon uitstorten.

De arme Kevin keek als een vos in een val. 'Oké. Nou, dat klinkt hartstikke leuk, maar Star vermoordt me als ik te laat kom.' Hij stak zijn vinger naar me uit terwijl hij achterwaarts wegliep. 'En Freddie zoekt jou ook, Calypso. Prettig kennis te maken, Mrs. Kelly, Sarah, bedoel ik.' Hij rende de steeg uit.

Weg was hij, en weg was ook mijn hoop dat ik Freds zou kunnen wijsmaken dat ik het vandaag niet had gered om naar Windsor te komen.

Het zag ernaar uit dat ik genoeg materiaal zou krijgen voor mijn essay. Mijn leven begon er met de minuut triester uit te zien. En toen werd het pas echt erg. 'Calypso!' riep Freddie, aan de andere kant van de steeg. Hij zag er fantastisch uit, met zijn donkere haar, dat ook zonder gel grappig overeind blijft staan, al regent het nog zo hard. Ik kon zijn duizelingwekkende, korenblauwe ogen nog niet zien, maar ik werd naar hem toegetrokken als de maan naar de aarde, of naar de zon, of is het andersom? Hoe dan ook, ik wilde het liefst naar hem toe rennen.

'Is dat… is dat… is dat?' stotterde Sarah, op een zwijmeltoon.

Mijn waanzinnig knappe vriendje liep onze kant op. Met iedere stap die hij dichterbij kwam, kwamen er duizenden redenen in me op waarom ik me moest verzetten tegen mijn wanhopige neiging weg te vluchten.

Maar mijn angst om door Sarah voor schut te worden gezet, won het. In een fractie van een seconde greep ik mijn maffe *madre* bij de hand. 'Snel,' siste ik. 'We moeten wegwezen. Het is een spel!'

'O, super,' gilde Sarah, terwijl we als een stel tasjesdieven over Bond Street renden. Ze lachte en gierde, waarschijnlijk dol van opwinding door dit kinderlijke tienergedoe. Of misschien omdat ze deze gebeurtenis later zou kunnen verwerken in een aflevering van *Gladesdale*. Of misschien waren het gewoon haar medicijnen. Hoe dan ook, we kwamen doorweekt, giechelend en ontoonbaar bij haar auto aan.

Mijn leven lag in puin. Ik was net weggerend bij mijn vriendje, en hoe knap en lief Freds ook was, in tegenstelling tot Sarah zou hij daar de lol waarschijnlijk niet van kunnen inzien.

Maar ik kreeg geen kans om lang bij mijn ellende stil te staan. Ik moest Sarah zien af te leiden, anders moest ik haar straks nog gaan uitleggen waarom ik haar bij Freds had weggesleurd. Op dat soort momenten is het handig als je goed kunt kletsen als een kip zonder kop. 'Het is een wedstrijd,' begon ik maar in het wilde weg. Ik weet dat het gemeen was om misbruik te maken van mijn moeders krankzinnigheid, maar ik kon haar moeilijk de waarheid vertellen, toch?

Uiteindelijk bleek uitleg helemaal niet nodig. Sarah babbelde er opgewonden op los over hoe grappig en schandelijk het was om zomaar weg te rennen bij prins Frederick, zoals ze hem steeds noemde. 'Bob zou het besterven!' zei ze, terwijl ze uitgelaten op haar claxon drukte.

'Zeker,' loog ik. 'Maar nu even over dat essay…'

'Was het niet schitterend? Zoals hij keek? Ik kan het moment haast niet afwachten om het aan Bunny te vertellen. Zij zegt altijd dat ik mijn speelse kant moet ontwikkelen.'

Ze zou zich ongetwijfeld snel gaan afvragen wanneer ze Freds wél kon ontmoeten, dus ik was vastbesloten haar af te leiden met de essaycompetitie.

'Ja, er wordt dus een essaycompetitie gehouden,' ging ik koppig door. 'Iets autobiografisch. Je weet wel, over dingen die je zelf hebt meegemaakt en zo.'

'O, daar is Bunny ook erg voor. Sinds ik bij haar in therapie ben, moet ik een Pijndagboek bijhouden. Ik schrijf alle kwellingen op die ik iedere dag doorsta. Zo heeft Bunny me kunnen aantonen in wat voor patroon van verwaarlozing ik door toedoen van je vader ben beland. Ik ben zóóó blij dat je eindelijk inziet hoe waardevol het is om je pijn aan het papier toe te vertrouwen, schat.'

'Ja,' beaamde ik onzeker. 'Het is niet iets waar ik normaal over schrijf, maar ik denk dat ik het ga proberen. Als je wint, krijg je een grote geldprijs, en de beste vijf worden gepubliceerd in de *Telegraph*, dus je krijgt heel veel erkenning.'

'O, schat, een prijs? Stel je voor dat je wint! O, wat spannend,' riep ze uit. Blijkbaar begon het nu pas goed tot haar door te dringen.

'Jaaa, nou ja, ik denk dat mijn leven lang niet traumatisch genoeg is om te winnen, maar…'

'Poekepoek! Onderschat jezelf niet. Jij hebt heel veel pijn doorstaan in je leven. Naar kostschool gestuurd, getreiterd door die afschuwelijke Honey, onderdrukt door een dominante vader, je ouders uit elkaar…'

Ik onderbrak haar, voor het al te dramatisch werd. 'Mmmm, maar omdat het moet gaan over je eigen ervaringen, wordt het dus... nou ja, heel persoonlijk, als je begrijpt wat ik bedoel.' Ik keek Sarah aan, om te zien hoe ze hier tegenover stond. Haar blik was strak op de weg gericht. Het regende nu keihard en door de zwiepende ruitenwissers hadden we nauwelijks zicht op de weg voor ons. Ook had ze nog steeds moeite met schakelen. Maar ik hield vol. 'Ik dacht erover om over ons te schrijven, je weet wel, over ons gezin en zo. Net als Gerald Durrell, je kent dat boek wel. *Mijn familie en andere beesten*. Ik heb het van Bob gekregen toen ik zes was.'

'Ja, schat, je bent een erg talentvolle schrijfster. Je weet dat ik je steun in al je creatieve bezigheden.'

'Dus je vindt het niet erg?'

'Waarom zou ik het erg moeten vinden?'

'Nee, nee, dat hoeft ook niet, maar zie je, het kan zijn dat ik jou en Bob moet noemen. Jullie zijn mijn familie, begrijp je wel?'

'Ik begrijp nog steeds niet waarom je denkt dat ik dat erg zou vinden. Laat de waarheid maar boven tafel komen. We kunnen onze pijn niet ons leven lang verborgen houden, schat. Dat zegt Bunny ook. Dus jij moet gewoon dat essay schrijven. Als Bob een probleem heeft, zal hij dat zelf onder ogen moeten zien. Ik ben trots op je, Poekie,' zei ze. En ik zag dat ze het meende. 'Zo, en wanneer krijg ik die Frederick nou te zien. We kunnen hem niet blijven plagen, Poekie.'

'Nee,' beaamde ik, terwijl ik mijn vingers gekruist achter mijn rug hield. 'Dat kunnen we niet doen.'

Het risico als je je knuffels te serieus neemt

'Wát heb je gedaan?' vroeg Star voor de honderdste keer, nadat Sarah me bij school had afgezet.

'Dat heb ik je al verteld,' antwoordde ik, met opeengeklemde kaken. 'Luister eens, ik ben er zelf ook niet trots op.'

'Ik vind het om te gillen,' lachte Indie. Ze is grappig als ze lacht, vooral omdat ze altijd haar hand voor haar mond houdt, alsof het een schande is om te lachen. En het zal ook wel een schande zijn om bij Zijne Koninklijke Hoogheid weg te rennen.

'Sarah vond het hartstikke grappig,' voegde ik eraan toe. Alsof het feit dat ik mijn arme, maffe *madre* een pleziertje had bezorgd, kon goedmaken dat ik zo'n puinhoop had gemaakt van mijn relatie met Freds.

'Ze wist alleen niet dat je zo hard bij die arme jongen vandaan rende omdat je je schaamde voor háár,' zei Star bot.

Ik werd knalrood. 'Dat is hélemaal niet waar! Ik schaam me niet voor Sarah. Ik hou van haar.'

'Huh. Je zei zelf dat je het gênant vond als Freddie en Sarah elkaar in Windsor zouden ontmoeten. Waar sloeg dat dan op?' Star kan erg goed logisch redeneren, wat heel irritant kan zijn.

'Als ik me zo had geschaamd, was ik wel…'

'Windsor uitgerend? Ik ben verschrikkelijk teleurgesteld in jou,' zei Star nijdig. Ze schudde zo heftig met haar hoofd dat haar prachtige rode haar onder haar zwartleren, met sterren bezette haarband vandaan viel. Ze ging er met de dag meer uitzien als een typische rockchick, wat extra bijdroeg aan haar image van iemand die angstaanjagend zeker in het leven staat. En wat mij eraan herinnerde hoe angstaanjagend onzeker ik was over mijn eigen leven.

Indie was opgehouden met lachen, wat betekende dat Star zelfs haar bang had gemaakt.

'Je bent zó alleen maar met jezelf bezig, Calypso. Je ziet gewoon niet wat je anderen met je acties aandoet! Die arme Sarah. En ik heb zelfs medelijden met die verwaande koninklijke bal. Wat zal hij zich lullig hebben gevoeld, daar in de regen, terwijl zijn vriendin samen met haar moeder gillend van de lach de straat uitrende!' ging Star verontwaardigd verder.

'Ik heb Freddie geprobeerd te bellen om het uit te leggen,' antwoordde ik, alsof ik de zaak daarmee had kunnen oplossen. Ik wist absoluut niet wat ik tegen hem had moeten zeggen, maar het woord 'sorry' zou er zeker in zijn voorgekomen. Maar iedere keer als ik zijn nummer draaide, drukte hij me weg. Ik stelde me voor hoe hij, steeds als hij de naam 'Calypso' op het schermpje van zijn mobiel zag verschijnen, wit van nijd het gesprek wegdrukte. Misschien had hij zelfs wel mijn naam veranderd in zijn telefoonlijst. Ik doe dat weleens als ik kwaad ben op mensen. Ik had Honey als DE BITCH in mijn mobiel staan. Niet dat zij me ooit belde, maar het gaf me in ieder geval een soort goedkope voldoening.

Ik probeerde Freddie zelfs te sms'en.

Druk me alsjeblieft niet weg. Het spijt me echt heel erg van vanmiddag. Laat het me je alsjeblieft uitleggen xxxxxx C

Maar hij bleef onbereikbaar.

We hadden visnuggets bij het eten, waar ik normaal gesproken als een gek op aanval, maar die avond kon ik geen hap door mijn keel krijgen. Indie probeerde de nuggets bij haar bodyguards in hun zak te stoppen, maar ze werden betrapt door Sandra, de eetzaaldame, en ik werd opgeschreven omdat ik mijn eten niet op had.

Indie leefde heel erg met me mee, net als alle anderen, op Star na. Ik vind het afschuwelijk als Star kwaad op me is, want in de eerste plaats heeft ze altijd gelijk en in de tweede plaats rilde ik van de kille manier waarop ze me die avond behandelde.

Na het eten kwamen Georgina, Clemmie, Arabella, Indie en Star allemaal naar mijn kamer. Iedereen, behalve Star, probeerde manieren voor me te bedenken om Freddie terug te krijgen. Honey hield zich ongewoon stil, en als Honey niet meepraat over een onderwerp waar iedereen vol van is, moet je oppassen.

Uiteindelijk ging Georgina bij haar op de vensterbank zitten roken. Ik probeerde te horen waar ze over fluisterden, maar het enige wat ik af en toe opving, waren woorden als 'eh', 'jaaa' en 'schat'.

Arabella stelde voor om Freddie een echte liefdesbrief te sturen, op speciaal briefpapier. 'Ik heb wel mooi papier voor je. Ons familiewapen staat erop, maar dat kunnen we doorkrassen,' voegde ze eraan toe.

'Ja, wat een fantastisch idee. Je kunt ook helemaal op de victoriaanse toer gaan en je parfum op het papier spuiten, Calypso. Aan zo'n brief kan Freddie vast geen weerstand bieden, vooral niet als erin wordt uitgelegd waarom zijn vriendin zo bang is dat hij haar moeder zal ontmoeten, dat ze wegrent zodra ze hem ziet,' zei Star schamper.

Ze had natuurlijk gelijk, en dat irriteerde me mateloos.

Portia lag op haar bed in een tijdschrift te lezen. Ze had me een meelevende blik toegeworpen, maar het was niets voor haar om zich te veel met andermans problemen te bemoeien.

'Je kunt hem ook een levend telegram sturen. Of zijn lievelingspizza, met jouw naam erop in tomatensaus,' stelde Clemmie voor.

Zelfs Star moest daarom grinniken.

Maar ik grinnikte niet. Ik schaamde me echt, en als ik het goed kon maken door mijn naam in tomatensaus op een pizza te laten zetten, wilde ik dat graag proberen.

Georgina trok haar hoofd door het raam naar binnen. 'Waarom ga je niet gewoon naar hem toe? De borstwering van Eades bestormen?'

Eerst zei er niemand iets. Eades lag maar een paar kilometer verderop, maar om er te komen zou ik eerst langs de steiger naar beneden moeten klimmen, daarna zou ik het Vrijersbos door moeten, waar bloedhonden rondsluipen, die niets liever doen dan meisjes verslinden, en dan zou ik door de omheining van prikkeldraad moeten zien te glippen, die onze school van de buitenwereld afschermde.

'Maar de bloedhonden – je weet dat ik als de dood ben voor bloedhonden,' wierp ik tegen, hoewel ik niets liever wilde dan Freddie spreken.

Honey trok haar hoofd naar binnen en pakte de Fébrèze. Ik dacht dat ze de rooklucht ging wegspuiten. Ik weet ook niet hoe ik zo naïef kon zijn. Echt niet.

'Daarom,' zei Honey, terwijl ze de spuitbus op me richtte, 'moet je mijn pepperspray meenemen.' Met die woorden spoot ze de Fébrèze recht in mijn ogen, die meteen verschrikkelijk begonnen te prikken en te tranen.

'Honey!' riep Georgina kwaad, terwijl ze de spuitbus uit de hand van haar vriendin rukte.

'Wát nou? Ik laat haar gewoon zien wat ze moet doen als de

honden achter haar aan komen en haar proberen te verscheuren,' zei Honey met een onschuldig kinderstemmetje, terwijl ik aan de wastafel mijn ogen uitspoelde.

'Nou, ik vind het een perfect idee. Tobias stelde het ook al voor,' zei Georgina, terwijl ze haar beer omhooghield. Zijn wijze gezicht staarde ons plechtig aan. 'Hij heeft er heel goed over nagedacht.'

Ik keek naar Star, in de verwachting dat ze wel met haar ogen zou rollen, maar nee, ze zei: 'Oké, we doen het als volgt. Als de lichten uit zijn, komen we allemaal hiernaartoe en helpen we je ontsnappen. Ik sms Kevin om te vragen hoe je bij Freddies kamer moet komen en wat de beste toegangswegen zijn.'

'Billy had het erover dat er blauweregen groeit tegen het gebouw waar Freddies kamer zit,' voegde Portia eraan toe.

Ik keek naar de bemoedigende gezichten om me heen.

'Je mag mijn zwarte trainingsbroek en mijn zwarte trui met capuchon wel lenen,' bood Clemmie aan.

Ze keken me allemaal vol verwachting aan. Honey liep te rommelen in de badkamer. Toen ze weer voor de dag kwam, drukte ze me een klein busje pepperspray in mijn hand.

'Dankjewel,' mompelde ik. Op het blikje stond een plaatje van een meisje dat een man spray in zijn gezicht spuit.

'Niks te danken, mammie heeft het voor me gekocht in Duitsland, voor het geval Miss Bibsmore me weer eens moet hebben. Maar spuit in het donker niet per ongeluk jezelf in je gezicht, schat. Het is geen Fébrèze.' Ze begon stom te lachen bij de herinnering aan wat er net was gebeurd.

'Juist,' zei ik, met een blik op de spuitbus. Inderdaad ben ik echt iemand om mezelf in mijn ogen te spuiten.

'Beloof je dat je het alleen zult gebruiken als de hond écht je leven in gevaar brengt?' vroeg Clemmie streng. Zij kan het niet verdragen als iemand, wie dan ook, pijn heeft. Ze vindt het al erg als we Jelly Babies eten, omdat die haar aan haar kleine broertje Sebastian doen denken.

'Natuurlijk,' zei ik, maar ik was vast van plan om te spuiten zodra de kaken van een hond maar enigszins bij me in de buurt kwamen.

Star kwam naar me toe en gaf me een knuffel. 'Ik ben echt trots op je,' zei ze.

'Goed dat je dit gaat doen,' zei Portia instemmend.

'Maar we kunnen nu maar beter gauw naar onze eigen kamer gaan,' zei Star. 'Als Miss Bibsmore haar ronde heeft gemaakt, komen we terug om je te helpen, oké?'

Ik knikte. Ik was helemaal stil van de immense onderneming waar ik voor stond. Een onderneming die was bedacht door een speelgoedbeer en die, als er iets misging, wel eens tot gevolg kon hebben dat ik van school werd gestuurd.

Op naar fort Eades

Om elf uur 's avonds klommen Star, Portia en ik langs de steiger naar beneden, terwijl Honey, Indie en Georgina van boven af toekeken en ons met hun zaklampen bijlichtten.

Star en Portia zouden tot het prikkeldraadhek met me meegaan, voor het geval zich een ernstige noodsituatie zou voordoen. Portia had een plattegrond getekend, die ik veilig had verstopt in mijn Snoopy-bh (die nog het dichtst bij een sport-bh in de buurt kwam). Het regende nog steeds, wat volgens Star des te meer reden was om zo hard mogelijk te rennen.

Alles ging goed, tot we het natte schoolterrein over waren. Zodra we het bos in renden, kwamen vier woeste waakhonden als gekken op ons af springen. Star greep er een bij zijn halsband en Portia pakte de andere, maar ik was zo bang voor honden, dat ik niets anders wist te bedenken dan een boomstam vastpakken en klimmen. De twee honden die nog los waren, sprongen grommend en blaffend naar me omhoog. 'Kom naar beneden, je maakt ze alleen maar wild,' riep Star.

'Doe ík dat?' riep ik naar beneden. 'Zíj staan anders om mijn bloed te blaffen.'

'Alleen omdat ze voelen dat je bang bent.'

'Nou, ik bén ook bang, verdomme!'

'Hier, jongens!' riep Star naar de honden en toen ze naar haar toe kwamen, voerde ze hen een paar snoepjes.

'Nú, Calypso, nú,' drong Portia aan. 'Als de zoete amandelen op zijn, zijn ze niet meer te houden.'

Dus sprong ik naar beneden en rende ik weg door het bos. Mijn zaklamp gaf maar net genoeg licht om te voorkomen dat ik tegen bomen aan liep, maar toen ik Star en Portia achter me hoorde, voelde ik mijn moed terugkeren. Ik rende zo hard dat ik ondanks de gemiste maaltijd steken in mijn zij begon te krijgen, maar op dat moment bereikte ik het prikkeldraadhek. Het zag er niet naar uit dat ik daar heelhuids overheen zou komen.

'Oké, hier moeten we naar links,' zei Portia, hijgend. Star rende vastberaden door, langs het hek.

'Of zullen we maar teruggaan?' stelde ik half lachend voor, met mijn hand in mijn zij.

'Volgens Billy zit er ergens een groen lint aan het hek. Iets verderop staat een struik, en daarachter zit een gat in het hek. Daar kun je door,' meldde Portia, zonder te reageren op mijn trieste poging tot humor.

'Hier is het,' riep Star. Toen we aankwamen bij de plek waar haar stem vandaan kwam, bleek ze in een struik te zitten. Met al die bladeren om haar gezicht zag ze er zó helemaal niet als een rockchick uit, dat ik mijn angst bijna vergat.

'Nu red je het verder wel. Kev en Billy weten dat je komt. Billy sms't je als er een probleem is,' herinnerde Portia me.

'Zorg dat je mobiel zacht staat. Kev staat op de uitkijk. Niet vergeten: het is het tweede huis, tweede rij rechts, na Chapel Row,' fluisterde Star.

'Precies, let maar op Poets Well,' herinnerde Portia me.

'Oké, Poets Well. Opletten,' herhaalde ik.

'Want als je dat ziet, ben je te ver,' zei ze.

Ik had het idee dat ik nu al te ver was.

'Succes. En als je het met Freddie hebt uitgepraat, sms je ons, dan komen we je hier ophalen, oké?'

Mijn vriendinnen verdwenen het bos in. Ik was kletsnat, ik had honger en ik verging van de steken in mijn zij. En het ergste was dat ik nu alleen was, in het donker.

Toen ik me door de prikstruiken heen had gewerkt, keek ik omhoog naar de torenspitsen en de oude puntdaken van het Eades, die onheilspellend glansden in het licht van de beveiligingslampen. Ik werd overvallen door een gevoel van hopeloosheid, maar er was nu geen weg meer terug. Tenminste, niet zonder een ernstige confrontatie met Star. Dus negeerde ik de pijn, zoals ik met schermen had geleerd, en sprintte ik, met Honeys pepperspray in de ene en mijn mobiel in de andere hand, in de richting van de gebouwen.

Ik herhaalde Stars aanwijzingen in mijn hoofd: tweede huis, tweede rij rechts, bij de kapel. Oeps, moest ik dan voor of na de kapel rechtsaf? Ik besloot dat ik maar het beste op mijn plattegrond kon kijken, maar dat was in de stromende regen gemakkelijker gezegd dan gedaan.

Ik zocht beschutting tegen de muur, maar toen zag ik een eindje verderop een bewaker een sigaret opsteken. Op dat moment viel het me op dat de muur waar ik tegenaan stond, begroeid was met blauweregen. Portia had iets gezegd over blauweregen, dus dan zat ik goed. Ik keek omhoog en vroeg me af of Freddie daar ergens was. Er brandde licht en ik hoorde geluiden van jongens die met elkaar praatten, tv keken en muziek luisterden. Daarboven zou ik in ieder geval geen last meer hebben van de regen, die nu werkelijk met bakken uit de hemel viel. En er zou op het Eades toch vast wel een aardige jongen zijn die me naar mijn prins kon brengen?

Ik greep een tak van de blauweregen en trok er hard aan om te controleren of hij mijn gewicht kon dragen. Toen stak ik mijn voet tussen de takken en hees ik mezelf op. Het ging eigenlijk heel gemakkelijk en terwijl ik tegen de muur van het Eades omhoogklom, voelde ik me zelfs even een beetje trots, een echte stuntvrouw. Toen bereikte ik de eerste verdieping. Ik keek naar beneden en opeens besefte ik dat ik boven Poets Well zat. 'Shit,' schold ik inwendig. 'Calypso Kelly, je bent te ver.'

Pal boven mijn hoofd ging een raam open en een jongen met een sigaret tussen zijn lippen keek naar beneden.

'Hallo daar. Zei je iets?'

'O, hoi,' zei ik, met mijn vriendelijkste glimlach. 'Ik zoek eigenlijk iemand.'

'Mij toch niet?' vroeg het gezicht.

'Nee, iemand anders.'

'O, prima, nou, succes ermee. Ik hoop dat je hem vindt,' zei de jongen, waarna hij zijn hoofd weer naar binnen trok en met een klap het raam dichtdeed.

De blauweregen voelde niet meer zo stevig onder mijn voeten als in het begin. Ik denk dat ik met mijn doorweekte kleren twee keer zo zwaar was als normaal. Ik keek neer op Poets Well en probeerde de moed op te brengen om weer naar beneden te klimmen en een andere route naar Freddies kamer te verzinnen. Ik nieste. Knalhard. Niet zo'n beleefd, ingehouden niesje, waar mensen vaak 'gezondheid' achteraan zeggen. Nee, dit was een daverende nies, die ze waarschijnlijk op het Sint-Augustinus ook konden horen. Normaal gesproken zou ik zo'n nies alleen laten ontsnappen als ik helemaal alleen was en geen enkel risico liep me voor iemand te hoeven schamen.

Ik hoorde het raam boven me weer opengaan. 'Gezondheid.' Hetzelfde hoofd van net kwam weer tevoorschijn. 'Weet je zeker dat je het niet koud hebt, daar?'

Ik keek omhoog, niet langer in staat om op wat voor manier dan ook te lachen. 'Het is hier verrekte koud,' gaf ik toe.

'Weet je zeker dat je het met mij niet af kunt? Als tijdelijke oplossing, misschien? Het is hier een beetje rommelig, maar het is
in ieder geval warm.'

Ik was zo opgelucht, dat ik bijna de blauweregen losliet. 'Hartstikke bedankt,' zei ik dankbaar, terwijl mijn vreemdeling me
omhoogtrok en zijn kamer in hielp.

Hikken of stikken

'Ik heet trouwens Malcolm. Ga gerust naar de badkamer om je af te drogen.' Hij droeg een boxershort met een rugbyshirt eroverheen. Met zijn ruige, rode bos haar en zijn groene ogen deed hij me aan Star denken. Ik besloot dat hij het beste was wat me het afgelopen halfuur was overkomen.

'Bedankt. Ik ben Calypso,' zei ik, terwijl mijn ogen de enorme kamer door dwaalden. Ik wist dat de jongens op het Eades allemaal hun eigen kamer hadden, maar ik had er nog nooit een van binnen gezien. Deze kamer was zo groot als de huiskamer van een gemiddeld gezin. Er stonden een plasma-tv, een dvd-recorder en een laptop en natuurlijk lag er de troep waarvoor hij had gewaarschuwd. De meeste troep werd veroorzaakt door honderden dvd's die over de grond verspreid lagen. Ze lagen werkelijk overal, iedere vierkante centimeter vloer was bedekt met dvd's, inclusief het stukje waar ik stond uit te druipen.

'Wacht, ik zal even een handdoek voor je halen. Blijf rustig staan waar je staat,' zei Malcolm, terwijl hij voorzichtig tussen de dvd's door naar de badkamer stapte. Vanuit de deuropening gooide hij me een grote, dikke, zwarte handdoek toe. Ik begon mijn doorweekte kleren en haren te deppen, in een hopeloze poging mezelf af te drogen.

'Weet je wat, Calypso,' zei Malcolm. 'Gooi die handdoek maar over de dvd's heen en kom naar de badkamer. Dan kun je

die natte kleren uittrekken en mijn badjas aandoen. Die is redelijk schoon. Als je wilt, kun je je kleren over de verwarming hangen, dan ga ik die geheimzinnige vriend van je opsporen.'

'Dankjewel, dat is erg aardig van je,' zei ik, terwijl ik me een
weg baande naar de badkamer. Ik voelde me er niet echt prettig
bij om me in de badkamer van een jongen uit te kleden en zijn
badjas aan te trekken, ook al was die redelijk schoon. Ik bedoel,
ik kende Malcolm niet eens. Stel je voor dat hij een serieverr-
krachter was, of nog erger? Toen ik bij de badkamerdeur was,
draaide ik me om, maar hij zat met zijn rug naar me toe op de
grond en was druk bezig zijn dvd's te sorteren. Het was alsof hij
mijn bestaan alweer was vergeten.

De badkamer was niet zo luxueus als onze badkamer in het
Sint-Augustinus. De tegeltjes waren hier en daar beschadigd en
de spiegel was oud en zat vol spikkels. Maar het was zo'n opluchting mijn natte kleren te kunnen uittrekken, dat ik besloot mijn
wantrouwige gedachten opzij te zetten. Malcolms badjas was een
groen-bruin gestreept geval van Ralph Lauren en het fijnste van
alles was dat hij heerlijk schoon en dik en twee maten te groot
was.

Ik raapte mijn natte kleren bij elkaar en liep terug de kamer in,
alsof het de gewoonste zaak van de wereld was.

'Iets drinken?' vroeg Malcolm zonder op te kijken, terwijl ik
mijn kleren over de gloeiende radiator legde.

'Jáááá, super,' antwoordde ik, en kromp meteen in elkaar na
deze belachelijke reactie. Super? Ik leek mijn moeder wel.

'Ga je gang. De koelkast staat daar,' zei Malcolm, met een gebaar naar de andere kant van de kamer. 'Als niet alles op die radiator past, is er nog een bij het bed.'

'Dankjewel,' antwoordde ik, terwijl ik rood van schaamte mijn
natte Snoopy-bh en -broekje over de radiator achter zijn bed
hing. Ik keek Malcolms kant op, maar omdat hij niets dan een

beleefd soort onverschilligheid voor me toonde, besloot ik dat het wel kon. Waarschijnlijk zou alles binnen tien minuten droog zijn, en dan kon ik me aankleden en Freds gaan zoeken.

Ik legde mijn mobieltje en mijn pepperspray op de koelkast.

'Er is weinig keus, sorry. Ik ben geen geweldige drinker, vrees ik,' zei Malcolm, zonder van zijn bezigheden op te kijken.

Ik opende de glazen deur van de koelkast en plotseling was het alsof ik terug was in Honeys limousine. De hele koelkast stond vol miniflesjes Veuve Clicquot. 'Als je dat lekkerder vindt, kan ik een van de andere jongens vragen of ze wodka voor je hebben,' stelde hij voor, ongetwijfeld in de veronderstelling dat ik teleurgesteld was over de beperkte keus.

Ik wilde niet als een kleuter om een beker warme chocolademelk vragen, dus zei ik dat het prima was en pakte een van de flesjes.

'Zal ik eh… er voor jou ook een openmaken?' vroeg ik onzeker. Ik wist niet wat de jongens van het Eades er op het gebied van hun koelkast voor etiquette op na hielden.

'Graag,' zei hij, terwijl hij me glimlachend aankeek en met een schijnbaar gefrustreerd gebaar door zijn haar streek. 'Ik zou het eigenlijk niet moeten doen, maar dit wordt een lange nacht.'

Ik ontkurkte de twee flesjes redelijk handig, waarmee maar bewezen is dat het zelfs nuttig is om soms met een vals kreng als Honey op te trekken.

Malcolm zette zijn champagne naast zich op de grond. Hij was kennelijk te veel in zijn dvd's verdiept om zich iets van mij aan te trekken, dus ging ik op het randje van zijn bed zitten. Ik voelde me nog steeds behoorlijk opgelaten. Ik besloot dat het tijd werd om er een beetje ontspannen bij te gaan liggen en nam een flinke slok van de champagne. Onmiddellijk schoten de belletjes in mijn neus en kreeg ik een geweldige hoestbui.

'Het is geen bier, hoor. Je kunt champagne beter niet in één teug naar binnen gieten,' zei Malcolm, die nog net zijn lachen kon inhouden. 'Het is handig om het rietje te gebruiken dat erbij zit.'

'O, jaaa, nee, dat weet ik wel. Ik vind het gewoon eh... lekker om het in een keer achterover te slaan,' flapte ik eruit, in een belachelijke poging me voor te doen als een vrouw van de wereld. En toen ik eenmaal begonnen was, kon ik niet meer ophouden. '*Hik, hik, hik,*' was mijn eerstvolgende wereldwijze uitbarsting. Mijn plan om een coole, ontspannen indruk te maken ging snel in rook op.

'Wie zoek je eigenlijk precies?' vroeg Malcolm, op een toon alsof hij graag van dat rare, natte, hikkende kind op zijn kamer af wilde.

'*Hik, hik, hik,*' antwoordde ik.

'Moet je iets hebben tegen de hik? Een papieren zakje misschien? Of helpt het om je aan het schrikken te maken?' vroeg hij, terwijl hij zijn kamer rondkeek, op zoek naar een oplossing.

Maar hij hoefde niet lang te zoeken. Voor ik nog één keer kon hikken, stormde Portia's oudere broer, Tarquin, de kamer binnen.

'Heb je die verdomde dvd nou al eens gevonden, McHamish?' begon hij nijdig, maar toen zag hij mij opeens languit, met een badjas aan, op Malcolms bed liggen. Hij keek maar heel even naar me, maar ik kneep de badjas aan de bovenkant stijf dicht, omdat ik me kon voorstellen wat hij dacht.

'Ik ben nog steeds aan het zoeken, kerel. Ik ben nog niet klaar. Maar het gaat lukken, hoor! Het gaat lukken!' verklaarde Malcolm, terwijl hij in een triomfantelijk gebaar zijn miniflesje Veuve in de lucht stak.

Tarquin had intussen mijn Snoopy-setje in het oog gekregen, dat over de radiator hing. (Goddank had ik eraan gedacht een bijpassend broekje en bh'tje aan te trekken, anders was het nog gênanter geweest.)

'Briggs, dit is Calypso, zij die in staat is mannen weg te lokken van hun weet-ik-veel.'

'Hun doelen. Wacht eens even. Ik ken jou,' zei Tarquin, met een gezicht alsof hij daar niet echt blij mee was. 'Jij bent die vriendin van Portia. Het vriendinnetje van Freddie.'

'*Hik*, ja, *hik*, ja. Leuk om, *hik*, je weer eens, *hik*, te zien, *hik*,' antwoordde ik, met een klein wuivend gebaar.

'Ze heeft haar champagne in één keer naar binnen gegoten,' legde Malcolm uit, terwijl hij met zijn champagne in zijn hand mijn kant op wees. 'Dat vindt ze blijkbaar lekker. Ik zei nog tegen haar dat ze het rietje moest gebruiken, maar ja, meisjes, hè? Wat doe je eraan?' Hij haalde zijn schouders op.

Ik trok Malcolms badjas nog wat strakker om me heen. Plotseling was ik me er heel erg van bewust dat ik er niets onder aanhad.

Het volgende ogenblik kwam Billy binnenstormen. 'Zo, McHamish, waar heb je die verdomde…' Hij stopte abrupt toen hij mij in het oog kreeg. Hij keek verward. 'Calypso? Wat is er aan de hand?'

'*Hik*, nou, ja, *hik*, ik was…'

'Ah, Pyke, beste kerel, je dvd ligt op de koelkast.'

Maar daar was Billy kennelijk niet in geïnteresseerd. 'Wat doe jij híér nou? In Malcolms kamer?' vroeg hij geïrriteerd.

'Ah, de schone Calypso. Iedereen schijnt deze jonge deerne te kennen. Ze hing aan mijn vensterbank, nat als een verzopen kat. Ik heb gezegd dat ze zich hier wel even mocht drogen voor ze haar zoektocht voortzette naar… hoe heette hij ook weer?'

'Freds!' piepte ik. Ja, ik piepte, als een piepbeestje van een klein kind. Maar het was geen antwoord op Malcolms vraag. Freds was net binnengekomen en hij was duidelijk niet blij om me te zien. Helemaal niet. Als blikken konden branden, zou mijn Snoopy-setje beslist in vlammen zijn opgegaan, want zijn ogen schoten vuur toen hij het zag hangen. Ik sprong van het bed om hem de situatie uit te leggen, maar het enige wat eruit kwam was: '*Hik*.'

Malcolm was zich waarschijnlijk als enige niet bewust van het drama dat zich in zijn kamer voltrok. 'Ja, Freds, ik héb je dvd, ik denk dat ik hem…' begon hij, maar Freds draaide zich om en liep abrupt de kamer uit, terwijl hij iets mompelde over dat het ongelofelijk was.

Zeg, wacht eens even! dacht de vechter in me. Ik had niet voor niets bloedhonden getrotseerd, me door prikkeldraadhekken heen geworsteld, door de regen gerend en in de blauweregen gehangen. Nee, ik, Calypso Kelly, sabelkampioen van het Sheffield Open, gaf het niet op. Ik propte de pepperspray en het mobieltje in een zak van de badjas, greep mijn Snoopy-setje en mijn kleren bij elkaar en rende achter hem aan.

En op dat moment liep ik de huismoeder van het Eades tegen het lijf. Ik morste al mijn champagne over haar heen en… nou ja, toen werd het allemaal erg vervelend.

Malcolm, Billy en Tarquin, die achter me aan waren gerend, botsten bovenop ons.

'Aaah, mooi. Ik zie dat je Kate hebt ontmoet, onze huismoeder. Kate, dit is Calypso, zij die mannen afleidt van hun…'

Kate staarde hem alleen maar aan. 'Dank u wel, Mr. McHamish, u kunt teruggaan naar uw kamer.'

Billy en Tarquin volgden hem en dat was dan dat. Ik was alleen met Kate, die er met haar mantelpak en parels erg indrukwekkend uitzag.

Huismoedersmiddeltje tegen de hik

'Ik heb hier een volkomen logische verklaring voor,' zei ik tegen Kate. Ik deed mijn best om net zo autoritair te klinken als Honey en net zo'n koel-gereserveerde houding aan te nemen als Portia. Maar niet alleen had ik nauwelijks kleren aan, ik was ook van slag omdat Freds zo nijdig was weggelopen. Waar moet een meisje dan nog haar zelfvertrouwen vandaan halen?

De huismoeder greep me vast bij mijn badjas en… nou ja, met alleen een badjas aan leek het me beter niet tegen te stribbelen. Tenslotte kun je beter bijna naakt zijn dan helemaal naakt. Bovendien had ik nog steeds de hik.

Malcolm stak zijn hoofd om de hoek van de deur. 'Zou je een volgende keer als je komt de badjas mee kunnen nemen, Calypso?' vroeg hij.

Kate draaide zich naar hem om, en ik werd overvallen door een verschrikkelijk noodlotsgevoel. Niet dat ik nog hoop koesterde over wat me die avond te wachten stond, maar ik wilde Malcolm na zijn gastvrije ontvangst niet in de problemen brengen.

'Waar komt dit meisje vandaan, Mr. McHamish?' informeerde Kate vriendelijk, op een toon alsof ze hem vroeg hoe laat het was.

'Goede vraag, Kate. Ik heb geen idee. Ik dacht wel een licht overzees accent te bespeuren toen ik haar voor het eerst sprak. Ze hing als een verzopen kat aan de blauweregen onder mijn raam. Ze was op zoek naar een of andere vent. Ik heb haar binnengelaten om zich even af te drogen voor ze haar zoektocht voortzette.'

Tegen de tijd dat hij klaar was met zijn uitleg, hadden Billy, Tarquin en een paar andere jongens hun deuren geopend om te zien wat er aan de hand was.

'Juist. En, weet iemand van jullie waar ze vandaan komt?' vroeg Kate, aan de steeds groter wordende groep jongens, die hun kamers uit kwamen om naar me te kijken.

Ik voelde me in mijn badjas langzaam steeds kleiner worden. 'Ik ben, *hik*, Calypso,' zei ik zachtjes. '*Hik*, Calypso Kelly.'

'Ze komt van het Sint-Augustinus,' verklaarde Billy.

'Ze is een vriendin van mijn zus,' voegde Tarquin er somber aan toe.

'Nou, dan zal ik zuster Constance maar bellen om haar te informeren dat ik je kom terugbrengen naar school, Miss Kelly. Het is maar goed dat het hoofd en de andere onderwijskrachten al in bed liggen.' Toen draaide ze zich om naar de jongens. 'Welterusten, heren. En Mr. McHamish, niet roken op de gang, alstublieft. Zoals u weet, is dat in strijd met de brandvoorschriften.'

'Ja, nou, schijt aan de brandvoorschriften. Belachelijke flauwekul.' Hij glimlachte naar Kate, nam nog een trek van zijn sigaret, stampte hem vervolgens uit op de grond en nam nog een slok van zijn champagne.

Ik stond versteld dat Kate hem geen uitbrander gaf, maar kennelijk hadden de jongens op het Eades meer in te brengen bij hun huismoeders dan wij.

De jongens wensten Kate allemaal goedenacht, alsof ze een gewone werkneemster was. Billy bedankte haar dat ze me naar huis bracht, wat me een gevoel gaf alsof ik een zwerfhond was. Toen deden ze allemaal hun deur dicht en was ik alleen met Kate.

Terwijl we elkaar aankeken, dacht ik bezorgd aan de onaangename gevolgen die dit alles zou hebben. Mijn dappere avontuur was tot een akelig nat en ellendig einde gekomen. In plaats van Freds te overtuigen van mijn oneindige liefde, had ik hem hopeloos van me vervreemd.

Kate zei niets. Ze nam me mee naar beneden, naar haar kantoor, waar ze zuster Constance opbelde. 'Ik heb een van uw meisjes hier,' legde ze uit. Ik kon niet verstaan wat zuster Constance terugzei, maar ik stelde me voor dat ze iets minder luchtig tegenover de situatie stond dan Kate. 'Nee, nee, dat is in orde, zuster. Ik breng haar wel terug,' vervolgde Kate. 'Het is maar drie minuten rijden.'

Drie bloedstollende minuten! Kate reed als een krankzinnige. Bij haar vergeleken was zuster Regina een toonbeeld van veiligheid, en die is zo klein dat ze niet eens over het stuur heen kan kijken. Dat kon ik wel en ik zag dan ook de ene haarspeldbocht na de andere aan mijn ogen voorbijflitsen.

Een voordeel van haar roekeloze rijstijl was dat we geen tijd hadden om te praten. Bovendien raakte ik door de angst mooi van mijn ellendige hik af, waar ik zo langzamerhand buikpijn van begon te krijgen. Gelukkig was het een kort ritje, maar als je na middernacht naar huis wordt gebracht in een badjas van een jongen, door een huismoeder die in een hippere auto rondrijdt dan je eigen moeder, dan word je daar niet blij van.

Toen we de parkeerplaats van mijn school opreden, zag ik het silhouet van zuster Constance al bij de hoofdingang staan, en ik zag aan haar gezicht dat ze niet haar gebruikelijke, beheerste zelf was. Schaamte over mijn gedrag maakte plaats voor angst voor de straf die me te wachten stond.

Kate moest uitstappen en me zo ongeveer uit de auto sleuren, zo bang was ik.

'Dank u wel, Mrs. Denning, ik handel dit verder af,' verzekerde zuster Constance haar. 'Erg vriendelijk van u dat u haar heeft teruggebracht.'

'Niets te danken, zuster, en zegt u maar Kate, hoor,' antwoordde Kate vriendelijk, terwijl ze terugliep naar haar auto.

'Het spijt me héél erg, zuster,' begon ik op mijn berouwvolste toon.

'We zullen bespreken wat we met deze kwestie aan moeten als je moeder er morgen bij is,' antwoordde de zuster kortaf.

'Als mijn moeder erbij is? Maar die werkt.'

'Ik heb haar meteen gebeld nadat ik Mrs. Denning aan de telefoon had gehad. Je hebt geluk dat je bent ontdekt door Mrs. Denning, een bijzonder begripvolle jonge vrouw. Ik moet er niet aan denken wat een schandaal het had gegeven als een van de hoofden je gevonden had. Maar desondanks was het mijn verantwoordelijkheid je moeder te bellen. Ze komt morgenochtend om negen uur hier voor een gesprek.'

Slik. 'Wat zei ze?'

Maar zuster Constance liet zich niet uithoren en begeleidde me zwijgend naar mijn slaapkamer. Haar stilzwijgen was veel erger dan als ze me een standje had gegeven.

Ik sloop mijn kamer in, met het plan mijn pyjama te pakken en me om te kleden in de badkamer, maar ik struikelde over Star, die languit op de grond lag.

'Wat is er gebeurd?' vroeg ze opgewonden, terwijl ze haar zaklamp aanknipte.

Ik was niet in de stemming om mijn rampzalige avond te bespreken, zelfs niet met mijn beste vriendin, maar Star is er het meisje niet naar om zich daar zomaar bij neer te leggen. 'Nou, ja, ik ben dus tegen de verkeerde muur omhooggeklommen, en daar ben ik ontdekt door Malcolm, terwijl ik aan de blauweregen onder zijn raam hing. Hij zei dat ik in zijn kamer mijn kleren mocht drogen, dus ik had geluk dat ik mijn bijpassende Snoopy–'

'Star greep me bij mijn schouders. 'Wacht! Je bedoelt toch niet Malcolm McHamish, de filmmaker?'

'Weet ik veel. Hij zit in het Lower Sixth. Hoe dan ook, hij bood me champagne aan. En toen kwam Portia's broer binnen, en toen Billy, en toen...'

'Ik heb Billy gebeld dat hij je moest gaan zoeken,' fluisterde Portia vanuit haar bed.

'Bedankt. Nou, hij heeft me gevonden, en ook mijn ondergoed, dat op Malcolms radiator lag te drogen, en toen –'

'Ziet Malcolm er echt zo leuk uit, met dat rode haar?' vroeg Star dringend.

'Volgens mij kan iemand met rood haar er nooit leuk uitzien, schat,' mengde Honey zich in het gesprek.

'Jij bent gewoon jaloers,' snauwde Star terug.

'Droom maar lekker verder, rooie!' antwoordde Honey venijnig.

Ik kon er niet over uit dat iedereen me maar steeds in de rede bleef vallen! Wie had in een gigantische hoosbui de blauweregen van het Eades getrotseerd? Wie was er opgepakt door een huismoeder die Kate heette en reed als een krankzinnige? Ik en niemand anders. Bovendien rook ik de verrukkelijke geur van pizza. Hoe konden ze pizza's bestellen, terwijl ik in de kamer van een wildvreemde jongen mijn ondergoed zat te drogen? Terwijl ik bijna stikte in mijn champagne, hadden ze op zijn minst bezorgd moeten zitten nagelbijten, en niet zitten smullen van een heerlijke, illegale pizza.

'Zeg, willen jullie nou nog horen wat er is gebeurd?' schreeuwde ik bijna. 'Anders trek ik mijn pyjama aan en ga ik naar bed.'

'Sorry, schat,' fluisterde Star. 'Ga door, ik zal je niet meer in de rede vallen. Ik zweer het.'

'Goed, nou, de huismoeder betrapte me dus in mijn blootje, nou ja, bijna in mijn blootje. Ik had Malcolms badjas aan – ja, hij heeft inderdaad rood haar – en toen kwam Freds binnen.'

'O mijn god! Wat zei hij?' vroeg Star.

'Sssssst!' siste Portia. 'Laat haar uitpraten.'

'Niet veel. Zoiets van: "Ongelofelijk", en toen liep hij pissig weg.'

'Shit,' zei Star eenvoudig.

'Precies. Zie je het voor je? Daar zat ik, op Malcolms bed, in Malcolms badjas, champagne te drinken. Hoe dan ook, ik rende achter hem aan, en toen liep ik Kate tegen het lijf.'

'Kate?'

'Ja, Kate is hun huismoeder, maar ze zag er helemaal niet zo uit, en ze deed ook niet zo. Ik bedoel, Malcolm stond pal voor haar neus te roken en te drinken, maar ze deed er niets aan. Moet je je voorstellen!'

'Zo zijn alle jongenskostscholen, schat. Jongens worden daar net behandeld als volwassen mannen,' legde Portia uit. 'Als we gaan roeien op het Eades, lopen de jongens daar gewoon te roken en te drinken, en als iemand van de leiding tegen ze zegt dat ze moeten stoppen, zeggen ze: "ja, meneer", en gaan gewoon door.'

Honey giechelde. 'Wel grappig, eigenlijk.'

'Wat?'

'Dat je naakt bent betrapt in de kamer van een andere jongen, schat,' antwoordde ze. 'Wat een giller. Nu neemt Freddie je nooit meer terug.'

'Ze is geen pakje,' snauwde Star, waarna ze zich weer naar mij omdraaide. 'En wat zei die Kate tegen je?'

'Niks. Ze pakte me bij mijn badjas, nam me mee naar beneden, naar haar kantoor, belde zuster Constance en bracht me terug hiernaartoe. Dat is alles.'

'En wat zei de zuster?' vroeg Portia.

'Ze zei dat er morgen een gesprek komt, met mijn moeder erbij. Ik word waarschijnlijk van school gestuurd.'

'Waarom heb je geen pepperspray in haar gezicht gespoten?' vroeg Honey. 'Dan had je terug kunnen rennen naar school en had niemand er verder iets van geweten.'

'O, ja, dat had ik kunnen doen,' zei ik sarcastisch.

Star zei smalend: 'En dan was je waarschijnlijk in de gevangenis beland. Hoe dan ook, wat zei Malcolm?'

'Wat doet het ertoe wat Malcolm zei of niet zei?' vroeg ik nijdig. Het begon me zo langzamerhand flink de keel uit te hangen, dat gedoe over die Malcolm. 'Hij zei niet veel, en ik heb ook geen zin om daar verder over na te denken. Eigenlijk heb ik dit allemaal voor een deel aan hem te danken. Als hij me niet binnen had gevraagd en er niet op had aangedrongen dat ik mijn kleren uittrok en op zijn verwarming te drogen legde, en als hij me geen champagne had aangeboden, zat ik nu niet in de ellende!' Ik zweeg even en vervolgde toen wat rustiger: 'Luister, het spijt me, maar ik ben moe, ik heb honger en ik heb de pest in. Ik wil nu alleen nog maar naar bed. Niet dat ik zal kunnen slapen. Sarah zal me waarschijnlijk dwingen om bij haar in Clapham te komen wonen.'

'Zo gemeen zal de zuster niet zijn, dat weet ik zeker,' zei Star geruststellend.

'Zeg gewoon dat je bent weggelopen omdat je van streek was, schat. Omdat Sarah en Bob uit elkaar zijn, en je uit een gebroken gezin komt. Nonnen haten gebroken gezinnen,' stelde Honey voor. 'Laat doorschemeren dat ze je mishandelen. Dan zijn ze vanzelf aardig tegen je.'

Waarom zei iedereen toch steeds dat ik uit een gebroken gezin kwam? 'Ik kom niet uit een gebroken gezin!' snauwde ik.

'Oké, oké, rustig maar. Jeetje, ik probeer alleen maar aardig te zijn, schat,' zei Honey beledigd. 'Ik bedoel alleen maar dat het de zuster aan haar hart zal gaan als je dat zegt. Denk er maar eens over na. Georgina kan alles bij haar maken sinds haar vader met Koo-Koo is getrouwd.'

'Dat is iets heel anders,' redeneerde ik. 'Bob en Sarah komen er wel weer uit. Ik bedoel, zij –'

'Wacht eens even, Calypso,' viel Star me in de rede, net op het moment dat ik aan mijn eigen argumenten begon te twijfelen. 'Ik geef Honey niet graag gelijk, maar nu ben ik het met haar eens. Sarah en Bob hebben problemen en ik denk echt niet dat de zuster het jou en Sarah nog eens extra moeilijk zal willen maken. Ontspan je nu maar even. Je bent van streek en je moet slapen. In de ochtend ziet alles er altijd beter uit,' verzekerde ze me, terwijl ze me een knuffel gaf.

Ik voelde de tranen achter mijn ogen branden terwijl ik haar terug knuffelde. 'Sorry dat ik zo chagrijnig deed, en bedankt dat je op me hebt gewacht.'

'Doe niet zo raar, we hebben hartstikke veel lol gehad. Ga nou maar slapen. Ik zie je bij het ontbijt. Droom maar lekker.'

'Welterusten,' antwoordde ik.

'Welterusten,' zei Portia ook, toen Star wegging.

'Eindelijk,' kreunde Honey, terwijl ze haar kussen opstompte. 'Enige kinderen zijn toch altijd zóóó egoïstisch!'

Als ik niet zo moe en aangeslagen was geweest, had ik gelachen.

'Gaat het een beetje met je, Calypso?' vroeg Portia zachtjes, toen ik stilletjes de badkamer in ging om mijn tanden te poetsen.

'Ja, hoor, prima. Ik ga me omkleden,' antwoordde ik. Ik was te veel van streek om te praten.

'Ik heb een pizza voor je besteld toen je weg was, voor het

geval je honger zou hebben als je terugkwam. Ik zag dat je niets at bij het avondeten. Het is een kleine pizza Hawaï, de doos ligt op je bed. Hij is nu waarschijnlijk wel koud.'

Ik was zóóó aangedaan – en ik had zó'n honger na die dramatische avond – dat ik me zo ongeveer op haar bed stortte om haar te knuffelen.

Ik trok snel mijn Hello Kitty-pyjama aan en at mijn koude pizza op in de eenzaamheid van de badkamer, om Honey niet te storen. Hij was zálig.

Genade kan niet worden afgedwongen,
maar wel worden verspeeld

Nadat ik de pizza naar binnen had gewerkt, voelde ik me een stuk beter. Ik had geen honger meer en ik was genoeg gekalmeerd om te kunnen slapen. Wakker worden was een ander verhaal. Ik had nooit gedacht dat ik dat nog eens zou zeggen, maar ik miste echt de gong van Miss Cribb, waarop ze altijd pal naast ons oor stond te hameren tot we wakker werden.

Miss Cribbs gongterreur viel in het niet bij het regime dat Miss Bibsmore voerde met haar stok. 'Hé, Miss Kelly. Tijd om op te staan,' zei ze, terwijl ze me tussen mijn ribben porde.

Zelfs toen ik ten slotte mijn bed uit vluchtte, wist ze me nog een paar porren na te geven.

'Ja, stop maar!' schreeuwde ik. 'Ik ben er al uit, ik ben er al uit!' Ik dook behendig onder de stok door, terwijl ik zo snel mogelijk mijn ochtendjas en sloffen aantrok.

'Nou, dat kan wel zijn, maar ik ben nu op dreef en ik ga net zolang door tot je in die badkamer bent om je toonbaar te maken!'

'Mooi zo!' schreeuwde ik terug, terwijl ik de badkamer indook en snel de deur achter me op slot deed. Na mijn nachtelijke activiteiten op het Eades zag ik eruit als een halve drugsverslaafde. Nadat ik vlug wat water in mijn gezicht had gegooid en bliksemsnel mijn tanden had gepoetst, trok ik een borstel door mijn haar en schoot ik razendsnel in mijn uniform. Toen ik ten slotte langs een spiegel rende, was het al te laat om iets te doen aan mijn haar, dat rechtovereind stond van de zure regen. Ik kon zoveel lipgloss opdoen als ik wilde, maar deze ochtend was mijn zelfvertrouwen niet meer te redden.

Iedereen was hartstikke aardig tegen me bij het ontbijt. Het verhaal had de ronde gedaan dat ik fort Eades had bestormd. De meisjes van het zevende jaar keken al vol bewondering naar je als je een jongen had versierd, laat staan als je het koninkrijk van leuke jongens was binnengedrongen.

Zelfs Honey was aardig tegen me en bood me haar croissantje aan, dat ze op de grond had laten vallen. Ze veegde het eerst af aan mijn uniform en gaf het toen zogenaamd vriendelijk aan me. 'Schat, je zult wel verhongerd zijn na je nachtelijke inspanningen,' zei ze vol medeleven, terwijl ze met haar ogen rolde en haar prachtige haar naar achteren gooide, wat me er alleen nog maar meer van bewust maakte hoe afschuwelijk ik er zelf uitzag. 'En wat zie je er vanmorgen heerlijk hoerig uit. De Amerikaanse slettenlook. Echt iets voor jou.'

'Bedankt,' zei ik, immuun voor alles wat Honey me naar mijn hoofd zou kunnen slingeren. 'Ik zie eruit alsof er een trein over me heen is gereden.' Ik pakte het extra croissantje aan, ook al was ik niet van plan het op te eten. Ik had niet zoveel honger, dankzij Portia's attente gebaar van de vorige avond.

Honey leunde wat dichter naar me toe en fluisterde: 'Maar je zegt niet waar je die pepperspray vandaan had, hè, schat? Als je dat wel doet, snap je wel dat ik tegen pappie zal moeten zeggen dat je liegt, en ik zou niet graag tegen je getuigen in de rechtszaal. Het zou mijn hart breken.'

'Waar héb je het over?' vroeg ik. Ik was de pepperspray helemaal vergeten. Die zat nog, samen met mijn mobiel, in de zak van Malcolms badjas, die op mijn kamer lag.

'Nou, lieve schat, als je bij zuster Constance mijn naam zou noemen in verband met de pepperspray, zou je je schuldig maken aan smaad.' Ze wees op haar hart en keek me gemaakt bezorgd aan. 'Ik zou het onverdraaglijk vinden om je in de bajes te moeten bezoeken, schat.'

Indie gaf haar een por tussen de ribben, net zoals Miss Bibsmore mij met haar stok tussen mijn ribben had gepord.

'Au!' gilde Honey, maar iedereen negeerde haar, behalve Indies bodyguards, die even hun spieren spanden, alsof ze dolgraag een aanleiding hadden gehad om Honey neer te knallen.

'Smaad is als je het opschrijft, achterlijke analfabeet,' bracht Indie naar voren.

Star begon te grinniken en kon nog net op tijd een slok warme chocolademelk terugspugen in haar beker, voor het haar neusgaten uitkwam. Toen ging de bel en we moesten allemaal rennen om op tijd te zijn voor de kamerinspectie, de registratie, de kerkdienst – en in mijn geval het gevreesde gesprek met zuster Constance en Sarah.

'Is het waar dat ze je naakt hebben gevonden in de kamer van prins Freddie?' Een hele groep kleuters van het zevende jaar liep met grote ogen van bewondering met ons mee terwijl wij naar de registratie liepen.

'Ja,' antwoordde Star, maar alle humor in de wereld kon me niet behoeden voor de confrontatie die me in de kamer van zuster Constance te wachten stond.

Sarah zat te wachten op de houten bank voor zuster Constances kantoor. Ze had hetzelfde roze Chanel-pak aan dat ze zondag had gedragen, maar haar gezicht zag asgrauw en haar haar hing er net zo slordig bij als het mijne.

'Zo, daar zijn we dan, Calypso,' zei ze streng. 'Ik weet werkelijk niet wat ik hiervan moet zeggen.'

'Ja, maar ik kan het uitleggen, Sarah. Eerlijk, het is niet zo erg als het lijkt.'

'Het kon wel eens erger zijn dan je denkt,' zei ze onheilspellend, terwijl ze met een trieste blik neerkeek op haar handen. Haar stem beefde een beetje. 'Ingebroken in een jongensschool. En naakt? O, Calypso, waar was je mee bezig?'

'Ik wás niet naakt,' zei ik woedend. 'Eerst niet, tenminste!'

Dat hielp natuurlijk niet echt om de *madre* gerust te stellen. Toen de zuster ons binnenriep, stond ze op het punt in huilen uit te barsten.

Zuster Constance zat, zoals gewoonlijk, in diepe meditatie onder een levensgroot Christusbeeld, dat vanaf een kruis boven haar stoel op ons neerkeek. Haar handen vormden een spits torentje voor haar op het bureau en haar lippen bewogen in stil gebed. Sarah en ik wachtten tot ze ons vroeg te gaan zitten.

'Dank u voor uw komst, Mrs. Kelly. Gaat u zitten,' zei zuster Constance ten slotte, hoewel haar stem een onheilspellende klank had.

'Voor u begint, zuster, denk ik dat u moet weten dat er in dit geval sprake is van verzachtende omstandigheden,' begon Sarah.

Zuster Constance wierp haar een waarschuwende blik toe. 'Voor er ook maar íémand begint, Mrs. Kelly, wil ik tot God onze Vader bidden om steun bij het afhandelen van deze kwestie. Dank u wel.'

We begonnen dus allemaal een tientje van de rozenkrans te bidden, en ik zweer dat ik nog nooit van mijn leven zo vurig heb gebeden als op dat moment. Toen de zuster weer het woord nam, was dat om uit te leggen dat ze zich geneigd voelde mij de rest van het semester te schorsen.

Sarah keek haar woedend aan. Ze kwam overeind uit haar stoel en torende boven het oude, antieke bureau van zuster Constance (ja, ze torende, wat niet zo gek is voor een abnormaal lange vrouw op hoge hakken).

Ik kromp ineen in mijn stoel.

'Schorsen?' Sarah spuwde het woord uit alsof het om moord ging. 'Na alles wat dit arme kind uit een gebroken gezin heeft moeten doorstaan?' Ze wees naar me. Ik dook nog wat dieper weg in mijn stoel en liet me langzaam op de grond glijden.

Zuster Constance leunde over haar bureau, kennelijk benieuwd wat ik uitspookte.

Sarah was blind voor dit alles. Zij trok als een razende van leer tegen onze hoofdzuster. 'Ik ben in u teleurgesteld, zuster!' brieste ze. 'Diep teleurgesteld! Dat arme kind! Haar vader zit in Los Angeles, waar hij volledig opgaat in zijn egocentrische waanzin. Haar moeder moet ploeteren om haar schoolgeld te betalen, terwijl ze emotioneel gezien een zeer zware tijd doormaakt. Stelt u zich eens voor wat dat met haar heeft gedaan! Heeft u geen ziel, zuster? Kent u geen genade?'

Zuster Constance antwoordde rustig en zacht: 'We hebben allemaal een ziel, Mrs. Kelly. Zelfs meisjes zoals uw dochter, die dronken en naakt door het Eades rennen, hebben een ziel.'

'Ik héb niet naakt door het Eades gerend en ik wás niet dronken. Ik had alleen de hik, meer niet!' schreeuwde ik, maar ze negeerden me – waarschijnlijk ook omdat ik intussen op de grond zat.

'Zo, zuster Constance, en hoe zit het dan met die genade van u? Moet die soms worden afgedwongen?' wilde Sarah weten. Sarah vond het altijd leuk om Shakespeare aan te halen. Meestal was het een teken dat ze zich had vast gekletst en niet meer wist hoe ze zich eruit moest redden. Dit beloofde een lange, enerverende ochtend te worden. Het voordeel was dat ik Grieks misliep. Het nadeel was dat ik na Sarahs toespraak ongetwijfeld van school zou worden getrapt.

Zuster Constance probeerde haar een aantal keren te onderbreken, maar Sarah legde haar met een minachtend handgebaar het zwijgen op. 'Het gaat het verstand van ieder weldenkend mens te boven dat u, een vrouw die haar leven zogenaamd wijdt aan de spirituele zorg voor jonge meisjes, dit arme kind uit een gebroken gezin zomaar op de vuilnisbelt van het leven gooit, waar ze zichzelf verder maar moet zien te redden. En dat terwijl haar moeder worstelt om haar weg te zoeken in een nieuw land, en haar vader zich aan de andere kant van de wereld zit blind te staren op zijn Grote Klapper!'

'Ga zitten, Mrs. Kelly!' beval zuster Constance op autoritaire toon.

Sarah gehoorzaamde. Ik vermoed dat ze verbluft was door de wijze waarop de zuster zich van een oprechte non had omgetoverd tot een angstaanjagende vrouw in habijt. 'En Miss Kelly, sta op van de grond. Zo hoort een meisje van het Sint-Augustinus er niet bij te zitten.'

'Ja, zuster,' zeiden Sarah en ik in koor, terwijl ik terug klauterde op mijn stoel.

'Welnu, zoals ik vóór uw goedbedoelde interruptie al zei, Mrs. Kelly, ben ik genéígd Calypso voor de duur van dit semester te schorsen. Maar men geeft niet altijd toe aan zijn neigingen, niet-waar?'

Sarah en ik schudden heftig ons hoofd.

'Dus aangezien dit Calypso's examenjaar is en ze tot nog toe een vrij onberispelijke staat van dienst heeft, ben ik bereid mild te zijn. Gezien de huwelijksproblemen van je ouders en de eh... inzinking van je moeder, Calypso, ben ik bereid je straf op te schorten en je voorlopig alleen een weekend huisarrest te geven. Maar luister heel goed, want ik meen dit...'

Sarah en ik spitsten allebei onze oren.

'Als je ooit weer zoiets uithaalt, zal ik niet aarzelen aan mijn eerste neiging toe te geven. Dan schors ik je, examens of niet. Begrepen?'

'O, zuster. Dank u wel dat u zo genadig bent geweest,' ging

Sarah schaamteloos door het stof. 'Calypso heeft een heel waardevolle les geleerd en ik weet zeker dat ze heel veel spijt heeft en heel dankbaar is voor uw mildheid.'

Maar ik was niet van plan me zo schaamteloos te vernederen. 'Wacht even, zuster. U hebt nog niet eens mijn kant van het verhaal gehoord. Dit is zóóó oneerlijk. Ik was alleen maar naar het Eades gegaan omdat Freds mijn telefoontjes niet beantwoordde en omdat ik sorry moest zeggen voor... nou ja, het doet er niet toe waarvoor. Maar sinds wanneer is het verboden om sorry te zeggen?' flapte ik eruit.

Zuster Constance keek neer op haar schoot.

Sarah gaf me een por tussen mijn ribben. 'Au!' piepte ik. Was dit geef-Calypso-een-por-dag of zo? 'Ik had alleen Malcolms badjas aan omdat mijn eigen kleren nat waren.'

'Ik denk, Calypso, dat je nu wel genoeg hebt gezegd en gedaan,' zei zuster Constance.

Ik keek haar woedend aan. Sarah aaide me over mijn schouder. 'Stil nou maar, Calypso. Je hebt de laatste tijd erg onder druk gestaan,' zei ze geruststellend, alsof ik een of andere halvegare was.

Ik schudde haar van me af. 'U kunt me dit weekend trouwens helemaal geen huisarrest geven. Ik heb een toernooi! Mr. Mullow zegt dat er mensen naar me komen kijken. Spionnen en gasten van de BNFA. Hij gaat over de rooie als hij dit hoort.'

Sarah beduidde me geruisloos dat ik mijn mond moest houden.

Zuster Constance keek op. 'Het huisarrest staat niet ter discussie, Miss Kelly. Jij blijft dit weekend hier, jongedame, toernooi of niet,' zei ze op een toon die geen tegenspraak duldde.

'Maar Lullo vreet me levend op!' gooide ik eruit.

'Heb je wel eens gehoord van de uitdrukking: "je op glad ijs wagen"?' vroeg de zuster me.

Ik knikte.

'En ken je de uitdrukking "je eigen glazen ingooien"?'

Ik knikte weer.

'Nou, dame, je waagt je op glad ijs en je bent hard bezig je eigen glazen in te gooien. Naast het huisarrest verbied ik je bovendien gebruik te maken van je mobiele telefoon.'

'Maar dat kunt u niet doen, dat is in strijd met – met iets!' gilde ik. 'Het is in strijd met de Europese Wet en het maakt inbreuk op mijn mensenrechten volgens de eh… Belgische Conventie!' gokte ik.

Zuster Constance kwam langzaam overeind en keek me dreigend aan. 'In het belang van jouw toekomst hier op de Sint-Augustinusschool voor Jongedames, Calypso, beëindig ik deze bijeenkomst. Vóór je de milde straf op het spel zet die ik je onder Gods leiding heb opgelegd. Goedemorgen, Mrs. Kelly.'

Met die woorden verliet ze waardig haar kantoor en nam mijn toekomst met zich mee.

Ik keek omhoog naar Onze Lieve Heer aan het kruis. 'Dus dat noemt u mild, genadige God?' vroeg ik sarcastisch.

'Ik ben ontslagen,' zei Sarah zacht.

'Ontslagen?'

'Ja, ze zijn aan het bezuinigen.'

Ik legde mijn arm om haar heen, alsof ik zo'n sterke rots-in-de-branding-dochter was, en niet het afhankelijke, emotioneel behoeftige kind dat ik eigenlijk was. 'Je hebt waanzinnig veel talent, Sarah, je hebt zo weer een baan. Je schrijft zo…'

'Levendig?'

'Precies, levendig,' beaamde ik.

'Dat is dus niet waar, daarom hebben ze me juist ontslagen. Ze zeiden dat mijn teksten te gemaakt zijn, ik schrijf niet levendig genoeg.'

'De idioten,' zei ik.

We zaten een poosje bij elkaar. Ik streelde Sarah over haar rug en zij trok een moedig, berustend gezicht. Ik stelde geen riskante vragen. Ik vroeg bijvoorbeeld niet wie mijn schoolgeld nu moest gaan betalen en of ze zich het huis nog wel kon veroorloven. Kortom, ik stelde geen vragen waarvan het antwoord me misschien nog dieper in de put zou helpen.

Maar Sarah moet hebben gevoeld wat er door mijn hoofd ging, want ze zei: 'Ik heb wat spaargeld. Daar kunnen we het een paar maanden mee uitzingen, maar daarna…'

'En ik win misschien de essaycompetitie. Je weet maar nooit.'

Sarah glimlachte. 'Jij bent alles voor me. Dat weet je toch, hè, Calypso?'

Ik knikte en kneep haar in haar hand. 'Dat weet ik. En, eh… sorry van dat, eh… je weet wel, dat gedoe op het Eades.'

'Ach, lieve Calypso, dat vind ik echt niet erg. Ik heb het zelf ook zo vaak gedaan. Denk je nou echt dat ik kwaad zou zijn omdat jij een keer in je nakie door het Eades hebt gerend?'

Ik had geen tijd om 'ja' te zeggen, want de bel voor de volgende les ging en ik moest rennen om mijn boeken voor Engels op te halen.

Het extreme trauma
van een bevoorrechte positie

'*M*iss Kelly,' zei Miss Topler, toen ik hooguit één minuut te laat haar klas binnenwandelde.

'Ja, Miss?'

'Kom na de les maar even naar me toe.'

Ja hoor, natuurlijk. Miss Topler ging me een blauwtje geven. Alsof ik al niet genoeg aan mijn hoofd had. Ik haatte leraren.

Ik zakte naast Star onderuit in mijn stoel. 'En, wat zei de zuster?' fluisterde ze.

'Een hele week niet bellen en huisarrest.'

'Dat valt nog mee.'

'Ben je gek of zo? Hoe moet ik Freddie nu uitleggen waarom ik vrijwel naakt in Malcolms kamer zat? En ik kan ook niet met Portia naar het schermtoernooi om de aandacht van de spionnen en scouts te trekken.'

'Spionnen en scouts? Waar heb je het over? Je ziet spoken. Lullo is niet goed bij zijn hoofd. Die spionnen en scouts bestaan alleen in zijn gestoorde fantasie,' verzekerde Star me.

'Star en Calypso, ik wens geen gebabbel in mijn les,' riep Miss Topler.

'Nee, Miss Topler,' antwoordde ik. 'Star vertelde me alleen maar wat ik had gemist.'

'Je hebt helemaal niets gemist, dat weet Star heel goed,' snauwde Miss Topler. 'Zo, en open nu allemaal je boek van *Sons and Lovers*. Miss Castle Orpington, begin maar bij hoofdstuk vier.'

En zo sukkelden we de les door. Ik viel bijna in slaap; ik denk zelfs dat ik echt even ben ingedut, want het volgende wat ik hoorde, was de bel.

Ik pakte snel mijn boeken en etui bij elkaar en probeerde ongezien de klas uit te glippen, maar Miss Topler was me niet vergeten.

'Miss Kelly, ik geloof dat ik je had gevraagd even te blijven,' riep ze me na.

'O, sorry, Miss Topler, ik was met mijn hoofd bij die schitterende tekst van D.H. Lawrence.'

Ze rolde met haar ogen. 'Zo is het genoeg, Calypso. Je bent een getalenteerde leerling, maar je smoesjes lijken nergens op. Werk aan je sterke kanten, niet aan je zwakheden.'

'Ja, Miss Topler.'

'Ga maar even zitten, dan haal ik iets wat je hopelijk zal interesseren.'

Ik ging in een stoel bij het raam zitten en keek uit over het Vrijersbos, met zijn goudkleurige tapijt van gevallen bladeren. De kale takken zagen er zo triest uit – een beetje zoals ik me zelf voelde. Miss Topler gaf me een pamflet. Het was hetzelfde pamflet dat Star me had gegeven, over de essaycompetitie.

'Ik heb deze deelnameformulieren uitgedeeld aan de meisjes uit het tiende jaar en lager, omdat de competitie bestemd is voor deelneemsters tot vijftien jaar. Jij wordt toch pas aan het eind van dit jaar vijftien, Miss Kelly?'

'Ja,' antwoordde ik.

Miss Topler ging op de stoel naast me zitten, zodat ik haar parfum kon ruiken, Red Door van Elizabeth Arden. Ik probeerde niet te stikken in de damp en deed net of ik oplette.

'Ik wíst het. Snap je niet wat dat betekent?' vroeg ze opgewonden.

'Dat ik geen fatsoenlijke verjaardagscadeautjes krijg, omdat het met mijn verjaardag bijna kerst is.'

'Doe niet zo raar. Dat komt omdat mensen je dan graag één groot cadeau geven,' zei ze, terwijl ze me op mijn arm klopte.

'Ik denk dat we allebei heel goed weten dat dat een grote leugen is,' zei ik.

'Ja, dat is misschien wel zo. Ik ben vierentwintig december jarig.'

'Klote is dat, hè?' Het schoot eruit voor ik het wist.

'Ja, nogal,' antwoordde mijn lerares. 'Maar het leuke is wel dat je door je late verjaardag kunt meedoen aan de competitie. En ik wil je niet té veel hoop geven, maar als je je hart en ziel erin legt, denk ik echt dat je kunt winnen.'

Ik draaide het pamflet om en om in mijn handen en besefte opeens dat ik door mijn huisarrest misschien tijd had om aan het essay te werken. 'Dank u wel, Miss Topler, maar denkt u echt dat het beetje ellende dat ik heb meegemaakt, kan opwegen tegen het lijden van de andere deelnemers?'

'Miss Kelly, ellende valt niet te meten. En bovendien, dit is een schrijfcompetitie. De jury zal oordelen over de wijze waarop je je lijden tot uiting brengt, niet over het lijden zelf.' Ze keek me aan alsof ze me wilde hypnotiseren.

'Dat zal dan wel,' antwoordde ik. Het ging dus niet om het lijden, maar om het schrijven. Ik had het helemaal verkeerd bekeken. Goed, vergeleken bij sommige anderen was mijn leven niets dan rozengeur en maneschijn, maar lijden is een universeel gegeven. En Bob zegt altijd dat een succesvolle schrijver persoonlijke ervaringen op een universele manier weet te verwoorden.

'Je moet maar zo denken: als ik niet dacht dat je een reële kans maakte, zou ik je niet voorstellen aan deze essaycompetitie mee te doen. Je hebt tenslotte al genoeg aan je hoofd. Maar je hebt een zeldzaam talent, Miss Kelly, en dit is misschien je kans om

dat aan het hele land te laten zien. In ieder geval kun je je mogelijkheden verkennen.'

'Dank u wel, Miss Topler,' zei ik, terwijl ik glimlachte naar
haar hoopvolle gezicht.

'Dus je gaat het proberen?'

'Ik zal mijn best doen.'

En toen deed Miss Topler iets zo onverwachts, dat ik er letterlijk van omviel. Ze gaf me een harde klap op mijn rug en zei: 'Zó
mag ik het horen!' En toen begon ze te lachen en ze zei: 'Eén
groot cadeau, jaja. Je hebt helemaal gelijk, Miss Kelly. Het is
klote.'

Nu was het dus officieel. Ik deed mee aan een autobiografi-
sche schrijfcompetitie, waarin mijn lijden als bevoorrecht meisje
in al zijn dieptrieste glorie tot uiting zou komen.

Lullo's gewijde sabel

Mijn mobiel was in beslag genomen, maar er is natuurlijk altijd nog e-mail. Bob en Sarah waren eraan verslaafd. Ik schreef Freddie om hem uit te leggen dat ik het met hem had willen goedmaken en dat ik daarom in badjas in Malcolms kamer was beland, maar hij antwoordde niet.

Nou, dan bleef hij maar kwaad, als hij dat zo graag wilde, maar ík zou Bob in ieder geval eens goed vertellen wat ik van hem vond.

Beste Bob,
Ik hoop dat je tevreden bent met jezelf! Sarah is nu dankzij jou haar baan kwijt. Ik kan niet geloven dat mijn eigen vader zo harteloos kan zijn om de vrouw die hij ooit heeft gezworen boven alles (dus ook boven Grote Klappers) lief te hebben, op de vuilnisbelt van het leven te laten eindigen. Jij hebt met je creatieve proces ons gezin te gronde gericht. Vanaf vandaag zal ik je, nou ja, ik weet nog niet precies hoe ik je ga noemen, maar je kunt er zeker van zijn dat je er spijt van zult hebben dat je ooit bent geboren. Trouwens, hoe moet die arme Sarah, nu ze haar baan kwijt is, mijn schoolgeld betalen en in haar eigen onderhoud voorzien? Haar gevoel van eigenwaarde ligt volledig aan flarden. En ze loopt bij een therapeute, die Bunny heet – nou ja, ze belt dus met haar, want die Bunny woont in LA. Hoe

dan ook, het is een Grote Puinhoop en het is allemaal jouw schuld. Ik haat je. En ik heb huisarrest.

Van je dochter Calypso.

PS: geen xxx'en dus!!!

Nou, je kon wel zien dat hij aan zijn laptop gekluisterd zat! Zijn reactie was razendsnel en uitdagend, als van een tienermeisje! En als je, zoals ik, dacht dat hij spijt zou hebben, zich oprecht zou schamen, een verklaring zou geven voor het feit dat hij Sarah naar Engeland had verdreven, of me in ieder geval nederig zou smeken hem te vergeven, dan moet ik je teleurstellen.

Liefste dochter,

Sarah heeft me verteld dat je naakt hebt liggen stoeien in de slaapvertrekken van het Eades! Onmiddellijk uitleg graag.

Je liefhebbende vader, Bob

NB:

xxxxxxxxxxxxxxxxxxxxxxxxxxxxxxxxxxxxxxxxxxxxxxxxxx

Hoe durfde hij!

Lieve 'pappa' [schreef ik, terwijl de stoom van mijn gerechtvaardigde woede uit mijn oren kwam]

Donder op, ik haat jou en alles waar je voor staat en ik schrijf je niet meer. Beschouw jezelf als een persona non grata.

C.

PS: Ik was helemáál niet naakt.

Sinds ze naar Engeland was verhuisd, had Sarah me allemaal kleine berichtjes gestuurd op kunstzinnige ansichtkaarten, die ik liefdevol op mijn prikbord had gehangen.

'Hoe kan Bob zó'n vrouw door zijn vingers laten glippen?' had

Star zich afgevraagd, toen de ene ansichtkaart na de andere binnenkwam. Verder praatte ze over niets anders dan de competitie. 'Jij gaat die competitie toch zóóó winnen! Ik weet het zeker.'

Ik liep een beetje beverig de schermzaal in, in de wetenschap dat ik Lullo zou moeten vertellen dat ik zaterdag niet mee kon naar het toernooi.

Hij kwam als een spaniël in een witte kniebroek naar me toe draven om me te begroeten. 'Daar is ze!' riep hij, terwijl hij opgetogen in zijn handen klapte. Blijkbaar had niemand hem nog verteld van mijn huisarrest.

Portia klapte een beetje aarzelend met hem mee. Het nieuws van mijn straf was als een lopend vuurtje door de school gegaan. Op de wc's beneden hing zelfs een redelijk geslaagde haiku over mijn wilde avonturen op het Eades, met daaronder een exemplaar over mijn straf.

'Inderdaad, een flink applaus, Portia. Dat mag wel een beetje harder.'

Het was zóóó gênant. Hij stond luidkeels te schreeuwen op een verhoging, terwijl in een hoek van de zaal een grammofoonplaat op stond met de 'Ride of the Valkyries'.

'Buigen, Kelly! Kleine kampioen van me.'

'Eh, Mr. Mullow, eigenlijk moet ik u even spreken!'

'Daar is na de les tijd genoeg voor, Kelly. Klim nu eerst maar eens op mijn schouders, dan maken we een overwinningsrondje door de school, wat dacht je daar van? We zullen ze eens even een poepje laten ruiken, wat jij?'

Tja, daar stond ik dan. Wat moest ik zeggen? Hij was al op zijn hurken gaan zitten, dus ik klom op zijn schouders en we renden door de school. Overal waar we kwamen, in de klassen en de slaapkamers, maar vooral in het klooster, braken tumult en chaos uit. Zuster Regina, die ons overduidelijk al verwachtte, had voor Portia, Lullo en mij een hele tafel met cakejes en thee klaarstaan.

De nonnen mochten alleen eten van de komkommersandwiches en stonden er behoorlijk sip bij te kijken.

'We zijn allemaal erg trots op je, Calypso,' zeiden ze de een na de ander, meestal nadat ik ze eerst een lekker stuk cake had gegeven.

Maar toen we terug waren in de schermzaal kon ik het moment van de waarheid niet langer uitstellen.

'Mr. Mullow, ik moet u iets vertellen.'

Hij woelde me liefdevol door mijn haar.

'Jij mag me alles vertellen, Kelly, alles. Als je je zaterdag maar onderscheidt bij de Brighton Open, ha-ha.'

'O! Ja, dat is het nou juist, ziet u. Ik heb h-h-h-h-h-huisarrest.'

Lullo gaf me een klap op mijn rug – en hard ook. 'Wat is dat nou? Schoot er een stukje cake verkeerd? Ja, let op mijn woorden, Kelly, ze zullen in Brighton niet weten wat ze overkomt. De scouts komen massaal kijken. Alles is er klaar voor. Het wordt een bloedbad, meisje van me. Ik verheug me er nu al op. Dus daarom overhandig ik je hierbij de sabel des doods, waarmee ik me jaren geleden heb onderscheiden bij de Olympische Spelen.'

Met die woorden hield hij me een sabel voor, en ik pakte hem aan. Nou ja, redeneerde ik, ík kan hem beter in mijn handen hebben dan hij. Dan was ik in ieder geval gewapend als hij buiten zinnen raakte door het nieuws dat ik zaterdag echt niet naar Brighton ging. Ik bestudeerde het wapen, dat een beetje roestig was en merkte met een heimelijke glimlach op dat er met kinderlijke letters 'moord, dood, verminking' in de beugel was gekerfd.

'Dat is erg aardig van u, Mr. Mullow. Ik zal hem goed bewaren.'

'Kalm aan, Kelly. Je mag hem niet houden, idioot. Ik heb er zilver mee gewonnen.' Hij griste de sabel nijdig terug. 'Ik liet hem alleen aan je zien, suffe troel. Welke gek zou zo'n wapen weggeven aan een onervaren schoolmeisje. Ik ken je nauwelijks, kind.'

'O, sorry, Mr. Mullow, mijn fout. Maar dat brengt me wel op wat ik u moest vertellen. Ik heb eh… zaterdag namelijk huisarrest, ziet u.'

Lullo's gezicht kreeg een akelige, paarse kleur. 'Huisarrest? Hoezo, huisarrest? De zuster kan je zaterdag geen huisarrest geven. Dan hebben we het toernooi!'

Ik had echt spijt dat ik hem zo snel zijn sabel had teruggegeven. 'Ja, dat zei ik gek genoeg ook al tegen zuster Constance,' lachte ik, zo goed ik kon. 'En ik mag ook al niet bellen, wat ik heel erg oneerlijk vind, en vreselijk overdreven. Goed, ik heb dan wel halfnaakt door het Eades gerend en een beetje champagne gedronken, maar jeetje…'

'Wat heb jij naakt rond te rennen en champagne te drinken, terwijl de Nationale Kampioenschappen voor de deur staan?' vroeg Lullo, vuurrood van nijd. 'Je zou je voetenwerk moeten oefenen, Kelly.'

'Ik was niet echt naakt, Mr. Mullow. Ik bedoel, ik had een badjas aan.'

'Het interesseert me niet of je naakt was of niet. En wat heeft die badjas ermee te maken? Je bent toch niet van de wasmiddelenreclame? Wat moet een sabreur met een badjas?'

Portia, die vlakbij had staan afwachten tot het vuurwerk losbarstte, klopte hem op zijn rug. 'Ze kan nog meedoen aan de regionale wedstrijden, meneer, en ík kom zaterdag wel.'

'Jij bent een goede schermster, Briggs,' zei Lullo, terwijl hij zich, ogenschijnlijk wat gekalmeerd, naar haar omdraaide. 'Maar de scouts! En de spionnen van de BNFA! Wat moet ik die vertellen? Ik heb mijn val uitgezet, Briggs! Ik heb stap voor stap uitgedacht hoe ik ze in mijn web zou lokken. Kelly! Wat doe je me aan?' riep hij, als een man die echt pijn heeft.

'Nou ja, ziet u, meneer, ik zocht mijn vriendje, want ik wilde sorry zeggen, omdat –'

'Al zocht je de Heilige Graal, dat kan me allemaal niks schelen, stomme troel. Ze plaatsen je niet in het nationale team omdat je in een badjas achter een of ander lullig vriendje aan hebt gezeten. Wat was dat trouwens voor mietje dat verstoppertje met je liep te spelen?'

'Eh… prins Freddie, meneer.'

Lullo schudde zijn hoofd. 'Volgens mij ligt het aan die romantische boekjes die ze jullie te lezen geven. Prins Freddie, verdomme, toe maar! Ik wed dat de schermmeester van het Eades hierachter zit! Uitlokking, dat is het! Ik ga me beklagen bij de BNFA. Uitlokking.'

'Maar kan Calypso de scouts en de eh… spionnen niet bij de regionale wedstrijden ontmoeten?' stelde Portia voorzichtig voor.

Lullo duwde de punt van zijn sabel woedend in de vloer. 'Nee, dat kan ze níét, verdomme! Die lui hebben geen geheugen. Vandaag kennen ze je nog, morgen niet meer. Nee!' Hij smeet zijn kampioenssabel door de zaal.

'Ga uit mijn ogen, Kelly. Je hebt me laten zakken. Je hebt iedereen laten zakken. Mijn plan om een olympisch kampioen van je te maken, is als een kaartenhuis ingestort. Een karakterloze, slappe vaatdoek, dat ben je. Een badjas! Ga uit mijn ogen. Eruit, zeg ik!'

Ik begon de zaal uit te rennen, terwijl de tranen over mijn wangen stroomden.

Toen brulde Lullo: 'Waar ga jij naartoe, Kelly?'

Ik draaide me om. 'Ik ga uit uw ogen, Mr. Mullow,' piepte ik.

Hij sloeg gefrustreerd zijn hand tegen zijn voorhoofd. 'Ongelofelijk, wat een stelletje lafaards zijn jullie. Kom terug!' Hij wees naar de grond. 'Op je buik en twintig keer opdrukken. Nu.'

Ik keek naar Portia. Die haalde haar schouders op.

'Ben je alleen stom, Kelly, of nog doof ook? Op de grond, jullie allebei. Ja, jij ook, Briggs. Ik wed dat ze jou ook in een badjas hadden gekregen, als je het toernooi had gewonnen. Vooruit, twintig keer opdrukken.'

Dus lieten we ons op de grond vallen en drukten we ons twintig keer op.

En zo verliepen die week de schermlessen. Lullo ging tekeer dat zijn list met de scouts was mislukt, en daarna liet hij ons strafoefeningen doen en ging hij nog meer tekeer over 'die vervloekte badjassen'. Ik geloof niet dat Portia erg blij was dat ik ons Lullo's woede op de hals had gehaald.

De terugkeer van Octavia

*L*ullo's stemming werd er in de loop van de week niet beter op. Zijn gewijde sabel kregen we niet meer te zien, wat ik geen goed teken vond. Het hield ook niet op met regenen. Freddie drukte nog steeds al mijn telefoontjes weg. Die moest ik nu maken vanuit een telefooncel, waar ik vanuit onze slaapkamer bijna een kilometer voor door de regen moest lopen. Hij negeerde ook al mijn e-mails. Maar er waren ook pluspunten. Ik deed goed mijn best voor school en leverde een fantastische Griekse vertaling in, waarvoor ik vast een tien zou krijgen. Of anders misschien een acht. In ieder geval een dikke zes.

Sarah mailde me iedere dag, maar haar pogingen om een opgewekte indruk te maken konden mij niet om de tuin leiden, ook al gebruikte ze nog zo vaak het woord 'super'. Ze deed tientallen sollicitatiegesprekken en haar agent had er 'alle vertrouwen' in. Ik wou dat ik dat ook kon zeggen.

Toen ik zaterdag wakker werd, was Portia al naar het toernooi vertrokken. De regen kwam nog steeds met bakken uit de hemel, en door een of andere vervoersstaking hadden we alleen oudbakken cornflakes en melkpoeder voor het ontbijt. Star en Indie besloten bij mij te blijven in plaats van met de anderen naar Windsor te gaan. Dat was erg lief van ze, vooral omdat ik wist hoe graag Star Kev wilde zien.

Maar hoe aardig ik het ook vond dat Star bij me bleef, eigenlijk was ik liever alleen thuisgebleven om aan mijn essay te werken. Nu ik mijn eerdere bedenkingen had overwonnen, had ik echt zin om eraan te beginnen.

Na het ontbijt lag ik in mijn bed na te denken over wat ik zou schrijven. Drieduizend woorden over een ingrijpend persoonlijk trauma leek veel voor iemand van bijna vijftien. Maar het is grappig, hoe meer ik over mijn leven nadacht, hoe triester het eruitzag.

Mijn leven als Amerikaanse op een Engelse kostschool.

Bob, die met het nastreven van zijn eigen creatieve behoeften ons gezin in de ellende had gestort.

Mijn zorgen om Sarahs eenzaamheid en haar gevoel van mislukking.

Mijn gevoelens over het feit dat ze Bob had verlaten om in Londen in te storten.

En dan Freds, die niet meer met me wilde praten.

O, en laten we de valse Honey niet vergeten, die de afgelopen vier jaar iedere gelegenheid had aangegrepen om mij het leven zuur te maken.

Langzaam maar zeker raakte ik ervan overtuigd dat mijn leven werkelijk één grote, traumatische ervaring was. Sterker nog, ik vroeg me af of ik aan drieduizend woorden genoeg zou hebben.

Honey, Clemmie en Arabella vertrokken na de les om één uur naar Windsor, maar Star en Indie vielen mijn kamer binnen, net op het moment dat ik goed op dreef begon te raken. Ik zei dat ik het druk had, maar Star gaf me een typische Star-preek over solidariteit en schouder aan schouder staan voor onze zusters, of iets dergelijks. Dus legde ik mijn essay opzij en gaf ik me gewonnen.

'Ik wéét gewoon dat je die schrijfcompetitie gaat winnen, Calypso,' zei Indie, met een vertrouwen dat nergens op gebaseerd was, want ze kende me nog maar een half semester.

'Ik heb haar verteld wat een genie jij bent met woorden,' legde Star uit.

'En ik vind *De Non* echt geweldig,' voegde Indie eraan toe. *De NonSens* is een tijdschrift, dat ik in het tiende jaar had opgericht. 'Ik wil heel graag horen wat je tot nog toe hebt geschreven.'

Dus, nadat ik eerst even had gekucht om de stemming aan te geven, las ik voor wat ik had staan: 'Nou, lekker dan. Dit was het allerergste wat ik had kunnen bedenken. Maar ja, zo gaat het altijd in mijn leven: het zal nooit eens meevallen. Als je veertien bent, begin je zulke dingen in de gaten te krijgen.' Ik keek mijn publiek rond en glimlachte hoopvol.

'Ga verder,' drong Star aan, met ogen die straalden van verwachting.

'Eh… verder ben ik nog niet gekomen,' legde ik uit.

'O,' zei ze, duidelijk diep teleurgesteld, en rolde met haar ogen. Ik rolde terug en Indie rolde naar ons allebei. Ik denk dat we zo hadden kunnen doorgaan tot we erbij neervielen of onze ogen uit hun kassen rolden, maar we werden gestoord doordat er iemand op het raam klopte.

'Het is Kev!' schreeuwde Star en rende naar het raam om haar zeer natte vriendje binnen te laten.

'En Malcolm,' zei ik, want ik herkende meteen zijn rode haar, ook al zat dat nu tegen zijn hoofd geplakt.

'En Freds!' piepte Indie, toen mijn grote liefde met een beschaamde grijns onze donkere kamer verlichtte. Het kon me niets schelen hoe nat hij was toen hij me in zijn armen trok en me de zevende hemel in kuste. Toen we even stopten om adem te halen, vroeg hij me of ik hem ooit kon vergeven dat hij zo'n achterdochtige eikel was geweest.

Malcolm ragde Freds hardhandig door zijn haar en keek me grijnzend aan. 'Het juiste antwoord is nee, Calypso,' adviseerde hij. 'O, en trouwens, ik heb dit voor je meegenomen,' voegde hij eraan toe, terwijl hij een miniatuurflesje Veuve voor de dag haalde. 'En wees maar niet bang, ik heb het rietje er alvast voor je uitgehaald.'

Ik weet dat ik alleen maar blij had moeten zijn dat Freds me had vergeven, maar ik vroeg me toch af hoe hij van gedachten was veranderd. Ik hoopte dat hij nachten wakker had gelegen, had teruggedacht aan onze kussen en ten slotte tot de conclusie was gekomen dat hij niet zonder mij kon leven. Maar ik vermoedde dat Malcolm er iets mee te maken had.

Over Malcolm gesproken, het viel me op dat Indie naar hem stond te staren als een jageres die haar prooi beloert. Freddie stond nog steeds met zijn armen om me heen en ik snuffelde in zijn nek zoals Kev in Stars nek snuffelde.

Maar Star trok zich los. 'Ik ben een enorme fan van je werk, Malcolm,' zei ze overdreven enthousiast.

'Bedankt. En jij bent?'

'Sorry,' zei ik. 'Dit is Star en dit is Indie en –' maar toen nam Indie het van me over.

'Star heeft me álles verteld over je films, vooral over *Trousers in Cannes*. Ik kijk er zó naar uit om die te zien,' dweepte ze. 'Ik ben gek op experimentele stomme films. Tekst in films wordt zóóó overschat.'

'Je hebt toch niet weer reclame lopen maken, hè, McHamish?' vroeg Freddie plagend, terwijl hij Malcolm een vriendschappelijke duw gaf (precies in Indies richting, viel me op).

'Hoe wist je dat we hier zouden zijn?' vroeg ik aan Freds. 'Ik had vandaag eigenlijk in Brighton moeten zitten.'

'Jaaa, maar daar ben je dus niet. Dankzij mij,' zei Freddie, met een beschaamd gezicht. 'Kev vertelde het me. Het spijt me echt dat ik van de week zo vervelend heb gereageerd. Het was ook zo'n schok voor me om je op McHamish' bed te zien zitten.'

'Hij had vooral de pest in over die leuke Snoopy-dingetjes op mijn radiator,' zei Malcolm plagend.

Freddie werd rood.

'O, ik snap het wel. Het zal er wel verschrikkelijk hebben uitgezien, met die trainingsbroek en…'

Star maakte een kapbeweging met haar hand langs haar nek, ten teken dat dit een goed moment was om mijn mond te houden.

'Ik wist niet dat er Snoopy-lingerie bestond,' voegde Malcolm er nogal tactloos aan toe, waarna hij aan Kev uitlegde: 'Echt een grappig setje, Pyke. Er stonden allemaal kleine Woodstockjes op. Heel artistiek. Ik ben normaal gesproken niet zo'n lingerie-type, maar persoonlijk vind ik dat Woodstock altijd enorm wordt onderschat. Naar mijn idee draagt hij die hele strip.'

Ik keek hem dreigend aan.

'O, trouwens, Calypso,' vervolgde hij ongegeneerd. 'Kan ik mijn badjas even pakken?'

'Ja hoor, hij hangt daar, aan de badkamerdeur,' antwoordde ik, waarna ik me weer naar Freds omdraaide. 'Maar ik kwam alleen naar het Eades om jou te spreken, Freds. Ik kende Malcolm toen nog niet eens en ik had het zóóó koud en ik was verdwaald en… nou ja…'

Freddie stak afwerend zijn handen omhoog. 'Ik weet het, *mea culpa, mea culpa*, McHamish heeft me alles verteld. De klimplant, de regen, de kou. Maar Calypso, ik wil hier duidelijk over zijn.'

'Ja?'

'Ik word woedend als je van die rare, onverwachte, onlogische dingen doet. Het is verwarrend en ik word er… nou ja, onzeker van, denk ik.'

'Maar hoe kun je onzeker zijn, Freds, als je een meisje hebt dat bereid is om in een stortbui voor je in de blauweregen te klimmen? Tomkins heeft zijn sleutelbeen gebroken toen hij die stunt probeerde uit te halen, weet je nog?' bracht Malcolm naar voren.

Maar ik zwijmelde bijna weg bij het idee dat ik in staat was een Koninklijke Hoogheid onzeker te maken. Sorry hoor, maar dat is toch geweldig?

Star, die Kevs haar had staan drogen, kwam me te hulp. Ze had Freds nooit erg gemogen en was niet van plan hem na een week mokken zo gemakkelijk weg te laten komen. 'Ze zocht alleen maar naar jou! Het is een wonder dat ze niet is gestorven aan een longontsteking. Als Malcolm haar niet had geholpen, hadden we nu misschien bij haar graf staan luisteren naar jouw gejammer over hoe onzeker je bent.' Ze had er net zo goed achteraan kunnen zeggen: arrogante koninklijke hufter die je bent, want op zo'n toon zei ze het.

Freds werd rood en streek met zijn hand door zijn druipnatte haar. 'Ik ben geloof ik een beetje een eikel geweest, hè?'

Ik kan je niet vertellen hoe lief hij eruitzag. Ik wilde het liefst een handdoek pakken en hem net zo afdrogen als Star Kev had afgedroogd, maar ik vermoedde dat Star dan door het lint zou gaan.

'Ja, je bent inderdaad een eikel,' zei Star nijdig. 'Een koninklijke eikel. Zo, en nu ga je ons op je knieën je excuses aanbieden. Aan Calypso, omdat je zoiets slechts van haar hebt kunnen denken. En dan aan Malcolm, omdat je hem niet hartstikke dankbaar bent geweest dat hij je vriendin heeft geholpen. En tot slot aan Indie en mij, omdat wij de hele week opgescheept hebben gezeten met Calypso, die zich zo ellendig voelde, terwijl ze al genoeg aan haar hoofd heeft, met haar ouders die uit elkaar zijn. O ja, en aan Kev, je vriend, die het vierentwintig uur per dag te stellen heeft met jouw belachelijke grootheidswaanzin. Onzeker, me reet.'

Indie giechelde en ik zag dat Malcolm naar haar keek als een verliefde puppy.

Freddie veegde een paar regendruppels van zijn gezicht. God, wat was hij knap. Ik wilde echt dat Star zag hoe fantastisch hij eruitzag, wat ze vast zou zien als ze hem beter leerde kennen. 'Eh… kunnen we samen ergens kletsen?' vroeg hij me zachtjes.

Ik keek even of Star het gehoord had en knikte zwijgend, te gelukkig om een woord uit te brengen. Star stond Kevs neus droog te deppen.

'Calypso en ik wippen even de badkamer in om te praten,' zei Freddie, terwijl hij Star recht aankeek. 'Maar eerst wil ik jullie allemaal iets zeggen. Vooral tegen Calypso, die de beste vriendin is die een jongen zich kan wensen.' Toen, echt waar, ik zweer het je, liet hij zich op zijn knieën vallen en zei, met uitgestrekte armen: 'Vergeef me, dames en McHamish en Kev, want ik heb jullie onrecht gedaan.'

Malcolm gaf hem een zacht schopje. 'Schei uit, idioot, je bent altijd al een waardeloze toneelspeler geweest.' Iedereen begon te lachen, zelfs Star (nou ja, ze rolde met haar ogen en glimlachte) – en toen gingen Freds en ik de badkamer in om even rustig te praten.

Dus daar waren we dan, Zijne Onzekere Koninklijke Hoogheid en ik. Hij zat op de wc en ik zat op zijn schoot, en na een paar heerlijke, lange zoenen, pakte hij mijn kin en draaide hij mijn hoofd naar zich toe. Ik moest hem wel in de ogen kijken, wat me altijd zo'n gesmolten-chocolade-gevoel geeft.

'Het spijt me, Calypso.'

Ik knikte zwijgend, terwijl ik hem in zijn onwijs knappe gezicht staarde.

'O, shit, wat moet ik voor koning worden? Ik doe altijd alles verkeerd. En ik heb er zelfs geen moment aan gedacht wat jij doormaakte, met je ouders die uit elkaar zijn. God, gaat het een beetje met je?'

Ik knikte. 'Je weet hoe ouders zijn.'

'Ja, die van mij zijn verantwoordelijk voor die achterlijke bodyguards die ik voortdurend probeer af te schudden.'

Ik giechelde. 'Je hebt mazzel. Mijn ouders zijn zo gek als een deur.'

'Nou, de mijne ook, maar ik laat je in ieder geval nog met ze kennismaken. Jij wilde het je moeder niet eens aandoen om mij te ontmoeten! Hoe denk je dat ik me voelde toen jullie die steeg uit renden? Je zult haar wel de afschuwelijkste leugens over me verteld hebben.'

Ik werd zo rood dat het bloed zowat uit mijn ogen spatte. 'Nee, het was niet om jou, het was om haar. Sarah is helemaal doorgedraaid sinds ze bij Bob weg is. Ze is aan het dementeren. Dat kon ik je niet aandoen.'

'Aan het dementeren?'

'Ja, ze wordt kinds. Ze praat tegen me alsof ik drie ben en... nou ja, dat zijn mijn problemen, die wil je vast niet horen.'

'Zie je, dat bedoel ik nou. Je bent om gek van te worden, Calypso. Natuurlijk wil ik met je praten over je dementerende moeder. Ik wil over alles met je praten. Maar jij brengt me aldoor in verwarring.'

'Ik?'

'Ja, jij. Je doet nooit wat er van je verwacht wordt, je bent nooit op de plek waar je hoort te zijn, en je zegt zelfs nooit wat ik denk dat je zult gaan zeggen. En na dat telefoongedoe van voor de vakantie, krijg ik voortdurend verwarrende signalen van je. Ik heb nooit het gevoel dat ik me kan ontspannen. Ik weet dat veel van onze problemen aan Honey te wijten waren, en die hebben we overwonnen. Maar wat Star ook zegt, ik ben echt onzeker als het jou betreft, omdat je me niet de kans geeft je echt te leren kennen. Je bent net Assepoester: iedere keer als ik het gevoel heb dat we dichter bij elkaar komen, verdwijn je weer, en het enige wat ik overhoud, is een glazen muiltje dat niemand anders past.'

Toen gaf hij me een hééél lange zoen. Toen we stopten, streek ik een natte pluk haar van zijn voorhoofd.

'Je bent heel anders dan alle andere meisjes die ik heb ontmoet, Calypso. Je bent niet alleen waanzinnig mooi en lief, maar je bent ook de moeilijkste vriendin die een jongen kan hebben. Het is om gek van te worden.'

Ik wilde hem weer zoenen, maar hij duwde me weg.

'Nee, ik laat me niet afleiden van de speech die ik heb voorbereid,' zei hij lachend. 'Ik heb hier veel over nagedacht, terwijl ik zat te mokken, en het is gewoon zo [hij schraapte even zenuwachtig zijn keel] dat ik van je hou, Calypso, en alles wat je doet maakt me gek.'

Ik kan zeggen dat ik geschokt was, maar dat komt niet in de buurt van wat ik op dat moment voelde. Maar voor ik een fatsoenlijke zin uit mijn mond kon krijgen, hoorden we in de gang het getik van Miss Bibsmores stok onze kant op komen. Blijkbaar was het geluiddempende plakband eronderuit gevallen.

Ik greep Freds bij zijn hand en dook met hem de badkamer uit. Star keek naar mij. Kev keek naar Freds. Indie keek naar Malcolm.

'Ze komt hiernaartoe,' siste Star, terwijl ze ons een voor een met grote schrikogen aankeek.

Ik keek naar buiten, waar het intussen was gaan hagelen.

'Ze hebben geen tijd meer om buiten te komen,' zei ik. We hoorden Miss Bibsmores stok al bij onze deur.

'Hier,' zei Star tegen de jongens. Ze gooide hun wat kleren uit Honeys la toe en duwde hen de badkamer in.

Ze had nog maar net de deur achter hen dichtgegooid, toen Miss Bibsmore onze kamer in kwam schuifelen. 'Ik heb wat snoepjes voor je meegebracht, Miss Kelly,' zei ze, terwijl ze me een zakje jellybeans gaf. 'Ik weet dat het zwaar voor je is om huisarrest te hebben, met de schermcompetitie en zo, maar straf is straf.'

Ik hoorde allerlei geluiden uit de badkamer komen, dus schudde ik luidruchtig met het zakje jellybeans, in de ijdele hoop daarmee het kabaal van de jongens te overstemmen, en riep: 'Dank u wel, Miss Bibsmore, wat áááárdig van u.'

Waarom maakten jongens zo'n herrie, zelfs als ze stil moesten zijn? Ik moest wel doorratelen. 'Ja, Miss Bibsmore. Dank u wel, Miss Bibsmore. Dit is zóóó verschrikkelijk aardig, Miss Bibsmore,' zei ik, zo hard ik kon, zonder te schreeuwen.

Star en Indie vielen me bij. 'Wat bent u toch een schatje, Miss Bibsmore! U bent de liefste huismoeder die er bestaat! Wat aardig. Arme Calypso. Ze is gek op jellybeans.'

'Rustig, rustig! Ik ben misschien mank, maar ik ben niet doof, hoor! Nóg niet, tenminste!' riep Miss Bibsmore, terwijl ze haar handen tegen haar oren hield.

De jongens in de badkamer begonnen onderdrukt te lachen.

'Wat was dat?' vroeg ons Huisloeder. 'Hebben jullie gezelschap?'

Indie schoot me te hulp. 'Ja, alleen maar een paar meiden uit een hoger jaar. Ze kwamen ons helpen met eh…'

'Een paar moeilijke sommen,' vulde Star aan. Wat een slappe smoes. Anders weet Star altijd razendsnel de slimste smoezen te bedenken.

'De afvoer in hun badkamer zat verstopt, dus ik heb gezegd dat ze onze douche wel mochten gebruiken,' legde ik uit.

'O, nou, dat is heel aardig van je, Miss Kelly,' zei ze, maar ze keek niet echt overtuigd.

Toen begonnen de jongens nog harder te lachen. Ze werden bedankt.

Miss Bibsmore legde een van haar door artritis vervormde handen op de deurknop van de badkamer en eiste dat de 'meisjes' naar buiten kwamen. *Please, please, please,* laten ze de deur op slot hebben gedraaid, dacht ik.

Maar dat hadden ze niet gedaan. Aan zoiets logisch hadden ze natuurlijk niet gedacht. Wat had ik anders verwacht? Het waren jongens.

'Kom op, eruit,' riep Miss Bibsmore, terwijl ze met haar stok in de badkamer porde om de jongens naar buiten te drijven.

Malcolm, Freds en Kevin drongen naar buiten, terwijl ze behendig de klappen van Miss Bibsmores stok ontweken. Ze hadden allemaal een handdoek om hun hoofd gewikkeld en hadden hun gezichten vol gesmeerd met make-up, op een manier waar een driejarige trots op zou zijn geweest. Malcolm had zijn badjas aan en Freds en Kevin hadden Honeys sportkleren aangetrokken. Ze zagen eruit als een stel travestieten die op de make-upafdeling de kluts waren kwijtgeraakt. Malcolm had zijn hele gezicht met bodyglitter ingesmeerd.

'Wie zijn jullie, meisjes?' vroeg Miss Bibsmore wantrouwig, terwijl ze mijn vriendje en zijn vrienden van top tot teen opnam.

'Ik ben Octavia,' antwoordde Freds met een falsetstem waar de ramen bijna van kapot sprongen.

'Och, lieve schat van me,' riep Miss Bibsmore uit. Bijna huilend van blijdschap gooide ze haar stok op de grond, en met een uitbundigheid die ik nog nooit van haar had gezien, sloeg ze haar armen om mijn vriendje heen (die van me hield). 'Octavia, je bent terug. Ik wíst dat je terug zou komen. De anderen zeiden dat je ervandoor was en zwanger was geraakt. Och, lieve, lieve, lieve schat.'

Ze begon te huilen. 'Dit poppetje was als een dochter voor me.' Ze kneep Freds stevig in zijn wang. 'En toen kwam er hier een of andere ellendeling van het Eades voorrijden op zijn motor en nam haar mee. Ik heb haar nooit meer teruggezien.'

'Jeetje,' zei Indie, die nog steeds als betoverd naar Malcolm stond te staren. En hij zat nog wel onder de make-up. Het was overduidelijk dat ze hem hartstikke leuk vond.

'Nu ben ik er weer, Miss,' piepte Freds. 'Maar het is maar voor een dagje, hoor. De kleine heeft me nu nodig.'

'O, dus de geruchten zijn waar,' gromde Miss Bibsmore. 'Maar dat is misschien ook maar goed. Zo te zien heeft de baby je helpen uitgroeien tot een mooie, jonge vrouw, schat. Hoewel ik vind dat een meisje met jouw uiterlijk niet zo veel troep op haar gezicht hoeft te smeren.' Ze klopte Freds op zijn wang.

'Het is alsof ik niet weg ben geweest, Miss,' beaamde Freds, met een stomme grijns.

'Ik zou de hele dag met je kunnen kletsen,' zei Miss Bibsmore weemoedig.

'O, blijft u nog even, alstublieft,' smeekte Malcolm met het belachelijkste meisjesstemmetje dat ik ooit had gehoord. Eerlijk waar, het had weinig gescheeld of ik had Miss Bibsmores stok gepakt en hem ermee op zijn kop getimmerd. Ik snapte niet wat hem bezielde. Indie was zo te zien juist diep onder de indruk en keek naar hem alsof hij een of andere getalenteerde halfgod was in plaats van de idioot die hij duidelijk was.

'Nee, meisjes, ik kwam alleen even kijken hoe die arme Calypso het maakte, maar ik zie wel dat ze geen gebrek heeft aan vriendinnen, en daar ben ik blij om.' Ze keek de jongens, Star en Indie stralend aan. 'Nee, jammer genoeg heb ik de nonnen een spelletje poker beloofd, en hén kan ik toch moeilijk teleurstellen, nietwaar?'

'Octavia' en haar vriendinnen schudden hun hoofd, alsof ze het heel jammer vonden om het gezelschap van onze huismoeder te moeten missen.

Miss Bibsmore strekte haar armen wijd uit.

'Nou, geef je Bibby dan maar eens een dikke knuffel, hè, Octavia? En een volgende keer wil ik niet zo veel troep op je gezicht zien, hoor.'

Met die woorden trok onze huismoeder 'Octavia' stevig tegen

zich aan, waarna ze in tranen afscheid van haar nam en al zwaai-
end de kamer uit waggelde.

Terwijl we het geluid van haar stok in de gang hoorden wegsterven, pakten we allemaal gauw een kussen om ons gelach in te
smoren.

'Altijd even populair bij de oudere dames, onze Freds,'
plaagde Malcolm.

Freds smeet zijn kussen naar hem toe, en daarna brak er een
gevecht uit met kussens, dekbedden en alle andere zachte dingen
die we te pakken konden krijgen.

Na afloop zoenden we nog even, maar uiteindelijk moesten de
jongens weg. Indie gaf Malcolm bij het afscheid een kus op zijn
mond, wat haar na afloop natuurlijk een enorme preek van Star
en mij opleverde.

Toen Honey later uit Windsor terugkwam, vroeg ze: 'Hoe
komt al die make-up op mijn kussen en mijn dekbed?'

Maar wij konden alleen maar lachen.

Niets kon mijn geluk bederven. Freds hield van me!

Je liefde of je leven!

Het is grappig, maar de afgelopen maanden, sinds ik Freds had leren kennen, had ik me niet kunnen voorstellen dat ik ooit nog zonder mobiel zou kunnen leven. Hoe had ik dat moeten doorstaan? Freds bezoekje hielp, omdat ik nu niet meer werd gekweld door het idee dat ik een tactloze, valse, egoïstische vriendin was. Ook mocht ik Portia's mobiel lenen, wat een stuk gemakkelijker was dan helemaal naar de telefooncel lopen. Toch was het niet hetzelfde nu ik geen sms'jes kreeg, die ik 's avonds nog eens onder mijn dekbed kon nalezen.

Maar de echte reden waarom ik zo gelukkig was, was dat Freds van me hield.

Om me aan dit ongelofelijke feit te herinneren, schreef ik het tijdens de wiskundeles op mijn doos met potloden, maar toen Star het zag, gaf ze me er meteen een klap mee op mijn kop.

'Hou toch op met dat verliefde gedoe. Je moet je concentreren op de essaycompetitie,' mopperde ze.

'Au!' zei ik, terwijl ik over mijn hoofd wreef. 'Als je zo doorgaat, heb ik straks geen hersencellen meer over om me op wat dan ook te concentreren.'

In werkelijkheid was ik al volop met mijn essay bezig. Het begon mooi en dramatisch, over hoe ik als Amerikaanse vanuit Hollywood naar een Engelse kostschool was gestuurd, waar ik werd getreiterd door Honey. Allemaal heel triest, natuurlijk. Ik had Honeys naam in Sweetie veranderd, maar verder was alles naar waarheid, zoals de wedstrijdregels voorschreven.

Maar toen ik toe was aan het gedeelte over mijn ouders die uit elkaar waren, vond ik dat Bob en Sarah er wel een beetje bekaaid van afkwamen. Bob kwam in het essay naar voren als een brute egoïst, die zijn stomme meesterwerk belangrijker vond dan zijn gezin, terwijl hij natuurlijk een liefdevolle vader en echtgenoot hoorde te zijn, die geld verdiende om in ons onderhoud te voorzien. Maar hoe kon ik in 3.000 woorden mijn diepe wanhoop weergeven?

Sarah kwam in het essay ook niet geweldig uit de verf. Zij kwam met haar kindse gedrag een beetje naar voren als een verwende kleuter. Ik weet het aan het feit dat ik maar 3.000 woorden mocht gebruiken, waardoor ik niet kon uitleggen hoe lief en hartelijk ze eigenlijk was. Ik had eerst nog wel iets staan over dat ik in goede en slechte tijden voor haar altijd op de eerste plaats kwam, maar toen werd het essay te lang, dus dat stuk moest ik schrappen.

Uiteindelijk liet ik mijn tekst lezen aan Miss Topler.

Miss Topler en ik hebben in de loop der jaren nogal eens met elkaar overhoop gelegen. Zij vindt dat de literatuur draait om saaie types als Charlotte Brontë, terwijl ik bij literatuur denk aan Nancy Mitford. Nu ik erover nadenk, was Nancy's bestverkochte boek een nauwelijks verhuld essay over haar familie. Sommige familieleden wilden na de publicatie trouwens nooit meer met haar praten.

De volgende dag schoot Miss Topler me aan in de gang, toen ik naar de mis wilde gaan. Ze was dolenthousiast. 'Dit is schitterend werk, Calypso. Zó echt. Zó recht uit het hart. Zó sprekend en betekenisvol. En de pijn druipt er gewoon af.'

'Denkt u niet dat mijn ouders er boos om zullen zijn... u weet wel, met al die dingen die erin staan over Bobs Grote Klapper en Sarahs egoïstische gedoe?'

Ze begon te lachen. 'Mijn beste Miss Kelly, doe niet zo raar. Nee, ik zie er niets anders in dan een oprechte, prachtige tekst.'

'Ik bedoel, het zijn op hun eigen, maffe manier best aardige mensen. Maar álle ouders zijn maf, toch?'

Miss Topler keek me medelijdend aan. 'Die illusie moet je natuurlijk vasthouden, als dat helpt,' antwoordde ze, terwijl ze me over mijn hoofd aaide. Maar ik hoorde haar mompelen: 'Arme Calypso.'

'Wat bedoelt u dáár nou mee?' vroeg ik nijdig.

'Niets, schat, en je hebt gelijk. Ik weet zeker dat ze van je houden. Op hun eigen, egoïstische manier,' voegde ze er zachtjes aan toe.

'En Sarah is echt een schat.'

'Zoals ik al zei, Calypso, het strekt je tot eer dat je altijd het goede in de mensen ziet. Dat is de aard van de creatieve ziel.'

Portia had zich zaterdag onderscheiden in het toernooi in Brighton, met als gevolg dat Lullo zijn houding tegenover mij iets verzachtte. Maar desondanks kwam hij met twee sabels op me afstormen en schreeuwde hij dingen zoals: 'Het is je liefde of je leven, Kelly! Jouw keus, mijn voorrecht! Ha, ha, ha!' Mijn romp en armen zaten onder de blauwe plekken – het vlekkenpatroon had op een marmeren beeld niet misstaan. Ik hoorde van Portia dat de scouts nog steeds jacht maakten op Lullo's talent (ik dus) en dat hij grootse voorbereidingen trof voor de regionale wedstrijden.

Na onze oefenles op maandag waren Portia en ik het erover eens dat de training militaire trekjes begon te vertonen, waarbij we ons niet echt op ons gemak voelden. En dan bedoel ik niet alleen in fysieke zin. Het hielp ook niet mee dat Lullo ons aansprak met sergeant Briggs en soldaat Kelly.

'Waarom ben ík geen sergeant?' vroeg ik, want ik vond dat ge-soldaat helemaal niks.

'Jij krijgt je strepen als je ze verdiend hebt, soldaat. Als je je ge-neraal hebt laten zien dat je sabel voor jou op de eerste, tweede en derde plaats komt. Geen jongens, geen privéleven, niks, ge-snopen?'

'O, ja, dat heb ik "gesnopen", meneer,' zei ik narrig.

'Generaal voor jou, soldaat.'

'Ik wist natuurlijk altijd al dat hij gek was, maar dit is niet nor-maal meer,' zei ik tegen Portia, toen we ons na de les stonden om te kleden.

'Ik vind hem geweldig. Volgens mij is hij vastbesloten om ons door de regionale wedstrijden heen te slepen, weet je dat? Seri-eus, het is net of het voor hem iets persoonlijks is. Hoe is het trouwens met je moeder?' vroeg ze, terwijl ze haar schermbroek uittrok.

'Beter,' antwoordde ik. 'Ze heeft in ieder geval een baan ge-vonden waar ze helemaal blij mee is. Maar niet als tekstschrijf-ster. Ze zit bij de *Ricky en Trudy-show*, met "Nieuwtjes uit Holly-wood".'

Portia trok een gezicht. 'Wees voorzichtig, schat. Als Honey er lucht van krijgt dat je moeder bij een tv-show zit, laat ze niets van je heel. Je weet wat een ongelofelijke snob ze is als het om tv-programma's gaat. Als het grote publiek het leuk vindt, vindt zij het bij voorbaat niks.'

'En als mensen het leuk vinden die geen eigen stylist hebben?' vroeg ik plagend.

'Schat, ik meen het. Ze maakt je af.'

Na het douchen ging ik naar het dierenverblijf om Dorothy een stukje te laten rennen. Georgina was er al. 'Calypso, ik heb het gehoord van je moeder. Erg, joh.'

Ik keek haar stomverbaasd aan. 'Wat is er dan gebeurd?' vroeg ik, als de dood dat ze haar tenslotte toch in een kinderwagen hadden afgevoerd.

'Honey vertelde me dat ze in een of ander ordinair tv-programma zit. Ik ben natuurlijk voor je opgekomen. Alsof Sarah zoiets stoms zou doen. Maar ze vertelt het aan iedereen, schat. Hier, hou jij Dorothy even vast. Ze zei dat ze je heel erg heeft gemist. Ja, hè, nijnekind?'

Ik pakte mijn konijntje aan en streelde haar over haar superzachte oren. Ze snuffelde met haar neusje en beet me zachtjes in mijn hand. 'Volgens mij heeft ze zin om even te rennen,' zei ik. 'Heb jij haar al eten gegeven?'

'Ja, maar niet veel. Ik hoopte dat jij ook zou komen, om haar de andere helft te geven. Maar schat, wat doen we nu met Honey en die afschuwelijke roddels?'

'Nou,' zei ik, terwijl Dorothy vrolijk rondhuppelde in de ren, 'het is waar. Sarah presenteert echt "Nieuwtjes uit Hollywood" in de *Ricky en Trudy-show*.'

Georgina begon te lachen. 'Fantastisch. Ik ben dol op die rubriek. Ik wed dat Honey stinkend jaloers is dat zij zelf niet zo'n nieuwtjesrubriek presenteert. Laten we allemaal aan Miss Bibsmore vragen of ze het voor ons wil opnemen, dan kunnen we er na de huiswerkklas naar kijken. Dan zijn we Honey vóór en kunnen we zeggen hoe geweldig we Sarah vinden. Ik wed dat Portia ook meedoet.'

'Nou, en Clemmie juicht overal voor,' zei ik instemmend.

'Dit wordt zóóó cool!' lachte Georgina.

Zodra we Honey zagen, in de eetzaal, begon ze natuurlijk meteen over mijn armoedzaaier van een moeder met haar vulgaire baantje. 'We moeten die arme, trieste Calypso maar heel erg steunen,' zei ze tegen alle meisjes aan onze tafel, alsof ze echt heel erg met me te doen had.

Behalve Clems deed iedereen alsof ze net zo diep geschokt

waren als Honey. Clemmie moest door Arabella worden afgevoerd, omdat ze soep in haar neus had gekregen van het ingehouden lachen.

Miss Bibsmore was maar al te graag bereid om Sarahs rubriek voor ons op te nemen. Toen ze ons na de huiswerkklas uitnodigde om in de tv-kamer naar Sarahs tv-debuut te komen kijken, glipte Honey stiekem mee naar binnen.

Sarah droeg een knalrood pak met enorme schoudervullingen, dat waarschijnlijk nog stamde uit de jaren tachtig. Ze had ook iets heel raars gedaan met haar haar.

'O, arme Calypso,' blèrde Honey. 'Ze lijkt wel een trieste kopie van Jackie Collins.'

'Ik vind haar er echt uitzien als een Hollywoodster, schat,' antwoordde Georgina loyaal.

'Dat bedoel ik,' zei Honey, alsof Georgina en zij het eens waren.

Eigenlijk bleek het helemaal niet zo'n afgang als ik had gevreesd. Sarah had een vlotte babbel en praatte heel luchtig over Brad dit en Tom dat en Madonna zus en zo. 'Jude is natuurlijk een fantastische kerel, maar ja, heel veel mannen in Hollywood beschouwen hun huwelijk en kinderen meer als de zoveelste rol die ze spelen,' zei ze op een gegeven moment. Ik kreeg de indruk dat die opmerking meer voor Bob bestemd was dan voor de arme Jude.

'Trek het je niet aan, schat,' zei Honey troostend, toen Sarahs rubriek was afgelopen. 'Je moeder moet ook iets doen om de eindjes aan elkaar te knopen. We weten allemaal van je trieste achtergrond en we vergeven het je. Ik weet zeker dat niemand uit onze wereld ooit hoeft te weten hoe diep Sarah dit keer is gezonken.' Toen gaf ze me een knuffel.

Ik bleef alleen maar in mezelf herhalen: Freds houdt van me, Freds houdt van me, Freds houdt van me. En later voegde ik een paar vlijmscherpe zinnen toe aan mijn essay, waarin ik meedogenloos 'Sweeties' wreedheid beschreef.

Dat essay was zo langzamerhand een mooie uitlaatklep geworden.

Het schermleger van het Sint-Augustinus neemt het op tegen de vijand

Zaterdag gebeurden er twee fantastische dingen. Ten eerste kreeg ik mijn mobiel terug. Ten tweede vertrokken Sarah (verkleed als cheerleader, compleet met pompons), zuster Regina (met een schattig, gebreid vlaggetje, waar ze HUP CALYPSO EN PORT op had geborduurd – ik denk dat ze geen ruimte meer had voor de I en de A), Lullo, Portia (sergeant Briggs) en ik (soldaat Kelly) in de minibus naar het Eades voor de regionale wedstrijden. Met andere woorden: ik zou Freds weer zien.

Freds, die van me hield.

'En wat doen we met Freds, schat? Rennen we weer weg, of gaan we dit keer in de aanval?' vroeg Sarah samenzweerderig.

Voor ik antwoord kon geven, brulde Lullo: 'Aanvallen, natuurlijk. Altijd aanvallen, aanvallen, aanvallen! Mijn troepen rennen nooit weg. Nog nooit zulke flauwekul gehoord.'

'Eerlijk gezegd wil ik graag dat je dit keer echt met hem kennismaakt,' zei ik tegen Sarah, die meteen in haar handen begon te klappen van plezier. Ik hoopte dat ik de juiste beslissing had genomen.

'Zo, soldaat,' zei Lullo. 'De sergeant en jij kunnen jullie spullen gaan pakken. Ik ga vast op verkenning uit. Met eventuele vragen kun je je wenden tot je meerdere, in dit geval sergeant Briggs.'

Ik rolde met mijn ogen. Niet alleen vanwege de onzin die hij uitkraamde, maar ook omdat hij een rode baret op had en een soort plastic rijzweepje onder zijn arm klemde, dat eruitzag als een echte generaalszweep.

'Ik ben nog steeds de captain van dit team,' bracht ik hem in herinnering.

'Dit is een nieuw aanvalsplan, soldaat. Heel zorgvuldig uitgedacht, terwijl jij straalbezopen in een badjas met Eades-jongens aan de boemel was. Als het om strategie gaat, duld ik geen tegenspraak, begrepen?' Hij keek me zo dreigend aan dat ik maar inbond. 'Zuster en Sarah, jullie komen met mij mee als rugdekking,' blafte hij. 'En dit keer geen flauwekul met spandoeken. Wij vormen in deze strijd een professioneel en waardig front.'

'Oooo, ja, Mr. Mullow,' kraaide zuster Regina, terwijl ze haar gebreide vlag achter haar rug verstopte. Ze was duidelijk diep onder de indruk van generaal Lullo's nieuwe imago. Nonnen zijn toch zóóó naïef.

De registratie verliep zonder incidenten, en zodra Portia, sorry, sergeant Briggs en ik onze schermuitrusting hadden aangetrokken, gingen we op zoek naar onze vriendjes. Er liepen waarschijnlijk zo'n honderd schermers in de zaal. Daartussendoor liepen de scheidsrechters met hun klemborden, groepjes druk pratende fans en niet te vergeten Lullo's scouts en spionnen, die (nou ja, volgens Lullo dan) vanuit de schaduw naar ons zaten te loeren. We konden Freds en Billy dan ook niet vinden voor de poules werden afgeroepen.

Terwijl de namen werden voorgelezen, begonnen Portia en ik aan onze rekoefeningen. Lullo, Sarah en zuster Regina stonden er zo onopvallend bij als je van een kort mannetje met een rode baret, een non met een gebreide vlag en een vrouw van middelbare leeftijd in een cheerleadersoutfit kon verwachten. Portia en ik stonden hoog in het klassement, dus toen de rechtstreekse eliminaties begonnen, stonden we er goed voor. Omdat we nu niet in Sheffield maar op het Eades speelden, had ik sterker het gevoel dat mijn reputatie op het spel stond. Spandoeken met jam waren prima in een district waar ik waarschijnlijk nooit meer zou terugkomen, maar dit was mijn eigen terrein – nou ja, het terrein waar we leuke jongens versierden.

Ik won mijn eerste eliminatieronde door nummer vijfenzestig van de ranglijst moeiteloos met vijftien-één te verslaan. En dat ene punt liet ik haar alleen maar scoren omdat ik dacht dat ze op het punt stond te gaan huilen.

Portia won haar partij ook en Sarah en zuster Regina begonnen uitgelaten op en neer te springen.

'Dat zag er goed uit, sergeant Briggs, soldaat Kelly. Maar blijf op je hoede. Voortdurende waakzaamheid is geboden, want je weet nooit wat je vijand voor je in petto heeft. Ze proberen je in de val te lokken, het tuig,' waarschuwde hij, terwijl hij om zich heen keek naar de vriendelijke gezichten van de meisjes die door de zaal liepen. 'Jazeker, ik heb hier en daar wat gesprekken afgeluisterd, en het is een gemeen zooitje, die meiden hier. Zo gemeen heb je het nog niet eerder meegemaakt.'

Op dat moment kwam een meisje van het Sint-Leonard naar Portia toe om haar gedag te zeggen. 'Schat, ik heb het op mijn tandvlees gehaald. Hoe gaat het met Tarkie, ik heb al een tijdje...'

Lullo stortte zich naar voren en wrong zich tussen de twee meisjes. 'Sergeant Briggs, voeg je bij majoor Sarah en majoor Regina. Ik laat mijn troepen niet ondermijnen door types als jij,' gromde hij tegen Portia's vriendin.

'Trek je maar niets van hem aan,' zei ik tegen het arme kind, terwijl ik haar wegleidde. 'Hij draait een beetje door tijdens deze wedstrijden.'

'Wat een idioot. Je moet hem aangeven. En wat is dat voor flauwekul met die baret en die plastic toverstok?' vroeg ze.

'Ja, die baret is iets nieuws. Maar hij kleurt wel mooi bij de pompons van de cheerleader,' zei ik, terwijl ik haar de outfit van mijn maffe *madre* aanwees.

Mijn volgende partij was tegen een veel sterkere tegenstandster. Ik had in Sheffield al tegen haar geschermd en zij kende mijn systeem net zo goed als ik het hare. Ze was tengerder en kleiner dan ik en was verrekte snel met haar voetenwerk. Ik moest me voor iedere treffer tot het uiterste inspannen. Ten slotte won ik met vijftien-dertien, maar ik zat na afloop onder de blauwe plekken en was doodop.

Ik liep naar de tafel met drankjes en hapjes om een glas sap te halen. Freddie was daar al. Hij zat behoorlijk somber te kijken, tot hij mij zag, met mijn bezwete haar tegen mijn hoofd geplakt.

'Hoe gaat het?' vroeg ik. Ik deed mijn best om niet alleen aan mijn zweterige, gehavende uiterlijk te denken. Ik vermoedde dat Freds er niet zo goed voor stond, ook al zag hij er hartstikke leuk uit en had zijn haar weer van die grappige, rechtovereind staande plukjes, waar ik altijd vlinders van in mijn buik krijg.

'Ik lig er al uit. In de pan gehakt door een of ander verwaand balletje uit Harrow.'

'In ieder geval niet een uit Wimbledon,' zei ik, en daar moest hij om lachen.

'Ik heb tot de halve finales niets te doen,' zei ik.

'Nou, kampioentje van me, heb je dan zin om een korte inspectie te houden achter het scorebord? Ik heb gehoord dat ze daar stiekem de uitslagen afspreken.'

'Dan kunnen we ons daar meteen mooi verstoppen voor de scouts en de spionnen,' lachte ik. Ik had Freddie alles verteld over de wanen van mijn ziekelijk achterdochtige schermmeester.

'Nou, als je het zo bekijkt, móéten we ons wel verstoppen. We kunnen die akelige spionnen toch niet zomaar hun gang laten gaan?'

Dus zorgden we dat Lullo en de anderen ons niet zagen en glipten we weg naar de andere kant van de zaal, waar het grote, zwarte scorebord stond. Dat bord werd alleen gebruikt om de scores van schoolwedstrijden op bij te houden, dus het was niet eens zo erg groot, maar het bood een prima schuilplaats voor een lekker potje zoenen.

'Ik was helemaal vergeten hoe lekker je ruikt,' zei Freds, terwijl hij me tegen zijn zweterige nek trok, die ik trouwens heerlijk vond ruiken. Ik vroeg me ernstig af of ik zelf wel zo lekker rook, maar het feit dat hij het zei, maakte dat ik nog meer overliep van liefde voor hem en ik flapte eruit: 'Ik hou van je!'

Freds duwde me een stukje van zich af en één angstaanjagend moment dacht ik dat hij weg zou vluchten, zo onthutst keek hij.

Maar hij vluchtte niet weg. Hij glimlachte alleen maar en sloeg toen zo stijf zijn armen om me heen dat mijn voeten loskwamen van de grond. 'Betekent dat dat je me nu officieel gaat voorstellen aan je moeder?'

'Hoe weet je dat ze hier is?'

'Een cheerleaderspakje en pompons bracht me op het idee.' Hij haalde zijn schouders op. 'Ze heeft die echte Kelly-look.'

Ik weet niet waarom dat me zoveel plezier deed. Ik denk dat het iets van opluchting was, dat ik niet zo'n belangrijk deel van mijn leven (Freds) hoefde te verbergen voor een van de belangrijkste mensen in mijn leven. Dus toen zoende ik hem nog een beetje meer.

Zoenen met een prins

erwijl onze lippen over elkaar dwaalden, was ik me er vaag van bewust dat er iets werd omgeroepen, maar verder had ik alleen maar oog en oor voor Freds. Dat wil zeggen, tot het moment dat zijn lippen ruw van de mijne werden gerukt door Lullo, die Zijne Koninklijke Hoogheid vervolgens te lijf ging met zijn idiote rijzweepje.

Nou ja, dat moest toch verboden worden? Iemand van koninklijken huize slaan?

Ik was niet de enige die er zo over dacht. Freddies lijfwachten stortten zich op mijn generaal en begonnen hem tot moes te slaan. Het was hartstikke oneerlijk, want Lullo had geen schijn van kans. Hij was zo klein, dat je hem onder Freddies mannen niet eens meer kon zien. Niet dat een stapel bodybuilders met zware katoenen broeken en oormicrofoontjes onze dappere generaal trouwens tot zwijgen kon brengen.

Hij bleef schreeuwen: 'Subversie! Overtreding! Stijlloos! Waarschuw de BFA!' terwijl hij heldhaftig met zijn gebroken plastic zweepje om zich heen mepte. Uiteindelijk wisten ze hem met verdovingspistolen en wapenstokken te overmeesteren en hoorden we alleen nog een zacht gepiep.

'Freds! Je moet ze terugroepen!' smeekte ik, terwijl ik mijn vriendje bij zijn arm greep. 'Dat is mijn generaal!'

Freds keek me aan alsof ik gek was. 'Je wat?'

'Mijn schermmeester. Lullo.'

'O, juist. Shit! Oké, mannen, zo is het genoeg,' schreeuwde hij, terwijl hij de barbaren die boven op de stapel lagen een schop gaf.

'Het spijt me verschrikkelijk, Calypso,' zei hij, terwijl hij mij een zoen op mijn voorhoofd gaf en tegelijkertijd zijn boevenbende uit elkaar schopte, 'maar in veiligheidskwesties hebben ze de bevoegdheid alles te doen wat in mijn belang is. Zo te zien hebben ze jouw generaal ingeschat als een klasse-A-bedreiging. Het enige wat we kunnen doen, is afwachten, en ik betaal natuurlijk de kosten van eh… eventuele medische behandeling.' Hij gaf zijn mannen nog wel een paar extra trappen na.

De echte redding kwam van majoor Regina en majoor Sarah, die zich met een schokkend vertoon van professioneel geweld op Freds boeventuig stortten. Binnen dertig seconden had zuster Regina een van de kerels in de houdgreep, waarna Sarah haar pompons in zijn mond begon te proppen.

Toen zuster Regina en Sarah ten slotte ophielden, hadden de meeste lijfwachten pompons in hun neusgaten en was er een vastgebonden met zuster Regina's gebreide vlag. Een ander hield zijn oor vast, waar kennelijk iemand in gebeten had, maar ik vermoed dat dat Lullo's werk was.

Intussen stond de hele zaal om ons heen.

Een of andere idioot met een klembord maakte een belachelijke opmerking dat Lullo en zijn vrienden met hun knokpartijen de schermsport in diskrediet brachten, maar daarmee lokte hij alleen maar een nieuwe uitbarsting uit van Lullo, die zijn baret nu scheef op zijn hoofd had staan.

'Freddie, dit is mijn moeder, Sarah,' zei ik, trots als een pauw, terwijl ik haar in haar minirokje naar voren duwde.

Freddie pakte haar hand en Sarah keek met een wezenloze glimlach toe hoe hij er een kus op drukte. 'Wat een langverwacht genoegen, Mrs. Kelly.'

'O, zeg maar Sarah, Koninklijke Hoogheid,' giechelde mijn maffe *madre*. Ze gaf Freds haar beste benadering van een knix, terwijl intussen door de luidspreker de wedstrijden en namen werden omgeroepen en overal om ons heen schermers met hun fans naar de verschillende lopers renden.

'Doe niet zo raar, Sarah,' zei zuster Regina kortaf en wilde haar meetrekken. 'Hij is net zo'n gewoon mens als iedereen. Hij is geen heilige, hoor. Waar is je katholieke trots?' De nonnen zijn geen van allen bijzonder gesteld op jongens of op het koningshuis, dus Freds stond bij mijn kleine non niet erg hoog aangeschreven.

Toen ik zag hoe goed Sarah en Freds het met elkaar konden vinden, kon ik me niet meer voorstellen dat ik er ooit tegenop had gezien dat die twee elkaar zouden ontmoeten. Ik denk dat ik me zekerder voelde, nu hij had gezegd dat hij van me hield. Ze stonden zo heftig met elkaar te flirten, dat ik bijna jaloers werd, maar toen bedacht ik dat hij iets had met míj en niet met Sarah. Ik had weinig tijd om hun kennismaking verder te volgen, want mijn naam werd omgeroepen en ik moest me door de drukte naar de andere kant van de zaal zien te werken.

Toen ik daar aankwam, was mijn tegenstandster, die haar fanclub in slagorde achter zich had opgesteld, al bezig met een paar lange uitvallen op de loper. Terwijl we ons opstelden voor het begin van de partij, was ik met mijn hoofd nog steeds bij de afgelopen gebeurtenissen. Toen kwamen Freddie en Sarah eraan. Freddie zette zijn handen aan zijn mond en riep heel hard, zodat iedereen het kon horen: 'We hebben de C! We hebben de A! We hebben de L! We hebben de Y! We hebben de P! We hebben de S! We hebben de O! Zet hem op, Calypso!' En een paar fans van mijn tegenstandster floten bewonderend naar Sarah, die naast hem haar cheerleaderact opvoerde.

Op dat moment werd alles me duidelijk. Ik had dan misschien

niet zo'n grote fanclub als mijn tegenstandster, maar ik had iets beters. Ik had een prins die van me hield.

Ik gaf mijn tegenstandster een hand, niet in staat mijn geluk te verbergen. Ik glimlachte van oor tot oor en zei tegen haar dat ik hoopte dat ze een fantastische partij zou spelen. Door dat gedoe met de liefde was ik mijn hele killersinstinct kwijt. Maar mijn tegenstandster was mij iets minder goed gezind. Ze kneep me zo hard in mijn hand dat het pijn deed. 'Succes, *bitch*, je zult het nodig hebben,' waarschuwde ze me met een poeslief stemmetje. Iets aan haar walgelijk onechte vriendelijkheid deed me aan Honey denken.

'Bedankt voor de waarschuwing, scháááát,' antwoordde ik sarcastisch, terwijl ik in dat langgerekte 'schat' alle minachting legde die ik in me had. Ik zou me in Freds bijzijn mooi niet laten verslaan door een of andere valse Honey-kloon.

Vijftien punten later had ik haar glorieus verslagen. Ze droeg haar nederlaag met glans, en dat zei ik haar ook. 'Je bent mooi als je verliest, scháááát,' fluisterde ik toen we elkaar een hand gaven – meteen nadat ze tegen mij had gezegd: 'Je had gewoon mazzel!'

Mazzel? Ik? Hallo, wie van ons schreef een essay over de grote tragedies in haar leven? Ik dus. Freddie draaide me in het rond en gaf me een lange zoen. Toen pakte hij mijn bezwete gezicht tussen zijn handen en zei: 'Heb ik je al gezegd dat ik nog meer van je hou als je wint?'

'Handen af van de sergeant!' brulde Lullo. Maar we schonken geen aandacht aan hem. Ik was tenslotte maar een soldaat. Pas toen hij ons begon te meppen met zijn baret, beseften we hoe het zat. Het feit dat ik tot de finale was doorgedrongen, had me blijkbaar een promotie opgeleverd. Ik was nu ook sergeant.

We liepen in groepjes naar de tafel met drankjes en hapjes, waar Portia naar me toe rende en zei: 'Raad eens! Ik zit in de finale, schat! Ongelofelijk, hè?'

'O, mijn god! Ik ook!'

'Aaaah!' gilde Portia, die haar aristocratische houding voor één keer liet varen en me steeds opnieuw omhelsde en met me in het rond hoste.

'Dit is fantastisch!' zei ik. 'We moeten tegen elkaar!'

'Ik weet het, laten we naar de wc gaan,' stelde ze voor.

We stopten nergens om ons nieuws met anderen te delen, maar we werkten ons zo snel we konden tussen de menigte door naar de wc's, waar we onszelf water in ons gezicht gooiden en elkaar uitgebreid verslag deden van onze overwinningen. Het was net of we straks gewoon een oefenpartijtje gingen spelen. Er was geen enkel gevoel van competitie tussen ons. Of was dat omdat we dat voor de vakantie al achter ons hadden gelaten?

'We maken het onze fans op deze manier wel vreselijk moeilijk, hè, Calypso?'

Ik sloeg verschrikt mijn hand voor mijn mond. 'Hoe moet Lullo ons nou de huid vol schelden? Hij heeft me nota bene net tot sergeant bevorderd.'

Bij de tafel met drankjes en hapjes stonden zuster Regina en Sarah zich vol te proppen met cake en thee. Ze praatten honderduit tegen Freds en de kruimels vlogen in het rond.

'Ik heb je moeder gezien, op tv,' vertelde Freds me.

'Hij vindt me er echt leuk uitzien, gaaf, hè?' zei mijn moeder, met een blos op haar wangen. 'Alle jongens van het Eades schijnen me leuk te vinden.' Ze giechelde als een tiener, wat ze overduidelijk niet meer was.

'Nou, u bent een verdomd knappe vrouw, majoor. Dat hoeft zo'n stelletje snotjongens u toch niet te vertellen, hè?' merkte Lullo op. Hij had zijn baret weer opgezet en zijn zilveren olympische medaille omgedaan, maar zijn plastic stokje was door de koninklijke kleerkasten in tweeën gebroken. Toch zag hij er zeer indrukwekkend uit.

'U mag er zelf ook zijn, hoor, Mr. Mullow,' zei zuster Regina lief tegen hem.

'We hebben gewerkt aan onze strijdliederen,' fluisterde Sarah me op samenzweerderige toon toe. 'We willen jullie geen van tweeën voortrekken. Ik hoop dat je het niet erg vindt, schat, maar de generaal zegt dat ik geen voorkeur mag laten blijken, ook al ben ik je moeder.'

'Nee, natuurlijk niet,' beaamde ik opgewekt.

'Je snapt het toch wel, hè?' vervolgde ze. 'Portia heeft onze steun ook nodig.'

'Ik vind het prima,' antwoordde ik luchtig, op dat moment nog heerlijk onwetend van wat ons te wachten stond.

'Die prachtige benen van je zitten dus in de familie,' fluisterde Freds sexy in mijn oor.

'Viezerik! Hoe durf je naar mijn moeders benen te kijken!' plaagde ik.

'Nou ja, er is weinig anders te zien, toch? Ik bedoel, ze is een en al been.'

Ik keek naar mijn moeder. Hij had gelijk.

Toen onze namen werden omgeroepen, liepen Portia en ik arm in arm naar de loper. Een horde van de knapste jongens die Engeland te bieden heeft, stond om de loper heen, kennelijk om naar de finale te gaan kijken. Ik herkende Billy, Kev, Malcolm en nog een paar anderen, maar ze waren met zo velen, dat ik er bang van werd.

Portia en ik kenden elkaar door en door, we konden als het ware in elkaars gedachten kruipen. Toen we, nog vóór de scheidsrechter had gezegd dat we konden beginnen, onze maskers naar beneden trokken, wist ik dat Portia daar ook aan dacht. We hadden dezelfde schermmeester, we oefenden samen. We deden in niets voor elkaar onder. Portia's techniek was feilloos. Als ik die zoemer vijftien keer voor mij wilde laten afgaan, zou ik mijn denken naar een hoger niveau moeten tillen dan de tactieken die in het handboek stonden.

Niemand juichte of schreeuwde beledigingen naar ons toen we naar voren kwamen. Ik maakte mijn hoofd leeg en kwam in een toestand van zuivere concentratie, waarin alleen plaats was voor onze wapens. Portia wist maar al te goed dat ik een voorkeur had voor een aanvallende tactiek. Ik was dol op de agressie van het schermen op sabel, terwijl Portia drie jaar op degen had geschermd en de voorkeur gaf aan een geniale riposte. Haar verdediging was feilloos en ik wist dat ze erop rekende dat ik de aanval zou kiezen. Met andere woorden: als ik koos voor een agressieve tactiek, zou ik haar daarmee in de kaart spelen.

Ik moest haar uit haar tent lokken door te bluffen.

Ik strekte mijn arm om haar trefvlak te bedreigen, maar in plaats van naar voren te bewegen, daagde ik haar uit om mijn kling af te weren. Toen Portia naar voren stapte om dat inderdaad te doen, verraste ik haar met een *dégagé* en plaatste ik bliksemsnel een treffer op haar pols. De zoemer was het enige applaus dat ik nodig had.

Het was een vermoeiende, strategische strijd, die we net zo hevig in ons hoofd voerden als op de loper. Het was echt zoals professor Sullivan, onze vorige schermmeester, altijd had gezegd: schermen is een fysieke vorm van schaken.

Toen de scheidsrechter riep: 'Veertien, veertien, matchpoint!' waren we allebei geestelijk en lichamelijk uitgeput. Alles hing af van de volgende drie seconden, maar toch glimlachte ik achter mijn masker. Ik was trots, niet alleen op mezelf, maar ook omdat we allebei naar de Nationale Kampioenschappen zouden gaan, wat er de volgende ogenblikken ook zou gebeuren.

Niets in Portia's houding verried wat ze van plan was. Maar ik kende die afstandelijke houding van haar. Ik wist wat ze ging doen – dat dacht ik tenminste. Ik wilde haar opnieuw uit haar tent lokken – ík was tenslotte de agressieve schermer – maar Portia verraste me. Zodra de scheidsrechter een teken had gegeven dat we ons spel konden hervatten, sprong ze naar voren en zette ze een beangstigende reeks aanvallen in. Hoewel ik met succes pareerde, kon ik onmogelijk riposteren. Ze was net een krankzinnige samoerai. Niks afstandelijk. Dit was oorlog.

Toen, in een flits, zag ik wat ik moest doen. Ik hield haar kling gevangen in een binding, waardoor ik een fractie van een seconde de tijd had om mijn volgende actie te plannen. Portia degageerde en maakte zich klaar voor haar volgende aanval, maar ze had zich verraden en het was al te laat. Mijn kling raakte haar buik in een bliksemsnelle aanval, waarop ze onmogelijk had kunnen anticiperen. De zoemer ging en de menigte barstte los in een oorverdovend applaus.

De scheidsrechter kondigde officieel mijn overwinning aan: 'Vijftien-veertien, overwinning voor Kelly.'

Ik rukte mijn masker af en bedolf mijn enthousiaste publiek onder een regen van zweetdruppels. Daarna groette ik Portia met een zwierige buiging en de scheidsrechter met het gebruikelijke nonchalante knikje. Portia, wier haar al net zo afschuwelijk zat als het mijne, rende naar voren, sloeg het formele handjes schudden over en klemde me vast in een stevige omhelzing. Algauw kwamen Lullo, Sarah, zuster Regina, Freddie en Billy er ook bij en werd het een massale knuffelpartij.

Daarna was het toch zo'n gekke toestand. De lang aangekondigde scout verscheen in de persoon van een BFA-vertegenwoordiger in pak, die Portia en mij uitnodigde om mee te dingen naar een plaatsje in het nationale team. Zelfs Malcolm draaide me enthousiast in de rondte. 'Miss Kelly, wat ben jij een geweldenaar, zeg!'

'Dankjewel, Malcolm, dat is erg aardig van je.'

'Eh… wat ik vragen wou, zou je deze dvd aan die beeldschone vriendin van je willen geven? Aan Indie?'

'Jaaa, natuurlijk,' zei ik, een beetje verdwaasd.

'Fijn. Nou, tot kijk dan.' Hij zwaaide even, draaide zich om, en even later zag ik zijn opvallende, rode bos haar in de menigte verdwijnen.

Daarna was het een maalstroom van felicitaties, vleierijen, en prijsuitreikingen. Ik moest op een podium staan voor de huldiging, terwijl alle jongens voor me klapten. Freds stond met Portia en Billy vooraan en klapte en floot als een gek. Lullo huilde van trots. Hij was niet tot bedaren te brengen, al deden mijn moeder en zuster Regina nog zo hun best om hem te troosten. Het enige wat ik jammer vond, was dat ik zo bezweet was.

Sarahs roestbak

*N*a de wedstrijd vroeg ik me af of ik me ooit gelukkiger zou kunnen voelen dan nu. Freds hield van me. Ik hield van Freds. Ik was door naar de Nationale Kampioenschappen en (het mooiste van alles) Portia ook! Het was net een sprookje. Zelfs Portia liet die avond haar afstandelijke houding varen en deed van harte mee aan een overwinningsfeestje bij Georgina, Star en Indie op de kamer.

Het feestje was Tobias' idee. Dat is meestal zo met dat soort dingen.

'Maar ik dacht dat hij gestopt was met drinken?' merkte ik op, doelend op zijn recente ontwenningskuur.

'Hij is weer begonnen, schatten,' verklaarde Georgina, met haar handen over Tobias' oren. Haar onderlip trilde zogenaamd van verdriet. 'Volgens mij is het voor hem het beste als we hem wat stoom laten afblazen, denken jullie ook niet?'

Dat dachten we zeker. Nadat we het snoep en de Body Shop Specials midden in de kamer op een hoop hadden gegooid, bood Indie aan het dj-werk voor haar rekening te nemen, wat eigenlijk alleen inhield dat zij de cd's in haar laptop stopte. Algauw stond iedereen, ook Portia, als een gek te dansen op de bedden. Honey nam haar gebruikelijke dansplek bij de spiegel in, waar ze zichzelf beter kon bekijken. Of, zoals Star in mijn oor fluisterde: 'Ze checkt even of ze nog een spiegelbeeld heeft.'

Niets kon die avond onze fantastische stemming bederven. Zelfs Miss Bibsmore was laat met haar ronde. Toen ze ten slotte haar hoofd om de hoek van de deur stak, zei ze alleen dat we wel een feestje verdiend hadden, maar dat we moesten proberen een beetje zachtjes te doen.

Ik moet toegeven dat Honey de hele avond niets vervelends tegen me zei. Tenminste, niet in het begin. Zelfs niet toen ik een van Indies gave minirokjes aanpaste, dat te strak om mijn heupen bleek te zitten. Ze vroeg zelfs of ze de volgende dag met me mee kon rijden naar Windsor. Sarah zou me komen ophalen om samen met Freds te gaan lunchen. Daarom paste ik ook Indies kleren aan: om iets echt gaafs te hebben om aan te trekken.

'Ik wil iets waarin ik er op mijn allermooist uitzie,' zei ik tegen mijn vriendinnen.

'En ik heb een prachtig huis in Clapham, Koninklijke Hoogheid. Je moet er eens komen logeren, schat. We leggen onze mooiste servetten op tafel en je kunt lekker op de bank platvloerse tv-programma's kijken,' voegde Honey er met een plat accent aan toe.

Ik wist dat het naïef van me was geweest om te denken dat ze me de hele avond met rust zou laten.

'Wat kun jíj goed plat praten, schat,' merkte Star op. 'Griezelig goed, eigenlijk. Weet je zeker dat je geen armoedzaaiers in de familie hebt?'

Honey keek alsof ze Star graag met een bus pepperspray te lijf zou gaan, maar in plaats daarvan begon ze te lachen, alsof ze Stars opmerking reuzegrappig vond. Toen draaide ze zich weer naar mij en zei: 'Dus jij en de aanbiddelijke Sarah gaan morgen lunchen met Freds?'

'We gaan samen ergens een pizza eten, als je dat bedoelt,' zei ik.

'Arme Sarah.' Honey zuchtte en zweeg even, waarschijnlijk om een volgende rotopmerking te bedenken.

'Ik vind Sarah hartstikke leuk,' zei Georgina. Ze danste de kamer rond met Tobias, die zo te zien al aardig aangeschoten was. 'Ze is cool. Tobias vindt haar ook enig.' Ze maakte een pirouette en liet zich met Tobias op de grond vallen. 'Hij is een fantastische danser, maar ik denk dat hij te veel gedronken heeft,' vervolgde ze. Ik vermoedde dat dit haar manier was om van onderwerp te veranderen. Georgina is zo ongeveer de enige voor wie Honey bang is. Volgens Georgina is dat omdat zij weet waar de lijken begraven liggen. Star zei vroeger altijd dat dat was omdat ze daar zelf bij had geholpen. Maar dat was vóór ze besloot dat Georgina toch wel aardig was.

Rond middernacht gingen we uiteindelijk naar bed, maar Portia en ik waren nog veel te opgewonden om meteen te gaan slapen. We begonnen steeds weer over onze overwinningen van die dag en we fantaseerden over hoe de Nationale Kampioenschappen zouden zijn. Maar we probeerden ons er niet te veel op te verheugen, voor het geval we er niets van zouden bakken.

Zondag kregen we een uitgebreid ontbijt, compleet met gebakken eieren en worstjes. Portia en ik aten veel meer dan we gewend waren, maar het leek erop dat ik alleen maar steeds dunner en langer werd.

Toen om een uur de mis was afgelopen, kwam Sarah mij, Portia en Honey in haar roestbak ophalen. Portia was natuurlijk hartstikke vriendelijk en aardig, maar Honey was zóóó echt Honey, dat ik haar wel had kunnen slaan.

Sarah kon ik trouwens ook wel slaan, toen ik zag wat ze had aangetrokken.

Oké, ik hou van haar. Ze is een lief mens, maar een kobaltblauwe bloemetjesrok met bijpassend jasje en een kobaltblauw tasje met dophoed?

'Ben je naar het Leger des Heils geweest, Sarah?' vroeg ik nijdig.

'Hoe bedoel je, Calypso?' vroeg Sarah, terwijl ze het monsterlijke ding boven op haar hoofd betastte. Maar toen ze de blikken opving van de mensen om ons heen, drong het tot haar door hoe belachelijk ze eruitzag. 'Honey belde me gisteravond op om te vertellen dat je je voor een afspraak met iemand van het koninklijk huis volgens het koninklijk protocol eh… net zo hoort te kleden als de koningin.'

Honey giechelde.

Portia zei niets.

'Koninklijk protocol?'

We stonden op de parkeerplaats, naast Sarahs roestbak, en om ons heen reden de taxi's af en aan om meisjes naar Windsor te brengen. Honey was niet de enige die lachte.

Eigenlijk waren Portia, Sarah en ik de enigen die níét lachten. Zelfs de taxichauffeurs die op het voorplein bij elkaar stonden, hadden de grootste lol.

Sarah werd helemaal zenuwachtig en toen ze iedereen zag lachen en wijzen, begon ze te huilen.

Ik draaide me om naar Honey. 'Wat ben jij toch een kreng,' zei ik tegen haar. 'Hoe durf je mijn moeder zo te treiteren, valse, opgeprikte trut die je bent?!'

Honey begon haar nagels te vijlen. 'Heb jij ook zo de pest aan nagelriemen, schat? Ik bedoel, waar héb je ze eigenlijk voor?' zei ze.

Net toen ik op het punt stond Honey aan haar eigen vijl te rijgen, zei Portia: 'Sorry, Sarah, sorry, Calypso, maar ik ben iets vergeten. Ik ben zo terug. Niet weggaan zonder mij,' en ze rende terug naar onze kamer.

'Nee hoor, maak je geen zorgen, antwoordde ik en met opeengeklemde kaken voegde ik er tegen Honey aan toe: 'De enige die
we hier achterlaten ben jij.'

Honey rolde met haar ogen. 'Jeetje, het was maar een grapje.
Wie is er nou zo stom om te geloven dat je je net zo moet kleden
als de koningin als je pizza gaat eten met de prins?'

Arme Sarah. 'Kom, mam, ga jij maar vast in de auto zitten, we
bedenken wel iets. Honey, jij kunt opdonderen.'

'Doe niet zo raar, ik ga met jullie mee naar Windsor. Je hebt
me een lift aangeboden, en als ik niet met jou mee kan, heb ik helemaal niemand om bij mee te rijden.'

'Mooi zo,' zei ik. Ik stapte in de auto en knalde het portier achter me dicht.

Honey stond op de autoraampjes te timmeren toen Portia terugkwam. Ik liet haar aan de andere kant instappen, waarna zij
Sarah een spijkerbroek en een sweater met capuchon toegooide.
'Die kun je in de auto aantrekken. Je kunt de auto even neerzet-
ten bij Windsor Great Park – je weet wel, waar ze polo spelen –
voor je Windsor in rijdt. Ik heb ook een paar sportschoenen
meegenomen. Ik heb enorme voeten, dus daar past iedereen min
of meer in.'

'O, dankjewel, Portia, je bent super. Ik zal dit nooit vergeten.'

'Rijden nou maar, mam,' zei ik.

Honey stond nog steeds op het raampje van de roestbak te
rammen toen we de parkeerplaats afreden en ik zag met plezier
dat ze in een plas rende toen ze ons op de met grind beklede
oprit probeerde te achtervolgen.

De lunch was perfect. Freds vond alles aan Sarah verschrikkelijk
grappig, op een goede manier. Zelfs toen ze hem begon uit te
leggen waarom ze bij Bob weg was, was hij erg lief en vol medeleven. Ik schaamde me dat ik me voor mijn moeder had ge-

schaamd. Hij vroeg Sarah zelfs om een gesigneerde foto, om op zijn prikbord te hangen. 'Je bent op het ogenblik een enorme ster op het Eades. Malcolm neemt je Hollywood-rubriek op en daar kijken we allemaal naar. Je interview met Tom Hanks was geweldig, vooral toen je steeds weer begon over zijn belangstelling voor de Scientology Church.'

'Ik haal de Toms altijd door elkaar.'

'Ja, dat kun je soms hebben,' beaamde Freds.

Na de pizza was Sarah zo aardig om bij de winkels te gaan kijken, zodat Freds en ik even 'samen konden zijn'. Ik kon er niet over uit dat ik zo'n paranoïde trut was geweest dat ik haar bij mijn vriendje had willen weghouden. Ik heb de liefste moeder van de wereld, ook al rijdt ze honderd keer rond in een roestbak.

Het ruige volk van Clapham

Helaas was de roestbak niet groot genoeg om Star, Indie, Georgina, Tobias, Portia, Clemmie, Arabella, Honey, mij en alle huisdieren in ons vrije weekend in één keer naar Londen te vervoeren. Sarah kwam ons dus met een hele sliert taxi's van school halen, waarna we met de trein naar Clapham doorreden.

Sarah zat onderweg opgewekt te kletsen over wat ze met het huis had gedaan. 'Je zult het enig vinden, Poekie,' zei ze enthousiast. 'Het staat pal bij de Common.'

Ik zat Dorothy te aaien, dus ik miste Honeys blik toen die begon te giechelen.

'Wat toepasselijk dat zo'n volks type als u in zo'n echte volksbuurt woont.'

'Ja, vind je ook niet? Die huizen zijn verschrikkelijk in trek,' zei Sarah, die de schimpscheut niet opmerkte.

Honey hield maar niet op met giechelen, dus legde Star Brian over haar heen, wat haar onmiddellijk kalmeerde. 'Volgens mij vindt hij je aardig,' zei Star, terwijl ze hardhandig met Brian langs Honeys neus wreef. Het was ontzettend grappig om te horen hoe Honey angstig naar adem hapte. Dat soort geinige dingen maken we niet vaak mee.

We stapten op Waterloo Station uit de trein en reden met twee taxi's naar Clapham. Terwijl we via allerlei kronkelwegen de buurt in reden, viel het me op dat er veel politie op de been was en dat er overal aanplakbiljetten hingen waarop informatie werd gevraagd over moorden en verkrachtingen. Honey draaide haar raampje open en zwaaide naar de politieagenten, die hun ronde deden.

'Schat,' zei ze tegen me, 'wat een enige buurt. Stel je voor, je hebt hier je eigen politiemacht in kogelvrij tenue.'

Ik negeerde haar en deed alsof ik Freds zat te sms'en. Dat was niet zo, want ik had hem al een sms'je gestuurd, waar hij nog niet op had geantwoord, en ik wilde niet triest overkomen.

Toen we stopten voor het grootste huis aan de Common, viel het me meteen op hoe prachtig het eruitzag. Honey was er ook verrukt van en kreunde: 'O jeetje, victoriaanse architectuur, wat een ellende. Ik haat moderne architectuur. Al dat post-Georgiaanse spul vind ik zó afschuwelijk.' Ze huiverde zichtbaar.

'Wauw,' zei Georgina bewonderend, terwijl ze met Tobias uit de taxi stapte. 'Dát is groot.'

Tobias was zo te zien ook onder de indruk.

Sarah deed opgewonden de deur open en duwde ons allemaal naar binnen. 'Is het niet super? Onze eerste officiële houseparty!' Ze giechelde als een klein meisje.

'Ik zou dat geen houseparty willen noemen,' zei Honey spottend, terwijl ze haar ogen afkeurend langs de vloeren liet glijden, die niet van marmer waren en niet van muur tot muur vol stonden met antiquiteiten.

'Ik heb het zo gezellig mogelijk aangekleed,' legde Sarah uit.

'Dat is te zien,' antwoordde Honey, terwijl ze een replica van een Galle-lamp oppakte en een gezicht trok.

'O, gaaf, een plasma-tv met dvd,' zei Indie en rende naar voren om de dvd-voorraad te bekijken. 'Sarah, is dit dat programma waaraan je heb meegewerkt toen je in de States woonde?'

'Ja, het was niet veel bijzonders, hoor, Indie, maar ik kon er de rekeningen van betalen.'

Honey trok Sarah in haar armen. 'Het lijkt me toch zo erg om arm te zijn, Sarah. Dat zie ik alleen al aan de enorme poriën in je huid. Wat zul jij andere mensen benijden. Te weten dat je nooit iets zult bereiken, hoe hard je ook je best doet. Mammie zegt altijd: middelmaat is de dood voor alle creativiteit.'

'O, dus zó is je ziel doodgegaan, schat,' zei Star. Ze keek op haar horloge en voegde eraan toe: 'Is het trouwens geen tijd voor je formaldehyde-injectie?'

Honey was zoals altijd een beetje laat met reageren. Star had haar Dr. Martens-laarzen al uitgetrokken en liet zich met een plof op de grote, zachte, witte bank vallen, toen ze eindelijk met haar weerwoord op de proppen kwam.

Iedereen negeerde haar. Indie stond een van Sarahs dvd's in de dvd-recorder te stoppen en alle anderen gingen knus bij elkaar op de bank zitten om te kijken. Ten slotte kondigde Honey aan: 'Ik zou wel een gin-tonic lusten. Heb je personeel, Sarah, of moet je het zelf halen?' Ik schoot bijna in de lach bij deze poging Sarah op een zogenaamd vriendelijke manier op haar nummer te zetten.

Maar Sarah liet zich Honeys onzin niet langer aanleunen. 'Dat kan ik alleen maar doen als ik je ID heb gezien, Honey. Ik ben geen voorstander van drankgebruik onder de zestien en zolang je in mijn huis bent, zul je je aan mijn regels moeten houden.'

'Lekker is dat,' snauwde Honey. 'Belachelijke Amerikanen. Ik snap niet dat jullie niet doodziek worden van jezelf. Hebben jullie nog nooit van gastvrijheid gehoord?'

Sarah deed of ze haar niet hoorde.

'O, nou, prima hoor, ik haal het zelf wel! Waar is de keuken?' vroeg Honey op bevelende toon, terwijl ze de kamer uit stormde.

Ik gaf Sarah een teken dat ze haar verder moest negeren. Ik moest er niet aan denken dat Honey en mijn arme *madre* het hele weekend met elkaar overhoop zouden liggen. Als een drankje Honeys hersenen enigszins kon verdoven, moest ze dat maar voor lief nemen.

Sarah snapte het. 'O, sorry, Honey,' riep ze. 'Maar omdat er geen personeel is om me rond te leiden, heb ik de keuken nog niet kunnen vinden.'

Iedereen (behalve Honey) moest daarom lachen, vooral ik. Het weekend begon best goed.

Later stond Georgina erop dat we het huis gingen bekijken. 'Kom, Sarah, geef ons eens een rondleiding,' smeekte ze, terwijl ze Sarah van de bank omhoogtrok. 'Tobias is een vreselijk nieuwsgierig aagje, dus je moet alles afsluiten waar hij niet bij mag komen.'

'En mogen we Dorothy, Brian en Hilda hier loslaten, Sarah?' informeerde Star.

'Hilda is toch de eh… rat, hè?' vroeg Sarah luchtig, maar ik merkte dat ze een beetje zenuwachtig was.

'Ja, theoretisch gezien wel. Maar ze is waanzinnig slim. Je moet haar eens zien in haar molentje,' zei Star, terwijl ze Hilda uit haar zak tevoorschijn haalde.

Ik wist zeker dat Sarah wilde gaan gillen, maar in plaats daarvan stak ze dapper haar hand uit en aaide ze Hilda even over haar kop. En ze gaf zelfs maar een heel klein gilletje toen Hilda haar beet.

'Zie je, ze vindt je hartstikke lief,' zei Star, en omdat Hilda toch al om de bank heen wegrende, kon Sarah er verder weinig meer aan doen. 'En Brian komt ons gewoon overal achterna,' voegde Star eraan toe. 'Hij is vreselijk aanhankelijk en knuffelig, zie je.'

'Knuffelig?' piepte Sarah. 'Kan dat geen kwaad?'

Star schonk haar haar liefste rockchickglimlach – die waarbij je haar tongpiercing kunt zien. 'O, Sarah, je bent toch zóóó grappig. Brian is de aanhankelijkste slang die je in je leven kunt ontmoeten.' Even later werd Brian als een bontje om Sarahs nek gedrapeerd en ze vond dat zo te zien helemaal niet erg. Ze zei heel opgewekt: 'Laten we dan nu maar beginnen met de rondleiding.'

Het huis bleek enorm groot te zijn. Niet alle kamers waren gemeubileerd, wat ons prima uitkwam, omdat we nu de grootste konden gebruiken om met z'n allen in te slapen. Indie stelde voor om alleen dekbedden en kussens neer te leggen. Sarah was dolenthousiast over dit idee en bood aan er een Arabisch tintje aan te geven, met oosterse kleden en Libanese snoepjes.

We hadden afgesproken dat we Billy, Kev, Freds en Malcolm zouden zien op de Kings Road. Met het oog op mijn beroerde financiële toestand stelde ik voor de bus te nemen. Hoewel ik me wel iets leukers kon voorstellen dan met onze dunne minirokjes en hoge hakken met een massa vreemden opgepropt te zitten in een ijskoude bus.

Sarah had ons verteld hoe we moesten lopen, maar omdat we helemaal niet handig waren in dat soort dingen, kwamen we totaal verkeerd uit. Honey liep natuurlijk te jammeren, maar Tobias ook, want die kan er niet tegen om verdwaald te zijn. Zelfs Indie raakte uit haar humeur en verweet haar bodyguards dat ze niet deugden voor hun vak. Onze stemming werd er niet beter op bij het horen van de antidrugsteksten, die ons vanuit geluidsboxen op de lantaarnpalen tegemoet schalden. Het kwam erop neer dat we in de gevangenis konden komen als we drugs kochten.

'Ik zou best zin hebben in drugs,' verklaarde Honey. 'Ik vraag me af of die aardige man met die wijde broek en die bivakmuts ons kan helpen. Het is jouw buurman, Calypso, misschien kun jij het hem even vragen?'

Ik nam niet eens de moeite om haar te antwoorden, maar ik moest toegeven dat de buurt er hier en daar nogal eng uitzag. Prachtig opgeknapte huizen en chique boetiekjes stonden zij aan zij met goedkope gemeentewoningen en drugspanden en nergens was een taxi te bekennen. Uiteindelijk stapten we op een bus, maar we waren een halfuur te laat voor de jongens, die hun *latte* allang op hadden toen we hen eindelijk troffen in een van de tweeënzeventig Starbucks-tenten op Kings Road.

Na het verplichte rondje luchtzoenen gingen we de Kings Road op. Freddie en Indie gaven hun bodyguards opdracht op een fatsoenlijke afstand te blijven, maar ze waren kennelijk niet in staat zich onopvallend tussen het publiek te mengen en liepen ons en elkaar voortdurend voor de voeten.

Na een poosje begonnen ze Indie op de zenuwen te werken. 'Jullie lijken die types uit *Reservoir Dogs* wel. Kunnen jullie in ieder geval niet probéren een beetje minder op te vallen?' snauwde ze.

Hoewel ik er zo langzamerhand aan gewend raakte om een stel bodyguards achter me aan te hebben, leek het me niet echt leuk om daar iedere dag mee te moeten leven. Vooral niet als je vrij hebt en graag een jongen wilt versieren. En Indie was vastbesloten om Malcolm te versieren.

We kenden zo ongeveer iedereen die voorbijkwam. Mijn lippen kregen kramp van het binnensmonds commentaar geven. We gingen de Cadogan Arms in, zodat Honey haar onstilbare dorst kon lessen, en daarna gingen we naar Partridge, om nog wat trendy outfits te kopen die we dan weer van elkaar konden lenen.

De jongens zouden met ons mee teruggaan naar Clapham. Freds bedacht dat het misschien leuk was om met het openbaar vervoer te gaan en Malcolm kwam met het slimme idee om de jongens en de bodyguards als vermomming lippenstift en oogschaduw op te doen. Dat leek mij ook wel grappig. Het deed me denken aan de dag dat Malcolm, Kev en Freds naar onze slaapkamer waren gekomen en zich als meisjes hadden verkleed om Miss Bibsmore om de tuin te leiden.

Ik weet niet wie er met het snuggere idee kwam om bij de verkeerde halte uit te stappen, maar plotseling stonden we op Landor Road. Het probleem was alleen dat de bodyguards nog in de bus zaten!

'We zullen op ze moeten wachten, denk ik,' steunde Freds, terwijl hij lusteloos tegen een gebruikte naald schopte, die op straat lag.

'Het zijn grote jongens. Ze kunnen best voor zichzelf zorgen. Bovendien hebben ze me vandaag verschrikkelijk lopen ergeren,' bracht Indie daartegenin. Terwijl ze dit zei, keek ze Malcolm aan.

Malcolm keek naar haar zoals hij de hele dag al had gedaan. 'Wij zorgen wel voor je,' zei hij en hij legde beschermend zijn arm om haar heen. Hij bedoelde natuurlijk dat híj voor haar zou zorgen. Ze knipperde naar hem met haar ogen.

Freds merkte ook dat er iets tussen die twee was en kneep me even in mijn hand. We liepen langzaam door in de richting waar de bus was verdwenen. Op de hoek, onder een lantaarnpaal waarvan de lamp kapot was gegooid, stond een grote kerel met gouden tanden en een capuchon over zijn hoofd, die ons drugs aanbood. Hij was net een soort Gandalf.

De geluidsboxen met antidrugsteksten deden het nog steeds en verkondigden opgewekt: 'Als je drugs in je bezit hebt, of verboden middelen probeert te verhandelen, kun je daarvoor in de gevangenis komen. Meld drugsactiviteiten bij de politie.'

'Skunk, crack?' bood Gandalf aan.

Malcolm draaide zich vriendelijk naar hem toe en vroeg: 'Wat is skunk precies?' Gandalf nam hem van top tot teen op, alsof hij een bot was waar hij graag op zou willen kluiven. Ik begon bang te worden.

'Is dat een speciaal soort wiet, of hoe zit het precies?' drong Malcolm aan.

'Neem je mij in de maling, vriend?' vroeg Gandalf, terwijl hij dreigend op ons groepje af kwam. Hij stak zijn hoofd naar voren, zodat zijn gezicht bijna dat van Malcolm raakte. 'Pas op, manne- tje, ik laat me door jou niet in de zeik nemen.'

'Nee, dat geloof ik best,' zei Malcolm, vriendelijk genoeg. 'Maar ik verzeker je dat ik helemaal niet van plan was om je in de zeik te nemen.' Aan zijn luchtige toon te horen, was hij zich van geen gevaar bewust.

Freds en Billy probeerden Malcolm mee te trekken.

Star, Georgina en de rest, op Honey na, stonden van een af- standje zenuwachtig toe te kijken. Nou ja, ík was zenuwachtig. Star zag er aardig ontspannen uit, met Brian als een sjaal om haar nek gewikkeld. Ik denk dat dit voor de dochter van Tiger van Dirge de gewoonste zaak van de wereld was. Ik geloof zelfs dat een van zijn grootste hits *Scoring skunk* heette.

'Kom op, joh,' drong Billy aan, terwijl hij Malcolm aan de ca- puchon van zijn Ralph Lauren-trui probeerde mee te trekken.

'Jij arrogant huftertje,' gromde Gandalf, terwijl hij Malcolm bij de voorkant van zijn trui vastgreep. Op dat moment zag ik opeens dat er bij lantaarnpalen in de buurt nog een stel andere Gandalf-types op de loer stond. En toen haalde Gandalf zijn an- dere hand uit zijn zak. Ik zag een boksbeugel glimmen in het donker, terwijl hij uithaalde om Malcolm een stomp in zijn ge- zicht te geven.

Ik wilde net gaan gillen, toen Honey plotseling naar voren sprong en Gandalf pepperspray in zijn gezicht spoot. Maar de pepperspray had op Gandalf hetzelfde effect als de Fébrèze op mij had gehad. Zijn ogen gingen er een beetje van tranen, maar verder deed het hem niet veel. Hij hield Malcolm nog steeds vast en schreeuwde luidkeels om zijn kornuiten. Dus spoot Honey hem nog een keer met de pepperspray in zijn gezicht. Dit keer stond ze maar een paar centimeter bij hem vandaan, ze nam nogal een risico, als je het mij vraagt. Maar ze stond er heel relaxed bij terwijl ze de hele spuitbus in Gandalfs gezicht leeg spoot.

Brullend van de pijn liet de kerel Malcolm ten slotte los. We renden met z'n allen de straat uit, met de gangsterbende en hun gewonde vriend op onze hielen. Voor zulke zware kerels konden ze nog behoorlijk hard rennen ook. Een van hen greep Kev bij zijn kraag en wilde hem net met zijn vuist in zijn gezicht rammen, toen Honey hem met een van haar Jimmy Choos op zijn hoofd begon te timmeren. Een van de anderen kreeg Malcolm te pakken, maar Indie sprong hem op zijn rug, waardoor Malcolm de kans kreeg om zijn belager een kopstoot tegen zijn neus te geven.

De bodyguards arriveerden net op tijd om met hun verdovingspistolen de tientallen Gandalf-aanhangers te lijf te gaan, die tot de tanden toe bewapend met messen en god weet wat nog meer uit de nabijgelegen straten kwamen aanrennen. 'Wegwezen, jullie!' schreeuwde een van de bodyguards tegen ons.

Dus namen we de benen, achtervolgd door een stel Gandalfs, maar nu bleken de vele veldlopen waarmee we jarenlang waren lastiggevallen toch nog hun nut te hebben. Ik denk dat de Gandalfs hun conditie met drugs hadden ondermijnd, want ze konden de meisjes van het Sint-Augustinus en de jongens van het Eades op geen stukken na bijhouden. Zelfs de bodyguards hadden meer uithoudingsvermogen dan de Gandalfs, van wie er één zelfs zo buiten adem raakte dat hij zijn Ventolin-spray moest gebruiken.

Na ongeveer honderd meter waren we ze eindelijk kwijt. De

bodyguards waren niet blij met ons, maar ze waren wel zo verstandig om ons mee te nemen naar een café om ons een kopje warme thee aan te bieden.

In het café renden we allemaal meteen naar de wc om ons op te frissen en ons haar goed te doen. Toen we weer naar buiten kwamen, liepen we de jongens tegen het lijf, die zich ook even hadden opgeknapt. De arme Malcolm had een scheur in zijn trui. 'Geeft niks, ik heb stapels van die dingen,' zei hij, toen Indie erover begon te tutten.

'We gaan Sarah niet vertellen wat er gebeurd is, hè, jongens?' zei ik dringend.

'Waarom niet?' vroeg Honey. 'Ze woont hier. Het kunnen wel vrienden van haar zijn.'

En dat net nu ik haar een beetje aardig begon te vinden, omdat ze ons van Gandalf had verlost.

'Doe niet nog idioter dan je al bent, Honey,' zei Freddie streng tegen haar en toen gaf ze zich schoorvoetend gewonnen. Ze beweerde zelfs dat het maar een grapje was geweest.

Sarah gooide de deur voor ons open en zong: 'Hal-lo! Ik was net van plan een opsporingsteam achter jullie aan te sturen. Hoe hebben jullie het gehad?'

We antwoordden allemaal: 'Super!'

Malcolm hing een prachtig verhaal op over ambassadeurs en kaviaar, waar Indie om moest giechelen. Maar ik zag aan de blikken die de bodyguards met elkaar wisselden, dat ze Malcolm, Honey en waarschijnlijk ook de rest van ons graag de nek hadden omgedraaid.

Toen ik zag hoe Honey meehielp om de vechtpartij voor Sarah verborgen te houden, was ik onder de indruk. Zou dit een andere kant van Honey zijn?

'Dus jullie hebben vandaag aardig wat vrienden ontmoet?' vroeg Sarah rechtstreeks aan Honey.

'O, ja, Sarah,' beaamde Honey opgewekt. 'En ook een stel buurtgenoten van je.'

Iedereen keek dreigend haar kant op, in de veronderstelling dat ze ons ging verraden.

'We hebben heel wat afgezoend,' zei Honey met een voldaan lachje. 'Maar sommigen gingen liever voor de *Glasgow-kiss*, hè, Malcolm?'

Ik denk dat ze dat alleen maar zei om ons op stang te jagen.

'O, Malcolm, wat hoor ik nou van je?' zei Sarah plagend, die zich totaal niet bewust was van de ondertoon van het gesprek. Waarschijnlijk wist ze niet eens wat een Glasgow-kiss was.

'Zei je nou dat je naar Glasgow was geweest, Honey?' vroeg Malcolm, voor de grap, natuurlijk.

'Pardon, schat? *Moi*, ten noorden van de M25?' Toen begon ze weer op zo'n afschuwelijke manier te lachen, met van die op-bollende collageenlippen. En iedereen slaakte een zucht van verlichting. Honey had ons op straat uit de narigheid geholpen en nu hielp ze zelfs mee om Sarah tegen de waarheid te be-schermen. Toch was ze diep vanbinnen nog steeds de Honey die we kenden en met wie we een haat-liefdeverhouding had-den, en grappig genoeg putte ik daar op een vreemde manier troost uit.

Ik wist dat Star precies hetzelfde dacht, want ze knipoogde eerst naar mij, toen naar Georgina, Portia en zelfs naar Tobias, terwijl Sarah de spelletjes liet zien die ze overal op de grond had uitgestald: Twister, Cluedo, Dokter Bibber – allemaal superkin-derachtige spelletjes. O jee, dacht ik, vastbesloten om me niet te schamen.

'Wat vinden jullie ervan om met z'n allen spelletjes te gaan doen?' stelde Sarah enthousiast voor.

'Goed idee,' zei Malcolm. 'Ik ben gek op Dokter Bibber.'

En het was echt hartstikke leuk. Volgens mij heb ik nog nooit zo gelachen als toen Freds en Indies bodyguards bij het Twisteren in een grote berg op de grond belandden.

Het enige minpuntje van het hele weekend was dat ik Freds niet kon zoenen – nou ja, in ieder geval veel te weinig.

Bobs schokkende mededeling

*N*a het heerlijke weekend bij Sarah móést ik Bob schrijven. Sarah was van een dementerende kleuter veranderd in een fantastische, onafhankelijke vrouw (met een beetje hulp van Bunny, met wie ik haar door de telefoon hoorde praten). Ondanks haar kinderachtige, maffe gedoe was ik hartstikke trots op mijn moeder, die toch maar mooi een huis had weten in te richten, een baan had gevonden in een land waar ze nog nooit eerder had gewerkt, en na haar ontslag een andere baan had gevonden, die een kleine beroemdheid van haar had gemaakt. En al die tijd had ze voor me klaargestaan, had ze met me geluncht, had ze me aangemoedigd met schermen en had ze indruk gemaakt op mijn vriendinnen en mijn vriendje.

En waar was Bob tijdens deze transformatie? Die liep maar een beetje de kantjes eraf, als een achttiende-eeuwse dandy. Die zat maar te prutsen aan dat vervloekte script van hem, en was al zijn familieverplichtingen vergeten. Zelfs Freds liet doorschemeren dat hij Bob maar een loser vond.

En dat kon ik niet hebben.

Bob moest nu snel orde op zaken stellen, anders zou ik mijn volledige steun aan Sarah geven. Met andere woorden: dan kon hij wat mij betrof inpakken. Ik denk dat mijn verontwaardiging ook werd gevoed door het schrijven aan mijn essay. Iedere avond, als ik mijn huiswerk af had, werkte ik de aanwijzingen uit die Miss Topler me voor mijn essay had gegeven. Toen ik toe was aan het gedeelte waar Bob me in die navelpiercingwinkel in Beverly Hills voor schut zette, besefte ik opeens dat ik hem eens goed de waarheid moest vertellen. Recht in zijn gezicht. De arrogantie van die man kende geen grenzen en hij moest maar eens een toontje lager zingen.

Beste vader,
Het is mooi geweest. Het enige goede dat je had (Sarah) heeft in Londen, in een buurt die de laatste tijd enorm is opgeknapt, een fantastisch huis ingericht. Ze presenteert een hartstikke gaaf programma en alle leuke jongens vinden haar de meest sexy vrouw op tv. Ik ben van plan Sarah voor te stellen om van je af te gaan, want je bent een eikel, en zij is een kanjer. Zet dat maar in je script!
Met vriendelijke groet,
Calypso

PS: Het zal je wel niets kunnen schelen, maar ik heb de regionale kampioenschappen gewonnen en aanstaande zaterdag ben ik van plan de Nationale Kampioenschappen te winnen in het Crystal Palace Sportcentrum, waar tussen twee haakjes het Britse Olympische team traint. Sarah komt me aanmoedigen. Sinds ze hiernaartoe is verhuisd, heeft ze me bij iedere wedstrijd aangemoedigd, terwijl jij je van niemand iets aantrok en alleen met jezelf bezig was.

Ik las mijn vakkundig geschreven e-mail zorgvuldig door en veranderde een paar kleinigheidjes. Bob had een scherp oog voor grammaticale fouten. Hij kon uren doorzeuren over het onvoltooid voltooid deelwoord, zoals dat in Engeland wordt gebruikt. Hij had met Miss Topler moeten trouwen – die had hem waar voor zijn geld gegeven. Toen ik zeker wist dat het helemaal goed was, drukte ik met diepe voldoening op 'verzenden'.

Ik stond net op het punt verder te gaan met mijn essay over mijn dieptragische leven, toen ik Bobs antwoord binnenkreeg.

Gefeliciteerd, schat,
[Jaja, schat. Als hij dacht dat hij me daarmee kon lijmen, had hij het mooi mis!]
Ik ben enorm blij dat Sarah en jij het zo goed maken, daar in Engeland. Zo blij zelfs dat ik heb besloten zaterdag naar het toernooi te komen, om te zien hoe mijn kleine meid haar tegenstandsters inmaakt.
Je liefhebbende vader,
XXX Bob

Wel verdomme. Hoe durfde hij mijn strenge, afkeurende e-mail, die bedoeld was om hem een ongelofelijk schuldgevoel te bezorgen, als excuus te gebruiken om zich op te dringen aan die arme Sarah? Ze zou daar alleen maar van in de stress schieten, net nu ze weer wat begon te genieten van het leven. Bobs aanwezigheid bij de Nationale Kampioenschappen kon een ramp teweegbrengen. Stomme, stomme Calypso. Waarom ben je nou over dat toernooi begonnen? mopperde ik op mezelf. Als Bob zijn dreigement uitvoerde en inderdaad naar het toernooi kwam en Sarah van streek maakte, was dat allemaal mijn schuld. Ik moest iets doen! Ik moest dit tegenhouden.

Maar eerst moest ik nog een heleboel gemene dingen over hem schrijven in mijn essay. Dagenlang vlogen mijn vingers over het toetsenbord, terwijl ik al mijn gevoelens aan het essay toevertrouwde. Toen ik klaar was, was ik hartstikke trots. Als ik me ooit schuldig had gevoeld over het feit dat ik ons gezin openlijk als een mislukking te kijk zette, was dat nu verleden tijd. Net als mijn enthousiasme voor de Nationale Kampioenschappen, besefte ik. Hoe moest ik me door de kampioenschappen heen slaan in de wetenschap dat Bob Sarah van streek kwam maken?

Als Bob kwam opdagen, moest ik hem koste wat het kost bij Sarah vandaan houden. Ik besloot de generaal bij mijn strijdplannen te betrekken. Lullo was een moedige strijder en wat belangrijker was: hij was als geen ander in zijn element als er intriges en verraad in het spel waren.

Toen Honey die avond op bezoek was bij haar afschuwelijke zus Poppy, nam ik Portia in vertrouwen. Ik vertelde haar over mijn bezorgdheid nu Bob van plan was naar de Nationale Kampioenschappen te komen.

Portia was wat voorzichtiger in haar oordeel dan ik. 'Als hij zo weinig geld heeft, hoe kan hij die vliegreis dan betalen? En waar zou hij moeten slapen? Ik verwacht niet dat Sarah hem terugneemt. Ze lijkt mij een vrouw die heel goed weet wat ze wil.'

'Maar hoe kan ik het risico nemen? Ik kan me niet op het schermen concentreren als ik weet dat mijn ouders elkaar ergens in de zaal in de haren vliegen. En zuster Regina is te klein om er iets aan te doen.'

'Schat, dat is onzin. Weet je niet meer wat ze met Freds bodyguards heeft gedaan? Een van hen had vorig weekend nog steeds een pleister op zijn neus.'

Ik giechelde bij de herinnering. 'Dit is niet grappig,' zei ik tegen haar.

Zij giechelde ook. 'Jawel, hoor.'

'Ik denk erover om het morgen aan Lullo te vertellen.'

'Dat lijkt me geen goed idee,' zei Portia. Op dat moment kwam Honey de kamer binnen.

Maar ik wist dat het wel een goed idee was om het aan Lullo te vertellen.

'Het is die vervloekte BFA!' siste hij. 'Die hebben hem opgestookt, verdomd als het niet waar is. Al vanaf het moment dat ik dit zilver heb gewonnen, proberen ze me te pakken.' Hij zwaaide zijn medaille voor mijn neus heen en weer.

'Nee, ik denk niet dat u begrijpt wat ik bedoel, meneer. Generaal, bedoel ik. Bob, dat is mijn vader, en majoor Sarah... nou ja, die mogen elkaar bij de Nationale Kampioenschappen niet tegenkomen! Dat wordt een drama, niet alleen voor Sarah, maar... nou, voor iedereen, eigenlijk.' Vooral voor míj, wilde ik zeggen.

'Prima vrouwtje, die moeder van je. Nee, laat dat maar aan mij over, Kelly. Hier zit meer achter dan een simpel echtelijk ruzietje. Ik heb dit soort dingen meer gezien, meisje. Dit is grootschalige ondermijning. In de ogen van de BFA ben je nog een beginneling.'

'Hoe bedoelt u?'

'Een kleuter.'

Hij was gek.

Portia had gelijk. Ik had hem niet over Bob moeten vertellen.

Hij gaf me een klopje op mijn hoofd, wat niet gemakkelijk was, omdat ik bijna een kop boven hem uitstak. 'Ik zorg wel voor die kleine Sarah. Ik hou die schoft Bob wel op een afstand.'

Op dat moment kwam Portia de zaal binnen, zodat we ons gesprek moesten afbreken, maar ik geloof niet dat ik er meer vertrouwen in had gekregen als we langer hadden kunnen doorpraten.

'Zo, gaan jullie je maar omkleden, dan beginnen we met de exercitie. Ik voel de geest van Jerzy Pawlowski vandaag in de zaal, meisjes.'

Terwijl we naar de kleedkamers renden, zei Portia lachend: 'Hoeveel manieren heb je om vooruit te bewegen?'

Maar ik kon die dag nergens de lol van inzien. De laatste week voor de kerstvakantie is iedereen meestal hartstikke vrolijk, maar dat gold niet voor mij. Zelfs Miss Toplers uitgelaten reactie toen ik die ochtend mijn voltooide essay bij haar inleverde, had me niet in een betere stemming gebracht.

Behalve de buitenlandse studentes waren alle andere meisjes al vertrokken voor de kerstvakantie. Portia en ik hadden speciaal toestemming gekregen om vrijdagavond nog te blijven, vanwege de Nationale Kampioenschappen. Toen Portia en ik Lullo vrijdagavond hielpen het minibusje in te laden, voelde de school griezelig leeg, dus we schrokken alle drie toen Miss Topler plotseling naar buiten kwam rennen.

'Mijn lieve kind, mijn lieve Miss Kelly! Ik heb gehuild.'

'O, dat spijt me,' zei ik, terwijl ik me afvroeg wat ik had gedaan om haar zo van streek te maken.

'Nee, nee, ik heb gehuild van verdriet!' zei ze nadrukkelijk, alsof dat iets goeds was. 'Van hulpeloosheid. Van afschuw.'

Ik begreep nu dat ze het had over het essay, maar afschuw? Misschien had ik de tragische details van mijn trieste leven iets te zwaar aangezet.

'Ja, en ten slotte heb ik gehuild van trots, omdat je vanmorgen zo'n schitterende bijdrage aan de literatuur bij me hebt ingeleverd,' zei Miss Topler lovend.

'Weg bij die bus!' schreeuwde Lullo, terwijl hij onze schermuitrusting naar binnen manoeuvreerde. Daarna mompelde hij iets over saboteurs, die overal op de loer lagen. 'Alleen geautoriseerde schermers zijn hier toegestaan, Miss Topler.'

'O, juist. Nou, dan wens ik jullie nog een prettige avond,' antwoordde ze opgelaten. 'Maar bedankt, Calypso. Ik wilde je alleen maar een compliment geven over je werk. Ik weet wanneer ik een geniale tekst in handen heb. Sterker nog, ik weet dat je deze wedstrijd gaat winnen.'

'Natuurlijk gaat ze winnen. Ik heb haar niet getraind om te verliezen, dom mens!' schreeuwde Lullo tegen mijn arme lerares Engelse literatuur.

'Dank u wel, Miss Topler!' riep ik haar na, terwijl ze de veiligheid van de school in vluchtte.

Bob op afstand

Zuster Regina zat tijdens de korte rit naar het Crystal Palace Sportcentrum in Londen voorin, naast Lullo. Sarah zou ons daar ontmoeten, want het Crystal Palace was vanuit Clapham niet zo ver rijden. Ik had nu graag gewild dat ik niet zo precies had uitgelegd waar de Nationale Kampioenschappen werden gehouden.

Terwijl we de lange huizenrijen passeerden, die onder de rook van Heathrow zijn gebouwd, vroeg ik me af of Bobs vliegtuig al was geland. Misschien was hij er al en hield hij zich in Londen ergens schuil.

'Heb je een foto van die vader van je, Kelly?' vroeg Lullo.

'Ja,' bekende ik, en ik gaf hem een foto die de vorige zomer was gemaakt, toen alles nog rozengeur en maneschijn was in huize Kelly.

'Weet je zeker dat je dit wilt doorzetten?' vroeg Portia zachtjes, terwijl Lullo de foto uit mijn hand rukte en tussen zijn achteruitkijkspiegel klemde.

'Ziet u deze man, zuster?' Hij prikte met zijn vinger in het glimlachende gezicht van mijn vader.

Zuster Regina zette haar knijpbrilletje op en tuurde in het vriendelijke gezicht van Bob. Hij stond in zijn korte broek en T-shirt op het strand, met zijn arm om Sarah en mij heen.

Zuster Regina bestudeerde de foto een poosje en riep toen uit:

'O, dat is onze lieve Sarah. Is ze niet bruin? En zóóó slank. Wat heeft ze nog een prachtig figuur, voor een vrouw van haar leeftijd, vindt u ook niet, Mr. Lullo?' Die arme zuster Regina begon onze spotnaam voor onze schermmeester over te nemen.

'De benen van die vrouw interesseren me niet, zuster,' antwoordde hij nors. 'Het gaat me om die vent naast haar.' Hij priemde weer in mijn vaders gezicht. 'Kelly's vader. Hij is van plan de finale te verstoren, zuster. Hij gaat de boel saboteren. Alles kapotmaken. We moeten hem tegenhouden.'

Zuster Regina draaide zich om. Haar oude gezichtje was gerimpeld na vele jaren hartstochtelijk bidden en liefde geven.

'Is dat zo, Calypso? Wenst je vader ons kwaad toe?'

'Tja, u weet toch dat mijn moeder bij hem weg is?'

De zuster knikte. 'Een erg triest geval, maar als ik met Sarah praat, merk ik toch dat ze vanbinnen een diepe liefde voor je vader voelt. En Sarahs verdriet om Bobs Grote Klapper buiten beschouwing gelaten, waarom zou je eigen vader willen dat je slecht presteert, liefje?'

Ik bloosde en begon me nu toch zorgen te maken. Nu Lullo eenmaal op dit spoor zat, was hij er de man niet naar om zich te laten tegenhouden. 'Daar gaat het niet echt om, zuster. Het is alleen maar dat ik denk dat Sarah van streek zal raken als ze hem nu ziet en… o, ik weet het niet. Ze heeft het zo moeilijk gehad, toen ze pas weer in Engeland kwam wonen. En nu ze eindelijk haar draai weer heeft gevonden, wil ik niet dat hij haar lastig valt.'

Zuster Regina tuurde nog eens goed naar de foto. 'Maar hij lijkt me zo'n aardige man, Calypso.'

'Aardig? Kom nou!' gromde Lullo. 'Die man is eropuit om ons te saboteren, zuster. Gevoelens staan erbuiten. Wilt u dat ons meisje verliest? Wilt u dat majoor Sarah van streek raakt?'

'O! Nee, generaal. Lieve Calypso, nee. Dat kunnen we niet

hebben,' beaamde zuster Regina. 'Ik zei alleen dat hij er aardig uitziet. Maar als hij van plan is onze Sarah lastig te vallen of Calypso's sportprestaties te ondermijnen, kan hij bij mij op zware tegenstand rekenen, generaal.'

'Het zou me niets verbazen als iemand van de concurrentie hem voor zijn smerige karretje heeft gespannen,' mopperde Lullo.

'Is dat niet een beetje vergezocht, Mr. Mullow?' vroeg Portia redelijk.

'Je weet niet waar je het over hebt, Briggs. Ze deinzen nergens voor terug. Dit zijn de Nationale Kampioenschappen. Als jullie erdoor komen, maken jullie kans op een plaats in het nationale team. Het gaat hier om grote bedragen, niet alleen om de eer. Er worden sponsorcontracten afgesloten. Adidas, Leon Paul, iedereen wil je hebben. De hele wereld ligt voor je open. Er zijn veel geld en status mee gemoeid. En mensen zijn maar al te graag bereid om daarvoor hun handen vuil te maken, zoals ik zelf maar al te goed weet.'

'Ja, maar Mr. Mullow, we hebben het nu over Calypso's vader, Bob,' herinnerde Portia hem. 'Niet over een saboteur van de BFA!' Ze voegde er zachtjes aan toe: 'Als die al bestaan.'

'Luister,' zei ik, om het gesprek terug te brengen op het echte probleem. 'Ik wil gewoon niet dat Sarah vandaag van streek wordt gemaakt, oké? Ze heeft me steeds gesteund, ondanks haar eigen problemen. Ze is helemaal opgewonden over deze dag en ik wil niet dat Bob haar overstuur maakt.'

'Prima vrouw, Sarah. Grote klasse. Goed, Kelly, laat dit maar aan de zuster en mij over. Die kerel, die Bob, komt er niet aan te pas. Daar gaan wij voor zorgen, hè, zuster?'

'Ja, Mr. Mullow. We willen niet dat onze lieve Sarah van streek raakt. Ik ben een schattig mauve kraagje voor haar aan het breien.' Met die woorden hield ze haar breiwerk omhoog, en inderdaad, je kon zien dat er een foeilelijk, zachtpaars ding op de pennen stond. Sarah kennende zou ze het nog gaan dragen ook. O jee.

'Jij concentreert je alleen op je spel, Kelly. Laat de bijkomstigheden maar aan ons over. Zo, meisjes, hoeveel manieren hebben jullie om vooruit te bewegen?'

Portia en ik antwoordden: 'Net zoveel als we nodig hebben,' en we werden beloond met een van de zeldzame lachjes van onze schermmeester.

Freds had me die ochtend een sms'je gestuurd om me succes te wensen. Ik had niet verwacht dat ik hem bij de wedstrijd zou zien, maar daar stond hij samen met Billy en Malcolm onder de boog op ons te wachten. Toen we de lange weg naar de toegangsboog van het sportcentrum afliepen, zag ik hem al van verre staan. Hij zag er zó knap uit.

Ondanks de naam was het Crystal Palace niet echt een paleis, en het was ook niet gemaakt van kristal. Maar het was wel een enorm groot complex, en Freds zag er heel klein uit vergeleken bij de boog, waar hij met zijn vrienden tegenaan stond geleund. Toen hij me een zoen wilde geven, liet Lullo onze schermuitrusting op de grond vallen en greep hij Freds bij de kraag van zijn Ralph Lauren-trui. 'Ik heb vandaag andere zaken aan mijn hoofd, vriendje, maar jouw gezicht staat in mijn geheugen gegrift, onder de categorie "vijand". Dus denk erom, ik hou je in de gaten.'

'Ja, meneer, daar zal ik aan denken,' antwoordde Freddie, terwijl hij rustig zijn kraag gladstreek.

Malcolm, die een sigaret had staan roken, gooide zijn peuk op de grond en drukte hem uit met zijn voet. Hij stak zijn hand uit naar Lullo. 'McHamish,' zei hij met warme stem.

'Pas op, mannetje. Ik ken je en ik weet je te vinden, begrepen?'

Billy zei niets.

Zuster Regina zwaaide een beetje verlegen naar Malcolm. 'Wat zijn jullie toch een knappe jongens. Lusten jullie een koekje?' Ze haalde een koektrommel onder haar wijde habijt tevoorschijn. 'Zuster Michaëla heeft ze gemaakt, dus ik zou er niet te veel van nemen. De laatste keer dat ze koekjes heeft gebakken, smaakten ze naar wormen. Ze doet er altijd te veel kokos in. Nog over uit de oorlog.'

De jongens sloegen haar aanbod beleefd af en glimlachten naar Portia en mij. Toen liep ons groepje een beetje ongemakkelijk door naar de receptie, waar het een oorverdovend lawaai was van door elkaar krioelende mensen. De gewelfde plafonds gaven een onheilspellende echo. Ik voelde me net een nietige mier toen ik bij Portia in de rij ging staan om onze namen te laten afstrepen.

Na de registratie nam ik Freds apart om hem te vertellen over Bob. Hij was hartstikke lief en verzekerde me dat ik me geen zorgen hoefde te maken. Billy stond nog in de rij bij de registratie, dus riep Freds Malcolm erbij, en ik liet opnieuw de foto van mijn vader rondgaan. Ik had opeens een gevoel alsof ik mijn vader als een soort doelwit doorgaf aan een stel huurmoordenaars.

'Maak je geen zorgen, Calypso, champagnezwelgende makker van me,' zei Malcolm geruststellend. 'Als hij niet minstens honderd meter bij je uit de buurt blijft, zal hij niet weten wat hem overkomt. Je hebt gezien wat ik met die Gandalf heb gedaan. Als hij de illustere Sarah lastigvalt waar ik bij ben, krijgt hij meteen een Glasgow-kiss van me.'

'Hij is niet gevaarlijk!' riep ik geschrokken. 'Hij is mijn vader. Ik wil niet dat hij gewond raakt of zo!' Ik had een gevoel alsof ik een vuur had ontketend dat niet meer gedoofd kon worden. Dat doe ik nou al mijn hele leven. 'Ik wil alleen niet dat hij Sarah overstuur maakt,' probeerde ik uit te leggen, terwijl de jongens opzij werden gedrongen door een passerend schermteam.

Freds en Malcolm zeiden dat ze Billy gingen zoeken en verdwenen. Ik bleef alleen achter. Nou ja, niet echt alleen. Ik had mijn vriendenclub, maar ik voelde me toch net een klein miertje in een gigantische mierenhoop. Ik wist de weg niet.

Omdat Portia en ik vanuit school maar een uurtje hoefden te reizen, hadden we daar onze schermkleding alvast aangetrokken. Na de registratie gingen we naar de wc om even te kletsen. Daar troffen we Sarah, die make-up stond op te doen – wat op zich vreemd was, omdat zij enorm geloofde in 'natuurlijke schoonheid'.

'Hallo, schatten, is het niet super? Wat zal dit spannend zijn, voor jullie. Ik vind het in ieder geval geweldig, al die drukte. Ik ben helemaal blij.'

'Dat zal niet lang duren,' flapte ik er bijna uit. En toen bleek dat ik het echt had gezegd. Echt iets voor mij. Stomme, stomme, stomme Calypso.

'Wat bedoel je, Calypso? Is er iets mis?'

'Alleen maar zenuwen,' stelde Portia haar gerust, terwijl ze mij een waarschuwende blik toewierp.

'Ja, de adrenaline jaagt natuurlijk door je lichaam, Poekie, maar je moet je leren centreren. Vind je chi.'

'Mijn chi? Waar moet ik dat in godsnaam zoeken?' vroeg ik, terwijl de zenuwen door mijn lijf gierden.

Sarah leek van haar stuk gebracht. 'Eh… je chi kun je overal vinden. Soms komt het zelfs ongemerkt naar je toe. Waar het om gaat, is dat er niets anders bestaat dan het nu. Weet je nog wat Bob altijd zegt?'

'O, ja, dat weet ik wel,' zei Portia opgewekt. 'Te gek.'

Sarah lachte. 'Och jeetje, ik mis die man. Ik word helemaal duizelig bij het idee dat hij vandaag misschien komt om je aan te moedigen.'

'Nee, dat is niet zo,' zei ik tegen mijn moeder. 'Hij onderdrukt je. Je wilt niet dat hij komt, dan brengt hij je weer helemaal uit je evenwicht. En hoe weet je trouwens dat hij komt?'

Sarah sloeg haar armen om me heen en wiegde me zachtjes heen en weer. 'O, Poekie, als jij er toch niet was...'

'Nou, ik ben er wél,' verzekerde ik haar. 'Maar dat is geen antwoord op mijn vraag.'

'Zo, nou, genoeg genavelstaard,' zei Sarah kortaf. Ze greep Portia en mij bij de hand en duwde ons de overvolle hal in.

En dat net toen ze mijn kroon binnenbrachten!

Op weg naar onze poules, die in de basketbalzaal gehouden zouden worden, kwamen Portia en ik Billy en de anderen tegen. De hal stond nu zo vol schermers, BFA-vertegenwoordigers, ouders, fans en saboteurs van Lullo dat niemand merkte dat Billy en Freds ons voor de wedstrijd nog even gauw helemaal suf zoenden.

Sarah ontdekte zuster Regina in de kantine op de eerste verdieping. De kantine had een glazen kijkwand en Sarah zei dat ze daar vanuit een gemakkelijke stoel naar ons zou gaan zitten kijken. De scoreborden stonden daar ook, legde ze uit. 'Dat heb ik op de plattegrond gezien.'

Lullo was nergens te bekennen.

Toen ik door de gang naar de basketbalzaal liep, voelde ik opeens iemand aan mijn arm trekken. Het was een meisje uit het zevende jaar van het Sint-Leonard. Ze gaf me de zak van haar schermuitrusting en een pen en vroeg heel lief: 'Zou u misschien een handtekening op mijn schermzak willen zetten, Miss Kelly?'

'Eh… waarom?' vroeg ik verward.

'Ik heb uw foto gezien in *The Sword* toen u de South East Cup had gewonnen.'

'O, ja, dat is goed,' zei ik en ik zette mijn handtekening. Ik voelde me alsof ik haar ongelofelijk voor de gek hield.

Toen het meisje weg was, zei Portia plagend: 'Als ik groot ben, wil ik net zo worden als u, Miss Kelly.'

Ik begon bijna te lachen, maar toen zag ik hem opeens staan. Mijn vader, Bob. Hij stond beneden, in de arena, waar de jongenspoules werden gehouden. Hij stond alleen, maar Freds en Malcolm stonden maar een paar meter bij hem vandaan. Op dat moment voelde ik een afschuwelijke, bijna pijnlijke scheut van liefde voor mijn arme vader door me heen gaan. Hij zag er daarbeneden zo klein en eenzaam uit, en ik werd overspoeld door herinneringen aan de keren dat hij er voor me was geweest, me had aangemoedigd en had geapplaudisseerd voor al mijn prestaties. Hoe slecht ik ook was, Bob zei altijd: 'Je was te gek, prinses, echt te gek.' Ik dacht aan het podiumpje dat hij in de huiskamer had gebouwd, zodat ik daar mijn toneelstukjes en mijn trieste zang- en dansuitvoerinkjes op kon doen. Van mijn vertolking van *How much is that doggy in the window?* kreeg hij altijd tranen in zijn ogen.

'O, shit,' zei ik tegen Portia. 'Daar is hij.'

'Lullo?'

'Nee, Bob. Kijk, daarbeneden, in de arena.'

Portia pakte me bij mijn schouders. 'Echt, Calypso, dit is niet het juiste moment om je daar druk over te maken. Sarah is oké. Ze is met zuster Regina boven in de kantine.'

'Maar ze ziet hem vast.'

'Ik heb niet de indruk dat ze dat erg zou vinden. Ze klonk alsof ze zich erop verheugde om hem te zien.'

Ik was in de war, maar precies op dat moment hoorde ik dat mijn naam werd omgeroepen, dus haastte ik me naar de loper.

De tweede keer dat ik Bob zag, was in de arena, tijdens mijn tweede rechtstreekse eliminatieronde. De wedstrijden van de jongens werden aan de ene kant van de arena gehouden en die van de meisjes aan de andere kant. Zuster Regina en Sarah zaten nog steeds boven, met hun thee. Na hun eerdere waanzinnige enthousiasme voelde ik me nu een beetje verwaarloosd.

Maar ik had andere dingen aan mijn hoofd. Bob wist nu waar ik was, omdat de omroeper mijn partij heel tactloos via de intercom had aangekondigd.

Lullo was woedend. 'Ik had ze nog wel gevraagd je codenaam te gebruiken.'

'Ik heb geen codenaam, meneer,' bracht ik naar voren.

'Nu wel, meisje. Ik heb gezegd dat je prinses Jelly Bean heette.'

'Wat? Prinses Jelly Bean? Kon u niets beters verzinnen?'

'Ik wilde niet dat je verward zou worden met een van de andere prinsessen die hier misschien rondlopen. Jelly Bean leek me een veilige naam.'

'Het is idioot.'

'Hoe dan ook, waar het om gaat, is dat ze hem niet hebben gebruikt. Saboteurs, zie je nou wel! Ik ga meteen naar boven om dit uit te zoeken. Ze hebben je in gevaar gebracht. Die Bob krijgt er nu onmiddellijk lucht van waar je bent.'

Dat zette me aan het denken. Ik rook snel aan mijn oksels – net op het moment dat Freds er met Malcolm aankwam om me succes te wensen.

'Hoe gaat het met Billy?' vroeg ik, terwijl ik mijn arm in het rond zwaaide, alsof ik oefeningen stond te doen in plaats van aan mijn oksels te ruiken.

'Hij zit er nog in. Maar de laatste partij was wel op het randje.'

'Heb je een sigaret voor me, Calypso?' vroeg Malcolm.

'Ben je gek of zo?' vroeg ik hem. Ik had nota bene een strak, wit schermpak aan, zonder zakken. Afgezien van het feit dat ik niet rookte, kon ik in dit pak niets anders meenemen dan mijn eigen zweet.

'Niet? Portia, jij dan? Heb jij peuken bij je?'

Portia ging door met haar lage uitvallen en nam niet eens de moeite te reageren op deze belachelijke vraag.

'Het stinkt hier nogal,' merkte Malcolm op en slenterde weg.

Nadat ik mijn volgende tegenstandster in de pan had gehakt, ging ik samen met Portia naar de kantine om te pauzeren. Bob was nog niet naar me toe gekomen, maar ik voelde dat hij naar me keek, dus nam ik met Portia een omweg de trap op. Zuster Regina en Sarah hadden duidelijk last van een overdosis thee en koekjes, want ze stuiterden als pingpongballen door de kantine.

Sarah had het mauve kraagje om dat zuster Regina blijkbaar had afgebreid. 'Kijk eens wat de zuster voor me gemaakt heeft!' gilde ze, dansend van pret.

Het kraagje was te triest voor woorden, maar ik was niet van plan haar plezier te bederven. Die arme, ouwe *madre* kon maar beter nog een beetje lol hebben, vóór Bob haar hart kwam breken.

'Ja, dat ziet er eh… aardig uit,' zei ik, terwijl ik haar op een stoel probeerde te zetten.

'O, schat, ik ben blij dat je het leuk vindt. Het is vandaag zo'n opwindende dag, hè?' vroeg ze zo indringend, dat ik dacht dat ze last had van de cafeïne.

'Ja, Sarah, het is een opwindende dag.'

'Ik heb straks voor jou ook een speciale verrassing,' zei ze, terwijl ze als een opwindbeestje op en neer sprong.

O jee, dacht ik, bang dat ze zuster Regina opdracht had gegeven om voor mij ook een kraagje te breien. 'Fantastisch,' zei ik, met al het enthousiasme dat ik kon opbrengen. 'Daar verheug ik me op.'

Portia kwam terug met sap en we gingen zitten om voor onze namen werden omgeroepen, nog even onze pijnlijke spieren te strekken.

Lullo had blijkbaar zijn magische werk gedaan, want bij de laatste partijen werd ik aangekondigd als prinses Jelly Bean.

Terwijl ik me in de drukte een weg baande naar de loper, was ik me bewust van Sarah, zuster Regina, Lullo, Malcolm en Freds, die in een groepje bij elkaar stonden. Ik stond er maar niet te veel bij stil of Bob hen misschien al had gezien, want hoewel het publiek me niet echt uitjouwde, werd er hier en daar wel onderdrukt gegicheld en hoorde ik iemand schamper roepen: 'Zet 'm op, prinses Jelly Bean!'

Portia was in de halve finale uitgeschakeld, dus zij kwam me op de aanwijsapparatuur aansluiten en sprak me bemoedigend toe. 'Schat, denk aan niets anders dan deze partij. Dat is het enige wat nu telt voor jou. Al het andere kan wachten.'

Mijn tegenstandster was mijn oude rivale van de finale in Sheffield, Jenny. Gezien Lullo's opgefokte toestand vreesde ik het ergste voor die arme Jenny en haar fans. Ik lachte haar vriendelijk toe, in de veronderstelling dat ze zijn scheldpartij van de vorige keer misschien nog niet te boven was.

Maar ik had het mis. Ik had het goed mis. Toen we elkaars uitrusting even aantikten om te controleren of de aanwijsapparatuur werkte, 'tikte' ze mijn wapen botweg uit mijn hand.

Ik zag hoe het over de loper stuiterde. Oké. We gingen het dus hard spelen.

'Maak die gore trut af!' bulderde Lullo, zodat iedereen in de enorme arena hem kon horen. En zuster Regina riep erachteraan: 'Ja, Calypso, maak haar af, die gemene meid!'

Jenny stak haar vuist in de lucht. 'Je bent er geweest, Jelly Bean!' schreeuwde ze en haar fans begonnen als gekken te juichen.

Wie dacht ze wel dat ze was? *Gladiator II*?

Ik wilde haar een hand geven, maar ze draaide mijn arm op mijn rug en wilde net iets dreigends zeggen toen de scheidsrechter ingreep. Hij gaf haar een rode kaart, wat betekende dat ze al één kostbare punt had verspeeld.

Haar emotionele labiliteit kon alleen maar in mijn voordeel werken, besloot ik. Toch was er een grote kans dat we allebei voor het nationale team gevraagd zouden worden, wie van ons deze partij ook zou winnen. Feitelijk zou ze dan mijn scherm-maatje worden – maar dat kon ik wel aan. Tenslotte sliep ik dit schooljaar met Honey op de kamer, en dat had ik ook overleefd.

Toch begon ik niet sterk. Het leek erop dat de geest van Jerzy Pawlowski me in de steek liet, net op het moment dat ik hem het hardst nodig had. Ondanks Portia's bemoedigende woorden was ik niet geconcentreerd op de partij. Ik was met mijn hoofd bij Bob en Sarah, dus toen ik punten op Jenny begon te veroveren, kon ik dat zelf niet geloven. Jenny's zwaard kwam voor mij op de tweede plaats. Ik liet mijn ogen van haar afdwalen, terwijl ik de menigte afzocht naar mijn vader. Ik kon mezelf er niet toe bren-gen me behoorlijk te concentreren. Mijn hersenen zeiden steeds: 'Concentreer je!', maar mijn hart zei: 'Je familie heeft je nodig'.

Ik hoorde Freds mijn naam roepen en toen ik omkeek, raakte ik onwillekeurig met mijn kling Jenny's handschoen, wat me op-nieuw een onverdiende punt opleverde. Net toen de partij op zijn hoogtepunt was en ik met dertien-negen voorstond, zag ik Bob in Sarahs richting lopen.

In mijn ontzetting tuimelde ik achterover, waardoor ik Jenny's aanval kon ontwijken en met mijn beugel haar buik raakte. Weer een punt voor mij. Het was belachelijk. Ik speelde alsof ik bezig was met een potje blufpoker, maar toch leek het erop dat juist mijn gebrek aan strategie Jenny van de wijs bracht. En toen be-sefte ik opeens wat er aan de hand was. Jenny dacht dat ze het meisje voor zich had tegen wie ze in Sheffield had gespeeld en probeerde me te slim af te zijn door in te spelen op het systeem dat ik toen gebruikte. Maar de Calypso Kelly tegen wie ze in

Sheffield had gevochten, was niet de prinses Jelly Bean die nu voor haar stond.

En toen gebeurde het. Bob tikte Sarah op haar rug, zij draaide zich met een ruk om, hij pakte haar bij haar schouders en kuste haar.

De scheidsrechter riep dat we de partij konden hervatten, maar ik kon mijn ogen niet van Lullo afhouden, die zich met zijn volle gewicht op Bob stortte en hem met een rugbytackle tegen de grond werkte. Op dat moment deed Jenny een dodelijke uitval. Ik zwaaide ongecontroleerd met mijn zwaard door de lucht, waardoor haar kling machteloos langs mijn linkermouw afgleed. Ondanks mijn emotionele verwarring balanceerde ik op het randje van de overwinning. De scheidsrechter wilde het spel nog bijna stilleggen, vanwege het gevaar voor mijn arm, maar voor hij daar de kans toe kreeg, liet ik mijn kling op Jenny's schouder neerkomen. Ik had gewonnen.

Ik rukte mijn masker af terwijl de zoemer afging en de menigte enthousiast begon te schreeuwen. Toen ik naar Jenny toe liep om haar een hand te geven, smeet ze woedend haar zwaard op de grond.

Oké, dan niet.

Ik vloog naar Lullo en Bob. Het tafereel dat ik aantrof, zag er niet erg waardig uit. Lullo rolde met Bob over de grond en Sarah zat op zijn rug en smeekte hem 'haar man met rust te laten'.

Zuster Regina deed af en toe een poging om Bob tegen zijn hoofd te schoppen en rende intussen rondjes om de berg worstelende lichamen, die ze zodoende steeds meer in haar breigaren verstrikte.

Noch mijn ouders, noch zuster Regina waren erg goede vechters en Lullo vormde ondanks zijn gewelddadige taalgebruik geen fysieke bedreiging, dus er werd geen echte schade toegebracht. Toch was het niet de waardige afsluiting die ik me bij het winnen van het Nationaal Kampioenschap had voorgesteld.

Freds en Portia hielpen me de mensenkluwen uit elkaar te trekken.

'Miss Kelly,' zei een man in pak, die met uitgestrekte hand op me af kwam. 'Ik vertegenwoordig het Britse Nationale Scherm-team en ik vroeg me af...'

'Is dat die ellendeling?' schreeuwde Malcolm, die plotseling opdook, met een sigaret in zijn mond.

De BFA-vertegenwoordiger deed een stapje achteruit, maar Malcolm wees naar Bob, die net liefdevol door Sarah werd ge-holpen het stof van zijn kleren te kloppen. Waar was ze nou toch mee bezig? Als ik niet beter wist, zou ik denken dat ze dolblij was hem te zien. Freds hield Lullo in een houdgreep. Zuster Regina stond opgewekt haar breiwol op een keurig bolletje te draaien.

'Ja, dat is de subversieve schoft, pak hem!' brulde Lullo naar Malcolm, die maar al te graag gehoorzaamde. Hij haalde zijn si-garet uit zijn mond en gaf mijn arme vader een kopstoot zoals al-leen een echte Schot dat kan doen.

Ik had nog steeds de hand van de BFA-vertegenwoordiger vast. 'Dag, ik ben Calypso Kelly. Die mensen hebben niets met mij te maken.'

'Nee, dat mag ik hopen. Kunnen we misschien ergens anders even rustig praten?' stelde hij voor.

Dus liep ik mee met Jim, de BFA-vertegenwoordiger, die me vervolgens vroeg of ik bij het nationale team wilde. Dit had het mooiste nieuws van mijn leven moeten zijn, maar ik zag steeds het beeld voor me van Bob die Sarah kuste, en dat temperde mijn plezier behoorlijk.

Natuurlijk zei ik dat ik enorm blij was om bij het nationale team te mogen, maar zodra we de formaliteiten hadden doorge-werkt en hij mijn gegevens had opgeschreven, rende ik zo snel mogelijk terug om mijn ouders te helpen. Ik had nog hooguit een halfuur om hun huwelijksproblemen op te lossen, want daarna moest ik naar het podium om mijn beker op te halen.

Sarah omhelsde me. 'O, Poekepoek, we zijn zóóó trots op ons kindje, hè, schat?'

Schat?

'Bob heeft zijn Grote Klapper verkocht voor twee miljoen pond – geen dollars, maar ponden dus – vind je dat niet geweldig, Calypso?' kirde Sarah. 'We hebben ons gisteravond verzoend. Het was zalig.'

Zuster Regina beaamde dat het veel geld was, maar ik legde haar met een dreigende blik het zwijgen op.

Twee miljoen pond was inderdaad veel geld (voor mij tenminste, voor meisjes als Star en mijn andere vriendinnen was het *peanuts*), maar daar ging het niet om. Er stonden principes op het spel en als er één meisje barstte van de principes, was ik het wel.

'Je verzoent je toch niet met iemand omdat hij toevallig voor veel geld een script heeft verkocht, Sarah?' preekte ik. 'Dat weet je heel goed! Na alles wat er is gebeurd, vind ik dat je wel eens met mij had mogen overleggen, of in ieder geval met Bunny. Zij zal vast niet blij zijn om te horen dat je weer terug bent bij je onderdrukker, enkel omdat hij een boel poen heeft binnengehaald.'

'Ook leuk om jou te zien, prinses Jelly Bean,' zei mijn vader.

Natuurlijk negeerde ik hem en ik draaide me om, om steun te zoeken bij mijn vriendje. 'Vind je ook niet, Freddie?'

'Sorry, wat zei je, Calypso?' vroeg hij. Zijn ogen schoten door de zaal en hij deed een stapje achteruit. 'Ik geloof dat ik even ga kijken wat Billy aan het doen is. Ga je mee, McHamish?' Hij trok zijn vriend mee aan zijn trui.

'Nee, dit is interessant. Misschien kan ik het gebruiken voor mijn werkstuk over ethiek. Ga door, Bob. Ga door, Sarah en Calypso,' drong Malcolm gretig aan.

'Ja,' viel Lullo hem bij. Hij zag eruit alsof hij Bob graag opnieuw te grazen wilde nemen. 'Ga door, Bób.' Hij spuwde de naam van mijn vader uit alsof het een stuk slijm was.

Sarah en Bob lachten alleen maar. Ja, echt, ze lachten. En waar ik vooral misselijk van werd, was dat ze elkaar in de ogen keken terwijl ze lachten. Na alles wat ik had doorgemaakt, na al mijn inspanningen om Sarah te steunen en mijn vader redelijkheid bij te brengen, en na al mijn persoonlijke bemoeienis met hun scheiding, voelde hun gelach als verraad.

'Ik zie niet in wat er zo grappig is,' zei ik hooghartig. Daar stond ik, kaarsrecht in mijn zweterige, witte schermpak, met mijn masker onder mijn arm. Ik leunde op mijn sabel om mijn woorden wat extra gezag, of misschien venijn mee te geven.

'O, schat, we lachen niet om jou, het is de hele situatie. We zijn gelukkig. Echt gelukkig. En het gaat niet om het geld. Hoewel we daar natuurlijk heel blij mee zijn.' Sarah giechelde als een tiener.

'Ik vind echt dat je met Bunny moet overleggen,' siste ik haar toe.

'We hebben allebei met Bunny gesproken, nadat jij met je vriendinnen bij me had gelogeerd, in Clapham. Bunny vond juist dat het tijd was dat Bob en ik met elkaar gingen praten.' Zie je nou wat ik bedoel? Ouders zijn toch zulke aanstellers en huichelaars. Ik had meteen naar Star moeten luisteren.

'Hoe bedoel je, Bunny vond dat het tijd was? Tijd om je principes overboord te gooien en terug te gaan naar een man die je onderdrukt en nog niet eens zijn eigen muesli kan klaarmaken? Alleen omdat hij een of ander stom script heeft verkocht?'

'Nee, we hebben met elkaar gepraat door Honey. Ze had dat weekend iets te veel gedronken en toen jullie lagen te slapen, praatte ze per ongeluk haar mond voorbij over dat gevecht met die drugsdealers.'

'Ik wíst wel dat Honey hierachter zat!' gilde ik. Ik draaide me om naar Portia. 'Ik wíst wel dat ze zoiets zou proberen. Ik wíst het gewoon.'

'Wat wist je?' vroeg Portia, die me aankeek alsof ik gek was geworden. 'Dat zij zou meehelpen om je ouders weer bij elkaar te krijgen?'

Sarah zei: 'Schat, ze bedoelde het niet gemeen. Ze had wat te veel gedronken en toen begon ze tegen me te praten over de scheiding van haar ouders. Ze vertelde dat dat haar leven had verwoest. Ze kan heel lief zijn als ze…'

'Dronken is,' gooide ik eruit.

'Wees nou niet zo verbitterd. Het is een lang verhaal, maar het komt erop neer dat Bob en ik in relatietherapie gaan. We hebben het er zelfs over gehad dat hij misschien weer een baan neemt…'

'Dat heb ik zelf aangeboden,' voegde Bob er verdedigend aan toe.

'Heel goed,' merkte Malcolm op.

'Hou je kop, Malcolm,' zei ik tegen hem, waarna ik me tot Bob wendde. 'O, ik geloof meteen dat je dat hebt aangeboden,' zei ik sarcastisch. 'Als emotionele chantage, zeker.'

'Fantastisch, de intriges en de dynamiek in een typisch Amerikaans middenklassengezin,' zei Malcolm enthousiast. 'Zijn Amerikanen er altijd zo op tegen dat hun ouders zich met elkaar verzoenen?'

'Hou je kop, Malcolm,' zei Sarah. 'Hij heeft inderdaad aangeboden een baan te zoeken, Calypso, op een heel oprechte manier, maar ik kon dat niet aannemen. Niet nadat ik hem zo lang had gesteund in het najagen van zijn droom. Het huwelijk betekent dat je elkaar door dik en dun steunt, in goede en slechte tijden. Bob had een droom en ik wilde hem steunen in zijn creatieve proces.'

Ik duwde mijn sabel steeds dieper in de grond, met alle woede die ik in me had. De kling boog zo ver door dat hij bijna knapte, terwijl ik mijn ouders als een opstandige tiener dreigend aankeek.

'Je zingt opeens wel een toontje lager,' mopperde ik.

'Ik wist dat hij zijn script moest afschrijven. Ik was het alleen spuugzat om verwaarloosd te worden. Het was zo ingewikkeld. Ik was met mezelf in conflict. Dat waren we allebei, maar relaties zitten vol misverstanden. Bunny is een fantastische huwelijkstherapeute,' zei Sarah enthousiast.

'Is Bunny een huwelijkstherapeute?!' riep ik ontzet.

'Wie is Bunny?' vroeg Malcolm. 'Ze lijkt me een grappig mens.' Maar iedereen negeerde hem.

'Ik weet dat ik de woede die ik voor Bob voelde, gedeeltelijk bij jou heb gelucht, schat,' gaf Sarah toe. Ze klopte me op mijn schermmasker, dat ik nog steeds onder mijn arm hield. 'Dat was verkeerd van me, maar ik was zo nijdig om de opofferingen die ik me had getroost, ook al had ik daar zelf voor gekozen. Ik was met mezelf in conflict.'

'Dus eigenlijk heb je me gebruikt? Ik was je emotionele dartbord?'

'O, nee, ik hou van je vader, echt waar. Ik ben altijd van hem blijven houden. Dat moet je weten. We hebben vannacht de hele nacht gevreeën, Calypso. Het was net als de eerste keer,' legde Sarah uitvoerig uit, zodat iedereen binnen gehoorsafstand het kon horen.

Freds keek ontzet, maar Malcolm bleef geboeid luisteren. Portia leidde zuster Regina af door een enthousiaste discussie met haar te beginnen over breien. Lullo's gezicht werd paars. Godzijdank werd op dat moment omgeroepen dat ik mijn beker in ontvangst kon komen nemen.

Later kwamen vertegenwoordigers van Adidas en Leon Paul me sponsorcontracten aanbieden voor de nieuwe uitrusting die ik nodig zou hebben om internationaal te schermen en voor de vergoeding van mijn reiskosten. Lullo begon trots te kakelen dat ik nu een echte GBR was en geen Grote Brutale Rat. Maar zelfs toen kon ik alleen nog maar denken aan Bob en Sarah die het met elkaar deden.

'Nog bedankt voor de informatie over je seksleven, mam,' zei ik later, toen de vertegenwoordigers weg waren. Ik hoopte haar daarmee eens goed op haar nummer te zetten. Waarom moeten ouders het altijd zo nodig over zichzelf hebben? Waarom moeten zij altijd de triomfen van hun kinderen verpesten? Dit had míjn dag moeten zijn, maar nu was hij verziekt door een beeld dat voor de rest van mijn leven op mijn netvlies zou staan. Oké, ik vond het best leuk dat ze er samen uit probeerden te komen, maar ik had gewild dat ik dat essay nog niet had ingeleverd. Dít was pas een trauma: je voorstellen hoe je ouders het met elkaar deden.

Het werd nog erger toen de fanfare ophield en we aanstalten maakten om weg te gaan. Bob kneep me waar iedereen bij was in mijn wang. 'Zie je nou wel, mijn kleine Koningin van de Nood-lotsvoorspellingen? Ik had toch gezegd dat het allemaal goed zou komen?'

'Ah, is dat zo? Nee! Door jouw schuld heb ik in mijn eentje Sarah moeten opvangen toen ze een zenuwinzinking had, terwijl jij egoïstisch met je Grote Klapper bezig was. En nu kom je hier mijn dag verpesten en moet ik juichen omdat je eindelijk je script hebt verkocht en weer aandacht aan je vrouw kunt besteden.'

Bob woelde door mijn haar, terwijl hij heel goed weet dat ik dat verschrikkelijk vind. 'Hé, onderschat Sarah niet. Die tv-ru-briek hier, waarin ze beroemdheden interviewt, heeft in Amerika de aandacht getrokken van de NBC. Trouwens, als je op een dag een auto van me wilt, denk je er misschien wel anders over,' zei hij plagend.

'Ik ben niet zo materialistisch,' zei ik scherp, terwijl ik me stie-kem afvroeg wat voor auto ik van hem zou krijgen.

'Hé, geef je ouwe vader nou eens een kans. Toen Sarah zei dat ze er genoeg van had, wist ik dat ik bijna klaar was. Ik was bezig met de laatste scène. Zij had zich ook opgeofferd voor het script. Ik kon haar niet teleurstellen. En vergeet niet, Calypso: liefde betekent dat je elkaar steunt in je creatieve proces.'

Ik weerde hem af toen hij me probeerde te knuffelen, maar hij trok me tegen zich aan. 'Ik geef Sarah de eer die haar toekomt. Het script heet zelfs: *To Sarah, with love.*'

'Die titel mag je nooit houden,' zei ik, terwijl ik een glimlach probeerde te onderdrukken. Ik voelde mijn stemming langzaam milder worden.

'Het staat in het contract, Poekie.' O, lekker dan, nu werden ze allebei dement en begon Bob me ook al bij mijn babynaam te noemen.

Misschien hadden zuster Regina, Billy, Portia en Freds gelijk. Misschien zou ik het hen op een dag vergeven. Eén ding was zeker: Lullo zou dat nooit doen. Freds en Malcolm probeerden me er allebei van te overtuigen dat Sarah en Bob er lief uitzagen samen, maar ik weet zeker dat dat alleen maar was omdat Bob Freds had ingepalmd door hem een klap op zijn schouder te geven en hem 'kerel' te noemen. Kerel? Dat was toch om misselijk van te worden? Maar Freds was er helemaal blij mee.

Het ergste kwam toen ze me bedolven onder zo'n walgelijke familieknuffel, waar Bob en Sarah altijd zo dol op zijn.

'Is het niet prachtig,' kwetterde zuster Regina. 'Het huwelijk is toch een heilige verbintenis. En dan twee van die lieve mensen, met zo'n lieve, kleine meid als Calypso als dochter. Jullie zijn echt het volmaakte gezin.'

En toen drong het opeens tot me door. Ik had net een essay geschreven over mijn lijden onder invloed van dit volmaakte gezin. Een essay dat Miss Topler had doen huilen van afschuw en verdriet over de pijn, narigheid en ellende die ik als Amerikaans meisje had moeten doorstaan toen de wrede Bob en de egoïstische Sarah me naar een Engelse kostschool stuurden. En wat belangrijker was: een essay waarmee ik volgens Miss Toplers stellige overtuiging de competitie zou winnen en dat levensgroot in de bestverkochte krant van Engeland zou worden afgedrukt.

Een essay dat Bob en Sarah absoluut nooit mochten lezen, want als ze dat deden, zouden ze me verstoten en zou mijn gelukkige gezinsleven in puin liggen. Passages die ik op het moment dat ik ze opschreef zo poëtisch, bezield en oprecht vond, kwamen me nu voor als giftige brokken venijn, die ik alleen uit eigenbelang had opgeschreven. Goddank was Miss Topler een waardeloze lerares Engels, die een echte literaire tekst nog niet zou herkennen als die haar in haar neus kwam bijten. Dat waardeloze essay over mijn persoonlijk lijden maakte geen schijn van kans om te winnen. Toch? Bovendien had ik veel prettiger dingen om aan te denken.

'Freds houdt van me, Freds houdt van me,' zong ik in mezelf. En alsof hij daarop had gewacht, sloeg hij zijn armen om me heen. 'Zeg, prinses Jelly Bean,' fluisterde hij in mijn oor. 'Ik zie dat het stil is achter het scorebord… zin om daar te gaan kijken?'

Termen uit het schermen

Aanval *au fer*: een aanval die wordt voorbereid door de kling van de tegenstander af te ketsen.

***Corps à corps*:** Letterlijk: lichaam tegen lichaam – lichamelijk contact tussen schermers tijdens een schermpartij (bij schermen op sabel niet toegestaan).

***Dégagé*:** een manier om na een parade van de tegenstander de aanval voort te zetten.

Degen: een van de drie schermwapens.

***Flèche*:** een treffer die de tegenstander moet raken terwijl de aanvaller door de lucht zweeft, waarna de aanvaller de tegenstander passeert. *Flèche* is het Franse woord voor pijl.

Groetpositie: positie op de achterlijn, waar de schermers elkaar de schermgroet brengen; tevens de achterlijn op de loper waar je tijdens de partij niet overheen mag.

***Lamé*:** beschermend vest van dun geweven metaal en stof.

Loper: een veertien meter lange strook waarop een schermpartij plaatsvindt.

Parade of wering: defensieve handeling, blokkade.

Partij: een enkel gevecht; duurt ongeveer zes minuten.

Poule: een groep waarin schermers tijdens kwalificatiewedstrijden worden ingedeeld.

Riposteren: een aanvallende actie die direct volgt op het pareren van een aanval van de tegenstander.

Sabel: Het enige schermwapen waarmee je kunt houwen én steken. Punten worden gescoord door treffers met de top én de snijkant van de kling, maar het meest met de snijkant. Het doelwit is alles boven de benen, inclusief het hoofd en de armen. Om deze reden worden alle treffers op het wapen, inclusief die op de kling, geregistreerd, hoewel het treffen van de beugel niet is toegestaan. In tegenstelling tot schermers op floret of degen, is bij sabreurs dus de hele uitrusting op de aanwijsapparatuur aangesloten. Voor de partij begint, controleren de sabreurs of de elektrische bedrading werkt. Dit doen ze door het masker, de sabel, de beugel en het metalen vest van hun tegenstander aan te tikken, zodat vaststaat dat alle treffers worden geregistreerd.

Samengestelde aanval: een aanval die is opgebouwd uit twee of meer bewegingen.

Schermgroet: vroeger een formele begroeting; nu een informele groet aan de tegenstander en de scheidsrechter aan het begin van de partij.

Selectie: proces waarbij schermers uit dezelfde poule tegen elkaar uitkomen, waarna op grond van de resultaten alleen de besten overblijven.

Tierce **(derde handhouding of wering drie):** bij schermen op sabel een wering waarbij de kling boven het hoofd wordt gehouden, om een aanval op het hoofd af te weren.

Top: de punt van de kling van een schermwapen.

Trompement: actie om binding van de kling te voorkomen.

Algemene woordenlijst

Blauwtje: blauw papier dat wordt gegeven om strafregels op te schrijven; lichte straf.

Fébrèze: spray die wordt gebruikt om vieze luchtjes te verdrijven.

GCSE: een landelijk examen.

Glasgow-kiss: kopstoot, met name tegen de neus.

Huismoeder: vrouwelijk hoofd van een kostschool.

It Girl: societymeisje (meisje van rijke familie) dat erg in de belangstelling staat van de media.

Jaar (op kostschool): meisjes gaan vanaf hun elfde naar kostschool en komen dan in het zevende jaar. De jaren lopen op tot het elfde jaar (leeftijd vijftien/zestien jaar). De laatste twee jaar worden Lower Sixth en Upper Sixth genoemd (leeftijd zestien/zeventien en zeventien/achttien jaar).

Jelly Babies: zachte, felgekleurde snoepjes in de vorm van baby's.

Lady: dochter van een hertog, markies of graaf; de vrouwelijke partner of echtgenote van iemand van adel is ook een Lady.

Lower Sixth: voorlaatste schooljaar (leeftijd zestien/zeventien jaar).

Pepperspray: bijtende spray die als verdedigingsmiddel wordt gebruikt.

Soz: sorry.

Trimester: een schooljaar bestaat uit drie perioden of trimesters. Het wintertrimester is vóór de kerst, het voorjaarstrimester is tussen Kerstmis en Pasen en het zomertrimester is tussen Pasen en de zomervakantie.

ZKH: Zijne Koninklijke Hoogheid.

Dankwoord

Ik ben me er altijd heel erg van bewust hoeveel geluk ik heb met een fantastische, scherpzinnige agente als Laura Dail en een redacteur van het kaliber van de geniale Melanie Cecka. Het enige spijtige is dat jullie aan de andere kant van de Atlantische Oceaan zitten – hoewel dat mij een volmaakt excuus biedt om vaker naar New York te komen.

Toen ik de fantasiewereld van het Sint-Augustinus tot leven riep, liet ik me in eerste instantie inspireren door mijn eigen schoolervaringen en die van mijn kinderen, vooral Cordelia en haar vriendinnen. Vervolgens tekende Eric Hewitson een plattegrond voor me, om te voorkomen dat mijn personages en ik in deze fantasiewereld de weg kwijt zouden raken. Maar als ik toch ergens op het schoolterrein van het Sint-Augustinus mocht verdwalen, zou ik beslist meiden om me heen willen hebben als Melanie Cecka, Victoria Arms, Deb Shapiro, Rachel Wasdyke, Kate Kubert, Heather Scott, Stacy Cantor en mijn agente Laura Dail – de *gang* van Bloomsbury USA – omdat je zo lekker met ze kunt lachen.

Opnieuw dank aan Mike Storrings voor zijn omslagontwerp. En zoals altijd ook heel veel dank aan mijn familie (inclusief je steeds grotere verzameling van meest uiteenlopende huisdieren, SP).

En dan tot slot, maar niet minder belangrijk: toejuichingen en een koninklijke groet voor alle Calypso-lezers!

Eerste hoofdstuk van *Hoe dump ik een prins?*
(verschijnt in februari 2008)

Te wapen! Amerikanen bestormen het kasteel!

Volgens mijn geliefde ouders overdrijf ik altijd vreselijk. O ja, én ik ben dol op melodrama.

Ze baseren dit op een gebeurtenis in een winkelcentrum in Beverly Centre. Ik was toen drie en het voorval staat sindsdien te boek als 'Het Incident'.

Altijd als mijn ouders willen bewijzen dat ik overdrijf en dol ben op melodrama, komen ze met Het Incident op de proppen. Het schijnt dat er een kerstboom, een zwartkanten onderbroek en een politierapport aan te pas zijn gekomen.

Mijn *padre* zegt er dan meestal iets idioots achteraan, zoals: 'Op een dag ga je echt te ver, Calypso Kelly.' En dan knikt mijn *madre* ernstig met haar hoofd en zegt: 'Nou ja, ik denk dat het zo wel duidelijk is. Laten we het dáár maar niet meer over hebben.'

Mijn maffe ouders, die per se willen dat ik hen Sarah en Bob noem, hebben het overdrijven zo ongeveer uitgevonden en ze zijn ook niet vies van dramatiek. En als je het hebt over te ver gaan: die grens hebben ze jaren geleden al overschreden toen ze me Calypso noemden en naar een Engelse kostschool stuurden, omdat ik anders 'te Hollywoods' zou worden. Wat dat dan ook mag betekenen.

Nee, Sarah en Bob zijn het toppunt van dramatiek. Ze liegen. Ja echt, ze vertellen de grootst mogelijke leugens. En dan heb ik het niet alleen over dat zogenaamde Incident in het winkelcentrum, of over de tandenfee. Ze hebben ook tegen me gezegd dat ik het slimste, knapste, meest getalenteerde meisje ben van de wereld. Dat bedoel ik nou. Ze zijn wel lief, maar volkomen geschift.

Hoe dan ook, die dag was ik ont-zet-tend blij, en daar was ook alle reden toe! Ik ging logeren bij Hunne Koninklijke Hoogheden. Maar er was één minpuntje: mijn ouders brachten me ernaartoe en bleven lunchen.

Helemaal niets kon mijn plezier bederven nu ik mijn knappe prins ging bezoeken in zijn Schotse kasteel: dat enorme, grijze bouwwerk met zijn sprookjesachtige torentjes, waar de *reel* werd gedanst, *haggis* werd gegeten, op Schotse korhoenders werd gejaagd en Schotse dansen als de Gay Gordons *de rigueur* waren. Op tv en in de krant zie je de koninklijke familie vaak voor hun kasteel staan. Het is echt geweldig.

Iedereen die eraan twijfelde of onze liefde stand zou houden, kon wat mij betrof de boom in. Het was nog steeds aan met – ja, je gelooft het niet – prins Freddie, en ik zoende regelmatig met hem, tenminste zo vaak als redelijkerwijs mogelijk was. Ik bedoel: troonopvolgers besteden veel tijd aan hun voorbereiding op het koningsschap, en dat was saai. Maar ik klaagde nooit. Nee, ik wilde per se niet zo'n trieste vriendin zijn die voortdurend om aandacht liep te vragen. Ik was mijn onafhankelijke, Amerikaanse inslag nog niet kwijt!

Je zou denken dat normale ouders trots zouden zijn dat hun dochter iets had met de Britse troonopvolger, maar nee, nee, nee, nee. Dat was veel te redelijk voor mensen als Bob en Sarah. 'Vind je niet dat je een beetje te melodramatisch doet over die relatie met Freddie, Calypso?' zei Bob tegen me, toen we de M1 opreden. 'Ik bedoel, je bent vorige week net vijftien geworden en je doet alsof je al met die jongen gaat trouwen.'

Ik zette mijn iPod harder en begon mee te neuriën met een

ongelofelijk eentonig, deprimerend lied, dat mijn beste vriendin Star had geschreven. Het heette: 'De enige zekerheid in het leven: school is klote.'

Volgens mij had ze het idee voor dat liedje van onze stokoude lerares Bijbelkennis, zuster Bethlehem. Die zanikt er altijd over dat er geen zekerheden zijn in het leven, en dat is een glasharde leugen, want je kunt er honderd procent zeker van zijn dat zuster Bethlehem tijdens de les in slaap sukkelt. Nou zijn er bepaalde boeken in het Oude Testament waar ik ook bij in slaap val. *Leviticus* bijvoorbeeld.

Toch ben ik hartstikke gek op zuster Bethlehem. Ze leert ons allerlei nuttige dingen, bijvoorbeeld hoe je geld kunt verdienen met wedden. Je kunt er bijvoorbeeld om wedden wie er in de Bijbel Simsons haar heeft afgeknipt.

'Ja, meisjes, daar kun je een aardig bedragje mee in de wacht slepen,' vertelde ze ons eens. 'Veel mensen denken dat het Delila was, maar als ze het Boek der boeken beter zouden lezen, zouden ze weten dat Delila een bediende liet komen om zijn haar af te knippen. Onthoud het maar: als je ooit om geld verlegen zit, is dat een hele goeie. Ik heb er twee jaar achter elkaar vijf pond mee gewonnen van pater Conway.'

Maar goed, zekerheden dus. Ik was er absoluut zeker van dat ik nooit, nooit, nooit genoeg zou krijgen van Freddies lippen. Dus daar moet je nooit een weddenschap over afsluiten, die verlies je. Mijn ouders noemen het kalverliefde, maar ja, die zijn dan ook belachelijk oud en ongelofelijk dom.

Freds voelde er eerst niet zoveel voor om me in zijn chique kasteel uit te nodigen. Niet zo vreemd: hij had pas nog meegemaakt hoe gestoord Sarah en Bob kunnen zijn. Maar nadat ik hem een paar overduidelijke hints had gegeven (hoe komt het toch dat jongens een hint nooit begrijpen?) gaf hij zich gewonnen en nodigde hij me uit om een weekend in Harthnoon Castle te komen logeren. Ik denk dat hij eindelijk in de gaten kreeg dat als hij me nog langer bij zijn Kiltland-vakantieoord weg zou houden, ik hondenpoten zou krijgen van het schaamteloze bedelen.

Het was heel onwezenlijk om uitgenodigd te worden voor een logeerpartij bij de koninklijke familie. Net als iedereen had ik gezien hoe Freds en zijn familie zich in hun maffe kilts voor Harthnoon Castle opstelden voor de fotografen. Maar net als ieder ander meisje dat kwijlde bij het zien van die leuke prins, had ik in mijn stoutste dromen niet kunnen vermoeden dat ik ooit zou worden uitgenodigd om daar bij hem te komen logeren. Oké, in mijn stoutste dromen misschien wel… maar welk meisje van mijn leeftijd droomt nou niet van zulke dingen? Tienermeisjes over de hele wereld waren gek op Freds.

Behalve dan mijn beste vriendin Star.

Star vond hem 'een arrogante, saaie, slome sukkel met een slechte kledingsmaak'. O, en had ik al gezegd dat ze hem niet goed genoeg vond voor *moi*? Maar ja, Star vond geen enkele jongen goed genoeg voor welk meisje dan ook. Niet omdat ze van het eiland Lesbos kwam of zo, maar ze had een veel hogere dunk van meisjes dan van jongens. Als je haar vader Tiger van de legendarische rockband Dirge ziet, snap je waarom. Het is een wonder dat ze nooit hopeloos ontspoord is.

Hoe lief ik haar ook vond, haar hatelijke opmerkingen over hoe verwaand Freds wel niet was, werden zo langzamerhand *très*, *très*, *très* vervelend. Hij kon toch niet zo erg verwaand zijn als hij hield van zo'n Amerikaanse trut als ik, of wel? Dat zei mijn walgelijk rijke, gemene antivriendin Honey tenminste. Het is trouwens niet echt ideaal dat ik de valse Honey moet citeren om zoiets belangrijks als mijn liefde voor Freddie te verdedigen, maar ja.

Star zei de meest afschuwelijke dingen over Freds, vooral

sinds ze zijn beste vriend Kev had gedumpt. O ja, dat is het laatste nieuws. Hou je vast: mijn beste vriendin was nu echt stapelgek geworden. En nadat ze Kev had gedumpt, ging ze als een idioot op me inwerken om Freds te dumpen. Het was om gek van te worden.

De eerste keer dat ik flauwviel, was nadat ze me had verteld dat ze Kev had gedumpt. 'Wát heb je gedaan?' vroeg ik, nadat ze me met de oude, vertrouwde kriebeltechniek weer had bijgebracht. Kev was Freds beste vriend en het feit dat míjn beste vriendin omging met zíjn beste vriend was een van de leuke dingen aan mijn liefde voor Freds. Ze kón Kev niet dumpen! Dat kon ze gewoon niet doen. 'Je kúnt Kev niet dumpen!' zei ik tegen haar.

'Nou, ik heb het toch gedaan,' zei Star. 'Ik had toch gezegd dat ik het jaar met een schone lei wilde beginnen, schat.' Ze doelde op de goede voornemens die we op oudejaarsavond hadden gemaakt in haar enorme slaapkamer, terwijl haar ouders samen met hun beroemde vrienden de nacht door rock-'n-rolden.

Mijn voornemens waren de normale, onrealistische doelen van een tiener: niet meer aan mijn puistjes zitten en meer *savoir-faire* en *va-va-va-voum* ontwikkelen. Met dat doel voor ogen doorspekte ik mijn zinnen met lekker veel buitenlandse woorden en *bon mots*. Ik hoopte ook dat ik mijn GCSE-examens goed zou maken en dat ik goede prestaties zou leveren in Italië, waar ik mijn eerste internationale schermtoernooi zou spelen. Ik had in de vakantie een brief gekregen over mijn Italiaanse reis, maar door de kerst, mijn verjaardag en het voortdurende geknuffel van mijn ouders had ik nog niet de kans gehad om me er echt op te verheugen. Vooral omdat Freds niet in het nationale team zat, wat betekende dat ik nog minder tijd met hem zou kunnen doorbrengen.

'Ik dacht dat je bedoelde dat je eh... die blauwe *extensions* uit je haar ging halen en je Franse uitspraak ging verbeteren,' zei ik tegen haar. 'Niet dat je een prima vriendje ging dumpen!'

Star snoof spottend. 'Calypso, vraag jij je nooit af of er belangrijkere dingen in het leven zijn dan jongens?'

'Nee!' flapte ik eruit. 'Ik bedoel, ja, natuurlijk, dat vraag ik me voortdurend af.'

'We zijn nog jong, schat. Vind je niet dat we ons beter op onze dromen kunnen concentreren dan op pukkelige jongens?'

Ik besloot niet zoiets zieligs te zeggen als dat Freds mijn droom was, of in ieder geval mijn droomvriendje. Maar dat is hij wel. En hij heeft helemaal geen pukkels!

En toen we in de auto naar Kiltland zaten, zei mijn *padre* ook nog eens zoiets. 'Ik weet best dat je indruk wilt maken op Freds en zijn ouders, maar vind je het niet een beetje overdreven om voor een weekendje logeren een hele hutkoffer kleren mee te nemen?'

'Je weet niet waar je het over hebt, Bob,' zei ik tegen hem, maar toen begon ik toch te piekeren of hij misschien gelijk had. Ik bedoel, Freds en de koning en koningin moesten niet denken dat ik indruk wilde maken. Zelfs niet als dat zo was.